唐诗深度导读

中华经典深度导读丛书

丁凤来 著

苏州大学出版社

图书在版编目(CIP)数据

唐诗深度导读 / 丁凤来著. —苏州 ：苏州大学出版社，2012.9
(中华经典深度导读丛书)
ISBN 978-7-5672-0260-3

Ⅰ.①唐… Ⅱ.①丁… Ⅲ.①唐诗－文学欣赏 Ⅳ.①I207.22

中国版本图书馆 CIP 数据核字(2012)第 207632 号

书　　名	唐诗深度导读
著　　者	丁凤来
责任编辑	盛　莉
邮　　箱	shengli@suda.edu.cn
出版发行	苏州大学出版社 (苏州市十梓街 1 号　215006)
印　　刷	宜兴市盛世文化印刷有限公司
开　　本	850 mm×1168 mm　1/32
印　　张	11.25
字　　数	272 千
版　　次	2012 年 9 月第 1 版 2012 年 9 月第 1 次印刷
书　　号	ISBN 978-7-5672-0260-3
定　　价	20.00 元

苏州大学版图书若有印装错误，本社负责调换
苏州大学出版社营销部　电话：0512-65225020
苏州大学出版社网址　http://www.sudapress.com

序言

在中国，几乎所有望子成龙的家长都会为自家的黄口小儿定下背诵唐诗宋词的功课。有客来访，“学有所成”的孩子往往会被“拉”出来“遛遛”，孩子倒背如流，客人大加赞赏，家长脸上有光。值得注意的是，孩子们朗诵的名篇无一不包裹着一颗颗或豪放或婉约、或洒脱或感伤的灵魂。每当听到他们用充满稚气的嫩生生的声调朗诵这些篇章时，总不免有一种蓦然的心惊，但片刻便已释然，因为正是这世代的传承，那些不朽的名篇才得以在浩瀚的中国古代诗词长河中如一串串珍珠般闪耀，经过岁月的淘洗，历久弥新，光彩照人。

唐诗宋词世代薪火相传，有其历史渊源。唐是一个诗的时代，诗的国度，诗的王朝。诗人之众、作品之多、题材之广、诗体之完备、风格流派之纷呈，前代望尘莫及，后世难以逾越。唐人“学术品格”高尚，反对剽窃，不屑模仿，“诗盈数万，格调各殊”(《全唐诗》序)。上述两方面是催生“绝妙好辞”的重要原因。定型于中晚唐的词，两宋时兴盛三百余年，就风格而言，有婉约、豪放对阵；就篇幅长短而言，有小令与长调并峙；就语言风格而言，有民间俚俗与文人高雅之别。其间大家迭出，声誉鹊起，名篇佳句不胫而走，余风流韵，千年不衰。

唐诗宋词之导读，前人与今人已做了许多有益的工作：选、注、析、赏、评、鉴，各领风骚，从不同的方向引领读者跨越户限，升堂入座。珠玉在前，怎样才能整合各类资源，熔阅读和赏鉴于一炉，将时代、作者、题材、体裁、内容、风格、流派、继承与创新、流传和影响等梳理成一条美丽的发辫呈献给读者呢？ 这就必得寻找一个可以融汇古今、贯通前后、照应八方的全新视角，这一重任，唯有名句能够担当。晋人陆机有言：“立片言而居要，乃一篇之警策。”(《文赋》)陆氏之言，良有以也。

名句堪当此任，源于她自身的资质与风骨。名句是流播四方、传诸后世的句子，或因意境优美，或因饱含哲理，或因文字精警而受人青睐。名句于读者又是有所裨益的句子，或丰富知识，增广见闻；或砥砺志节，教会做人；或启人神思，增进学养；或陶冶情操，愉悦性情。她的永恒魅力贯穿于人们的讲话交流、演讲辩论、著书立说，乃至于日常生活的方方面面。

名句是全篇的眼目和灵魂。以名句为线索，振起全篇，是本书的一大特点。

唐风宋骨，丰碑在前，繁华已逝，却留下清韵悠悠，萦绕千载。“恨不踊身千载上，趁古人未说吾先说。”(冰心语)读唐诗宋词，后人总不免如此感慨。但缺憾是可以弥补的，李白提醒我们：“今人不见古时月，今月曾经照古人。”(《把酒问月》)唐诗宋词如同皓月当空，跨越千年历史尘埃，让我们有幸与那些最有灵气的祖先穿越时光隧道，进行心灵的交流。

正如冰心所说：“我们何必自己写诗呢，我们也可以读诗、读词。”本书中那些以名句为旗帜的不朽篇章，是赠予那些用虔诚之心、穷毕生时光来读懂她们的人们的一份厚礼，神游于其中，那些珍爱唐诗宋词的人们想必如沐唐月，如浴宋雨。

想来，家父丁凤来老先生应当就是一个获此“厚礼”的人。做了一辈子语文老师的他，自己读了一辈子，也将这份读诗读词的“雅好”传给了诸多后生小辈。这两本名为《唐诗深度导读》《唐宋词深度导读》的随笔，既包含了作者本人数十年教学的成果，更凝聚了作者退休后潜心专题研究十数年的心血。作者别出心裁，另辟蹊径，深度开发，层层推进，在学术与普及的缝隙中，以文艺随笔的形式走出了一条新路。

凭借个人多年的知识积累与丰富的人生阅历，该书取材极为广泛。古人与今人，正史与野史，故事与小品，名家与俚俗，赏析与评点，歧义与定论，无不涉及，博采众长，择善而从。本书在导读方面主要下了两方面工夫：一是对作者本人、时代背景以及原诗（词）作全面介绍，材料虽多，但“形散神不散”；二是以名句为旨，从引用、对比、解剖、赏析、评点、格律、语言运用和社会影响等方面入手，进行全方位、立体化的深入解读，常常在深度分析中迸发出新的思想火花，提出独到见解，将读者引入深邃意境。本书在结构上采用一句一文、一题一旨的方式，分则独立成篇，合则自成体系，叙述、描写、议论、抒情穿插使用，多姿多彩，富于变化。在很多篇章中我们都能感受到散文议论的“理趣”和杂文运笔的“机锋”。

能将自己毕生读诗（词）的心得以这种方式与读者分享，是家父晚年一大心愿。他曾多次跟我提及，要领略唐诗宋词的真谛和神髓，就得原原本本地读，纵横交错地品，最大限度地走近原著和作者，以期在赏心悦目中进入杏花春雨般的美妙境界。面对此书，您若是正襟危坐认真“拜读”，老爷子自是乐不可支；您若只是在闲暇时随手翻上一两篇，老爷子也会心满意足。因为也许就在那不经意间，这世上又多了一位视唐诗宋词为珍宝的人，会在以后的岁月里用心灵、用一生去读、去守望。

《唐诗深度导读》与《唐宋词深度导读》虽分为两册，实为一体，故合为一序。最后，谨遵家父之命还得写下以下的文字：年事已高，力有不逮，故舛误、疏漏在所难免，倘得方家和读者指出，则幸甚幸甚！

丁　瑜

壬辰年仲春于无锡

目录

一

大幕轻启

——海内存知己　天涯若比邻

二

万 木 争 荣

——仰天大笑出门去　我辈岂是蓬蒿人

三

千 汇 万 状

——正是江南好风景　落花时节又逢君

五

余音绕梁

——二十四桥明月夜　玉人何处教吹箫

一 大幕轻启

——海内存知己　天涯若比邻

得成比目何辞死　愿作鸳鸯不羡仙

——生死不渝的爱情誓词

长安古意　　　　卢照邻

长安大道连狭斜，青牛白马七香车。玉辇纵横过主第，金鞭络绎向侯家。龙衔宝盖承朝日，凤吐流苏带晚霞。百尺游丝争绕树，一群娇鸟共啼花。游蜂戏蝶千门侧，碧树银台万种色。复道交窗作合欢，双阙连甍垂凤翼。梁家画阁中天起，汉帝金茎云外直。楼前相望不相知，陌上相逢讵相识？借问吹箫向紫烟，曾经学舞度芳年。得成比目何辞死，愿作鸳鸯不羡仙。比目鸳鸯真可羡，双去双来君不见？生憎帐额绣孤鸾，好取门帘帖双燕。双燕双飞绕画梁，罗帷翠被郁金香。片片行云着蝉翼，纤纤初月上鸦黄。鸦黄粉白车中出，含娇含态情非一。妖童宝马铁连钱，娼妇盘龙金屈膝。御史府中乌夜啼，廷尉门前雀欲栖。隐隐朱城临玉道，遥遥翠幰没金堤。挟弹飞鹰杜陵北，探丸借客渭桥西。俱邀侠客芙蓉剑，共宿娼家桃李蹊。娼家日暮紫罗裙，清歌一啭口氛氲。北堂夜夜人如月，南陌朝朝骑似云。南陌北堂连北里，五剧三条控三市。弱柳青槐拂地垂，佳气红尘暗天起。汉代金吾千骑来，翡翠屠苏鹦鹉杯。罗襦宝带为君解，燕歌赵舞为君开。别有豪华称将相，转日回天不相让。意气由来排灌夫，专权判不容萧相。专权意气本豪雄，青虬紫燕坐春风。自言歌舞长千载，自谓骄奢凌五公。节物风光不相待，桑田碧海须臾改。昔时金阶白玉堂，即今惟见青松在。寂寂寥寥扬子居，年年岁岁一床书。独有南山桂花发，飞来飞去袭人裾。

句出初唐四杰之一的卢照邻的《长安古意》。“古意”有两层含义。其一是说这是一首拟古之作，其二是把“汉”拿来说事，这是唐人惯用的手法。原诗很长，主要是描写京城长安上层社会骄奢淫逸的生活，兼及游侠活动及统治集团内部的钩心斗角。全诗大体分为四个层次。第一层写豪门贵族竞相豪奢，日夜追欢逐乐的情景。他们出则宝马香车，成群结队；居则高楼甲第，金碧辉煌。其间对异性情爱向往的描写，颇具特色，名句是这段文字中的神来之笔。第二层以娼家为中心，写长安城各色人等的夜生活。有浪荡公子，有仗剑游侠，有探丸刺客，还有禁军军官，他们不约而同，来娼家聚会。“诚然，这不是一场美丽的热闹，但这癫狂中有战栗，堕落中有灵性”（闻一多），比起贫血而委靡的宫体诗要强多了。第三层写上层社会的权力斗争，文武权臣间的互相倾轧。第四层写繁华终归尘土，并以扬雄自况，抒发置身物外的不平、愤慨与寂寥。

围绕名句展开的是这样八句诗：“借问吹箫向紫烟，曾经学舞度芳年。得成比目何辞死，愿作鸳鸯不羡仙。比目鸳鸯真可羡，双去双来君不见？生憎帐额绣孤鸾，好取门帘帖双燕。”那位白马王子就像故事中风流倜傥、善于吹箫的萧史。那位美女是貌若天仙的贵家妇女。二人一见钟情，很快就进入角色。男的发誓道：如果能像比目鱼那样，我死而无憾，如果能像鸳鸯那样成双作对，让我做个神仙我也不稀罕。姑娘立即作了回应：郎君你可真会说话，比目、鸳鸯最可羡慕之处就是来来去去，成双作对。奴家最怨恨的就是那帐额绣的那只孤孤单单的鸾鸟，这下好了，我要在门帘上贴上“双飞燕”。这情形与诗中大段的对歌儿舞女、娈童狎妓的描写不一样，反映了长安人对纯真情爱的追求与向往。闻一多先生对此有高度评价，说这些描写比起简文帝的《乌栖曲》中“相看气息望君怜，谁能含羞不肯前”来，“有起死回生的力量”。“相看”句被闻先生斥为“病态的无耻”和“虚弱的感情”（《宫体诗的自赎》）。

清·许楫 柳荷鸳鸯图轴

古来表现两情相悦、永不变心的诗歌名句很多。早的有见诸《诗经·氓》的“信誓旦旦，不思其反”，不过这小子嘴上甜蜜，说到做不到。“合昏尚知时，鸳鸯不独宿”（杜甫《佳人》），写男女爱慕，希望成为眷属，说此乃人类自然的情感需求。“愿得一人心，白头不相离”（汉乐府古辞《白头吟》），表达了诚挚、专一的爱情向往。“结发同枕席，黄泉共为友”（汉乐府古辞《孔雀东南飞》），写婚后生死不渝的美好憧憬。卢照邻笔下的这个名句似乎与众不同：一是用第一人称，抛却温柔敦厚、深情脉脉的面纱，直抒胸臆；二是以“比目”“鸳鸯”比人事，十分贴切，以“何辞死”“不羡仙”作誓词式的宣示，感情强烈，撼动人心；三是采用七言对仗，句式工整，节奏鲜明，其艺术效果，非四言、五言所能比。

只有白居易《长恨歌》中的“在天愿作比翼鸟，在地愿为连理枝”庶可匹敌。本句不用喻词，直扑主题，说要做比目鱼，鸳鸯鸟。白句强调要像比翼鸟、连理枝那样，天上人间不分离。本句一鱼一鸟，白句一鸟一木；一为誓词，一为发愿。主旨相同，但手法不一，各有侧重。如果将其连成一气，倒不失为一个极其美妙的诗歌意群：“得成比目何辞死，愿作鸳鸯不羡仙；在天愿作比翼鸟，在地愿为连理枝。”只是韵脚不合，意境、氛围所构成的艺术效果，要比原句强多了。

爱情是永恒的主题，是诗歌题材中永远开掘不完的一座富矿。炽热的感情和山盟海誓要找到恰当的载体才能表现得好。本句中的“比目”“鸳鸯”就是绝好的载体。比目相并而游，鸳鸯形影不离，男女情爱便当如此。朝夕相伴，永不分离；生则同衾，死则同穴。这是爱情的最高境界。

作者小传

卢照邻（约 636—约 695），字昇之，号幽忧子，幽州范阳（今河北涿州）人。初唐四杰之一。因不堪疾病折磨投水而死。后人辑有《幽忧子集》。

露重飞难进　风多响易沉

——蝉儿虽小寄慨深

咏　蝉　　　　骆宾王

西陆蝉声唱，南冠客思深。
不堪玄鬓影，来对白头吟。
露重飞难进，风多响易沉。
无人信高洁，谁为表予心？

法国著名昆虫学家法布尔在《蝉》中描写道：蝉在地下做了五年的掘土苦工，换来阳光下五周歌唱。在这五周里，蝉儿“穿起漂亮的衣服，长起可与飞鸟匹敌的翅膀，沐浴在温暖的阳光中。什么样的钹声能响亮到足以歌颂它那得来不易的刹那欢愉呢？”法布尔笔下的蝉儿漂亮、惬意、欢愉。但同为蝉，骆宾王笔下的这小小的昆虫却凄苦无比，“露重飞难进，风多响易沉”。何以如此？原来骆宾王是在狱中咏蝉，他在用咏蝉这种特殊方式自诉悲情。

《咏蝉》作于高宗仪凤三年(678)。骆宾王担任侍御史时上书言事得罪皇后武则天，遭诬害，以贪赃罪下狱。作者狱中闻寒蝉凄鸣之声，联想到自身遭际，乃用比兴手法写下了这首著名的咏物诗，他在小小的蝉儿身上寄托了无限悲慨。

诗前有一长序，竭力赞美蝉的清高品格："……声以动容，德以象贤。故洁其身也，禀君子达人之高行……吟乔树之微风，韵资天纵；饮高秋之坠露，清畏人知。"写蝉像个贤者，有君子达人高行，洁身自好，不欲人知。这些话可以看做是诗作的注脚，揭示了蝉的比喻、象征意义。

首联"西陆蝉声唱，南冠客思深"，写在狱中听秋蝉悲唱的感受，意谓秋天到了，蝉的凄鸣引起我这个囚客的深深愁思。西陆，秋天。古时将黄道分东南西北四陆，日绕黄道行至西陆谓之秋。南冠，用《左传》楚囚钟仪典，此处表示自己被囚但贞正不改。颔联"不堪玄鬓影，来对白头吟"，由蝉及人，大意是，我这个"白头"囚客哪里经得起寒蝉对我的凄鸣！用乐府《相和歌辞》中的"白头吟"典，相传卓文君因司马相如用情不专而作，唐吴兢《乐府古题要解》称其为"自伤清直芬馥，而遭铄金玷玉之谤"。作者以此自证清白，表达对忠而见谤的不满。颈联"露重飞难进，风多响易沉"又将笔锋转至蝉。意谓秋露沾翅，难以飞高行远；秋风凄紧，鸣声嘶哑低沉。尾联"无人信高洁，谁为表予心"，再次由蝉及人，说无人理会蝉的高洁，更无人相信自己与蝉一样清白。

"露重飞难进，风多响易沉"是全诗警策，也是最负盛名的咏蝉名句。此句紧扣时令特点，将风、露、蝉三个典型意象融入句中，刻画了蝉秋后生存环境的恶劣与不堪。"孟秋之月……凉风至，白露降，寒蝉鸣。"(《礼记·月令》)名句句意本此。但我们丝毫看不出作者是在用典。用典而使人浑然不觉，这是用典的极致。

清人施补华《岘佣说诗》载："同一咏蝉，虞世南'居高声自远，端不藉秋风'，是清华人语；骆宾王'露重飞难进，风多响易沉'是患难人语；李商隐'本以高难饱，徒劳费恨声'是牢骚人语，比兴不同如此。”虞世南官居秘书监，太宗称其德行、忠直、博学、文辞、书翰，五绝兼具。由这么个角儿来咏蝉，难免要自鸣得意。他说，蝉儿栖高枝鸣叫，鸣声远播四方，那是它自身的造化，哪里是凭借秋风的力量？李商隐满腹才华，而一生不得志，写蝉虽高栖枝头，但吸风饮露，难以果腹，虽是恨声连连，但枉费心力。李商隐在这里明显地是“为情造文”，是在发牢骚。唯独骆宾王，身世固然不及虞世南，境况也远不如李商隐。李毕竟还是自由身，而骆宾王却遭诬身陷囹圄，有冤难伸。所以他笔下的蝉形象最是凄凉，最是悲苦，令人生恻隐怜悯之心。同是写蝉，同是比兴，却绝不雷同，三人均把这篇“同题作文”推到了时代的制高点。

虞世南的《蝉》、李商隐的《蝉》与骆宾王的《咏蝉》并称唐诗“咏蝉三绝”。那么，上述三个咏蝉的诗句便堪称“唐人咏蝉三大名句”了！骆宾王的名句最感人，因为他进入最深，最富感情。白乐天有云，“感人心者，莫先乎情”（《与元九书》），信夫！

作者小传

骆宾王（约640　约684），字观光，义乌（今属浙江）人。初唐四杰之一。曾任临海丞。后随徐敬业起兵讨武则天，兵败下落不明。有《骆宾王文集》。

海内存知己 天涯若比邻

——洋溢大唐气象的友谊赞歌

送杜少府之任蜀川　　王勃

城阙辅三秦，风烟望五津。
与君离别意，同是宦游人。
海内存知己，天涯若比邻。
无为在歧路，儿女共沾巾。

初唐四杰中，王勃名声之响亮，文学成就之卓荦，与骆宾王颇为相似。骆宾王以七律《咏蝉》名世，篇中名句“露重飞难进，风多响易沉”蜚声海内；他的奇文《讨武曌檄》千古流传，堪称绝唱。王勃用他那充满青春活力的高亢歌喉别开生面地唱响了一曲送别之歌——《送杜少府之任蜀川》，诗中的名句“海内存知己，天涯若比邻”为我们拉开了大唐气象的帷幕；他的骈文《滕王阁序》是一朵文学奇葩，堪与《讨武曌檄》比肩。现在看来，一个人要想成名，倒不一定去写什么大块文章，只需像文学青年王勃那样，一声“海内存知己，天涯若比邻”，寥寥十字，即可震动乾坤。

王勃曾被沛王李贤召为王府修撰。沛王与英王斗鸡，勃为之戏作《檄英王鸡文》。这个玩笑开大了，触怒了高宗，王勃被逐出王府。此事发生在高宗总章二年(669)。由此可以大体推断,诗作于被逐出府、客游蜀中之前,地点是长安。

诗以大开大阖之势落笔,将"城阙""三秦""风烟""五津"四大景观收入一联,点明送别的地点是京城长安,客子宦游的目的地是蜀中。颔联宕开一笔,以宽解、劝慰的口吻点出离情别意。既然我们都是为仕宦而奔波,今日之别并非初离故土,拜别亲老,又何必过分伤感呢?此联是直接为下联蓄势。颈联"海内存知己,天涯若比邻"是全诗的亮点。"海内"——"知己"、"天涯"——"比邻",引远使近,高唱入云。尾联水到渠成,慰人亦戒己。谓临歧勿作小儿女状,涕泪涟涟,沾湿巾帕。

"海内存知己,天涯若比邻"之句祖意于曹植的《赠白马王彪》:"丈夫志四海,万里犹比邻。恩爱苟不亏,在远分日亲。"曹植的诗为何反不如王勃之句流传广、影响大?窃以为原因有三。一是曹植局限于兄弟私情,王诗歌颂的是友情,其普世意义要远胜原诗。二是王勃自铸伟词,突出"海内""天涯",博大的气象中藏襟抱;曹诗虽有"万里""四海"等字样,毕竟意平词浅,"丈夫"云云,也有俗套之嫌。三是王句对仗工稳,结构精巧,朗朗上口,易诵易记;曹诗则缺乏节奏感和韵律美,难与律诗的对仗争锋。

离别从来就是个伤感的题材。"悲莫悲兮生别离"(《九歌·少司命》),屈大夫一针见血,作了经典性的概括。"相去日已远,衣带日已缓"(《古诗十九首·行行重行行》),写游子渐行渐远,衣带渐宽,形体日益消瘦。"死别已吞声,生别常恻恻"(杜甫《梦李白》)则把生离死别的悲痛描绘得淋漓尽致。还是江淹总结得好:"黯然销魂者,唯别而已矣。"(江淹《别赋》)但王勃的名句却一扫古今离别的沮丧、愁苦之阴霾。他的送别不伤感,不凄惨;无依依之感,无缱绻之态;没有眼泪,没有悲伤。名句意气昂扬,深情远唱,给人鼓舞,催人向上。此为初唐诗人所特有,乃时代使然。

我们对杜少府知之甚少。但有一点是明确的：王勃视他为知己。亚圣在《孟子》里说，父子、君臣、夫妻、长幼、朋友五伦最重要。不过后人以为，朋友一伦最可贵，它体现了自由、平等，且无排他性。“知己”不可多得，二字分量很重。所以鲁迅先生感叹说，“人生得一知己足矣”（挽瞿秋白联）。这样的知己，即使山水阻隔，各在天涯，却又何妨，因为彼此的心是紧紧联系在一起的。我们应该把名句作为友谊的赞歌来欣赏。

该诗骈散相间，不过最耀人眼目的还是这一对仗工巧的骈偶句。此联用“大词”营构大意境。“海内”，“天涯”，空间之寥廓，境界之壮阔，为送别诗所仅见。更妙的是作者引远使近，使之与“知己”“比邻”相联系，转虚为实，开拓了乐观、旷放的送别新境界。此联后人竞相效仿，其中以高适的“莫愁前路无知己，天下谁人不识君”（《别董大》）最有名。可见“海内”句在内容与形式的完美结合上已臻于至善。

作者小传

王勃（649—676），字子安，绛州龙门（今山西河津）人。乾封元年（666）应举及第。是初唐四杰（王勃、杨炯、卢照邻、骆宾王）中艺术成就最高的作家。因赴交趾探父，渡南海溺水，惊悸而死。明人辑有《王子安集》。

宁为百夫长　胜作一书生

——崇尚军功的时代强音

从军行　杨炯

烽火照西京，心中自不平。
牙璋辞凤阙，铁骑绕龙城。
雪暗凋旗画，风多杂鼓声。
宁为百夫长，胜作一书生。

封建时代，通往功名仕宦的，无非“万般皆下品，惟有读书高”，不过此概括并不全面，还有其他渠道。最典型的当数汉代班超。史载，班超家贫，少时为官府抄书养母，曾投笔叹曰：“大丈夫无他志略，犹当效傅介子、张骞立功异域以取封侯，安能久事笔砚间乎！”（《后汉书·班超传》）

他后来率三十六人出使西域，在西域三十一年，使之安定，官至西域都护，封定远侯。这是舍读书而另辟蹊径的成功范例。

唐代中下层知识分子则找到了另一条通往仕宦的途径，就是投笔从戎，通过搏杀疆场，建立军功来实现人生目标。在这方面，杨炯的“丈夫皆有志，会见立功勋”（《出塞》）无疑是道出了广大士子的心声。大诗人李白也曾豪情满怀地说：“大丈夫必有四方之志。”（《上安州裴长史书》）为了实现人生大目标，他们往往把生死看得很轻,所谓“独立三边静,轻生一剑知”(刘长卿《送李中丞归汉阳别业》),便是为建军功而舍得豁出血本的写照。

较早重视这类题材的是初唐四杰。“四杰”以出塞、从军为题材的诗风格雄健、慷慨激昂,令人振奋,开盛唐边塞诗的先河。他们的作品对边塞诗的繁荣与成熟,有一定的影响。初唐四杰之一的杨炯用诗的语言发出呐喊,“宁为百夫长”是他的杰作。

高宗永隆二年(681),突厥入侵固原、庆阳一带,裴行健奉命出征。杨炯的这首《从军行》当作于此时。

这首五律用短短四十个字描绘了一位士子投笔从戎,参加一次战役的全过程。诗人撷取典型场景,跳跃式地进行描绘,将丰富的内容熔铸在有限的篇幅里。

首联写京城长安接到了来自边境的紧急军情,书生投笔从军、杀敌报国的念头油然而生。颔联由京城出师过渡到对战役的描写。牙璋,皇帝调兵的符信;龙城,匈奴名城,此处指敌之老巢。威武雄壮的王者之师出发了,把敌人的老巢围困得像铁桶一般。颔联用侧面烘托的手法描写战争的惨烈和将士的英勇无畏、奋不顾身。大雪遮天蔽日,使军旗上的绘画也失去了光彩;狂风呼啸,裹挟着战鼓的咚咚声,让人根本分不清哪是风声,哪是鼓声。尾联回应开头,忽然提高八度,用高亢的强音表达心声,抒发豪情:“宁为百夫长,胜作一书生。”意思是:我宁愿做个领兵百人的低级军官,也胜过那寒窗苦读的穷酸书生!

名句尚有以下一些特色:

● 突破了宫廷体的藩篱。初唐以上官仪为代表,承齐梁诗风,注重对诗句的纤细雕刻,到了“骨气都尽,刚健不闻”的地步。“四杰”有意突破桎梏,扩展诗歌题材,提升作品的思想性与艺术性。闻一多先生说,“四杰”是“唐诗开创期中负起了时代使命的四位作家”(《唐诗杂论》)。在这方面,杨炯发挥了重要作用,他的"宁为百夫长,胜作一书生",是为诗歌改革创新打出的一面旗帜。

◎ 具有鲜明的时代特征。名句运用选择复句,意志坚定,语言铿锵。如前所述,这既代表了唐代中下层知识分子的价值取向,同时也是唐初边境不靖,时有游牧部落侵扰的真实反映,这种情况又与唐王朝对外扩边意识增强交织在一起。这在客观上使书生们投笔从戎、立功边陲有了可能,也使杨炯们的"宁为百夫长"的豪语汇成了时代的强音。

◎ 言词愤激。坚定与决绝固然为突破旧框框所必需,但也表达了作者的不满与愤激。贺裳认为:"'宁为百夫长,胜作一书生',是愤语,激而能壮。"(《载酒园诗话又编》)"愤怒出诗人"。"四杰"均早慧,出道早。"愤青"作诗,说点过头话,走走极端,不足为奇;反之,追求四平八稳则根本出不了好诗。

从语言运用看,名句对仗工稳,节奏明快,令人过目难忘。

作者小传

杨炯(650—约693),华阴(今属陕西)人。上元二年(676)应制举及第。初唐四杰之一。明人辑有《盈川集》。

年年岁岁花相似　岁岁年年人不同

——"红颜"到"白头"的人生悲情

代悲白头翁　　刘希夷

洛阳城东桃李花，飞来飞去落谁家？洛阳女儿惜颜色，行逢落花长叹息。今年花落颜色改，明年花开复谁在？已见松柏摧为薪，更闻桑田变成海。古人无复洛城东，今人还对落花风。年年岁岁花相似，岁岁年年人不同。寄言全盛红颜子，应怜半死白头翁。此翁白头真可怜，伊昔红颜美少年。公子王孙芳树下，清歌妙舞落花前。光禄池台文锦绣，将军楼阁画神仙。一朝卧病无相识，三春行乐在谁边？宛转蛾眉能几时？须臾鹤发乱如丝。但看古来歌舞地，惟有黄昏鸟雀悲。

刘希夷的这一名句涵盖深广、比喻精当，语言清丽、旋律优美，充满哲理、雅俗共赏。

先来说一个故事。据《大唐新语》记载：刘希夷创作这首诗时，写到"今年花落颜色改，明年花开复谁在"时说："我此诗似谶，与石崇'白首同所归'何异也?"准备代之以"年年岁岁花相似，岁岁年年人不同"。诗人终究难以割爱，最后将四句全保留下来。或云其舅宋之问见到“年年岁岁”这一联时，爱不释手，要求外甥把它转让给他，刘不从，宋盛怒之下用沙袋将其砸死。刘希夷不幸一语成谶，竟然死于自己做的这两句诗上。

以上两个细节未必真实可靠，特别是后者，有点离奇。但它从侧面反映了一个事实，说明名句确实震撼人心，它的人生警醒意义已经远远超出了文学范畴。

诗的开头写洛阳女儿因花落而伤春，因不知“花落谁家”而叹息，隐含寂寞无主之意。接着用松柏为薪、桑田沧海、古今观花等意象作深度开发，顺势锤炼出石破天惊的不朽名句：“年年岁岁花相似，岁岁年年人不同。”诗的后半部写白头翁的沦落与可怜身世。他也有过青春年少之时，有过辉煌的峥嵘岁月。他可能曾是清歌妙舞的公子王孙，他可能曾是穿着锦绣官服在光禄池台主持政务的高官，还可能是功勋卓著的大将，功臣画阁里有他的画像。现在他却年老多病，鹤发如丝，只有在黄昏时看着鸟雀大发悲情的份了！

名句与诗一样，最大的特点是洋溢着强烈的宇宙意识和悲剧氛围。花开花落，年复一年。但人不同于花，“明年花开复谁在?”明年赏花的还会是这些人吗? “今人还对落花风”，但赏花的那些古人呢? 他们早已形神俱逝，不知所之了！坚贞的松柏被劈作柴烧，桑田在又一次的巨大轮回中变为沧海。岁月不居，逝者如斯，一切都将过去，红颜眨眼间变成老妪，少年转瞬成白头。白头翁的悲剧性正在于此。这一悲剧与官场穷通、战争动乱、家庭婚姻、天灾疾病均无关系，就是生命短暂，“伊昔红颜美少年”，“须臾鹤发乱如丝”，太可悲了！

名句的第二个特点是典型性与概括性极强。“岁岁年年人不同”。句中的“人”是泛指之人，不是专指洛阳女儿，也非专指白头老翁。作者在“花相似”与“人不同”的鲜明反差中揭示了一条规律,花有其永恒不变的一面,人则如走马灯似的"你方唱罢我登场"。对这种宇宙规律,古人或清醒地认识到,或朦胧地感受到。"人生忽如寄,寿无金石固"(《古诗十九首·驱车上东门》),"譬如朝露,去日苦多"(曹操《短歌行》),"人生若尘露,天道邈悠悠"(阮籍《咏怀》)等,尽管时代不同,角度不一,取材各异,但主题并无二致。不会写诗的普通人同样会有此感受,亲朋几年不见,再聚首时会异口同声地说:"老了!"

正因为名句具有普世的人生意义,所以才能有雅俗共赏、滋润后人的艺术效果。杜甫的"明年此会知谁健,醉把茱萸仔细看"(《九日蓝田崔氏庄》),东坡的"此生此夜不长好,明月明年何处看"(《中秋月》)都是受了"年年"句的影响。欣赏了刘希夷的名句,再看《红楼梦·葬花吟》中的"侬今葬花人笑痴,他年葬侬知是谁"便有似曾相识之感,原来它的意境便脱胎于此句。

人生苦短,生命短暂,青春不可能永驻,林语堂先生认为,人生具有本质的虚无和悲剧性,惟其如此,我们更应好好生活,活得达观、平和、从容、快乐。既要努力工作,又要享受人生;既要善待他人,也要善待自己。当然,年轻时还应奋发努力,有所作为,"莫等闲,白了少年头"!

作者小传

刘希夷(约651—约678),字延之,汝州(河南临汝)人。上元进士,诗以歌行见长。有集,已佚。

前不见古人　后不见来者

——置身宇宙的人生浩叹

登幽州台歌　　　陈子昂

前不见古人，后不见来者。
念天地之悠悠，独怆然而涕下。

陈子昂是一位充满传奇色彩的诗人。十八岁始折节苦读，京城备考时曾演出了一场将昂贵的胡琴摔碎以哗众，翌日以诗文示人而博得赞赏的街头剧。市民不知不觉当了他的义务宣传员，于是他名动京师。这在没有先进传媒的古代不失为一个自我“炒作”的妙招。

诗人的政治眼光与诗歌理论亦异于常人。他少怀大志，为官不畏权贵，直言敢谏，曾针对朝廷弊政，力主任用贤才、改革吏治、安定民生、招抚流亡、反对淫刑、平息冤狱，因而连受排斥打击，仕途几经沉浮。正因志向远大，怀才不遇，才有幽州台上的浩然一叹。陈子昂在诗歌理论上也有杰出贡献。他倡导汉魏风骨，反对柔靡无骨的齐梁诗风，主张诗歌应有切实内容，注重社会作用。明人胡震亨对他的诗歌改革作用给予高度评价，说他像领导秦末农民起义的陈涉一样，“大泽一呼，为众雄驱先”。本题之名句可以证明，他忠实地实践了自己的诗歌理论主张。

清·玉树毂　弄胡琴图

据陈子昂的友人卢藏用在《陈氏别传》里说，武则天万岁通天元年（696），契丹攻陷营州，陈子昂以右拾遗的身份随建安王武攸宜进兵契丹，参谋军事。诗人壮怀激烈，屡屡进谏，言词切急。但不懂军事且无指挥才干的武攸宜一概不纳。次年大败，诗人请遣万人作前驱击敌，不准，再进言，被降为军曹。屡遭摧抑的陈子昂，“因登蓟北楼感昔乐生、燕昭之事，赋诗数首，乃泫然流涕而歌”。引文中的“赋诗数首”，即组诗《蓟丘览古》，计七首，《登幽州台歌》当是组诗的总结。

幽州台，又名蓟丘、燕台。因燕昭王曾置黄金其上延揽天下名士，又名“黄金台”。故址在今北京德胜门外。诗人对燕昭、乐毅等明君贤臣的缅怀，“前不见古人，后不见来者”的空前孤独感，生不逢时、怀才不遇的伤感，皆因登台而生。

《登幽州台歌》境界雄阔、意蕴深远。作者将自己置于无边无垠、无始无终的宇宙时空来抒发人生感慨。向前瞻望，看不到一个古人，燕昭、乐毅那样的明君贤臣、英雄豪杰，全都消逝在历史的烟云中；往后展顾，未来是一片空白，杳不见人影。于是，沉重的历史沧桑感便袭上心头，情不能已，潸然泪下！

关于"古人"，注家多释为"燕昭王那样的贤者"，固然不错。但考虑到陈子昂的为人、遭际以及登台的具体背景，上述理解又未免失之偏颇。首先，作者所展现的是一种古往今来、笼盖天地万物的大时空。与无穷的宇宙比，任你什么圣人、贤者都渺小得不值一提，燕昭王也不例外，让他一人独当"古人"重任，诗意便严重失衡。其次，子昂之孤独，是独立苍茫的大孤独，前瞻后顾两茫茫。如果说只是因不见燕昭而怆然，这就与全诗所抒发的强烈的孤独情绪极不相称。"古人"的内涵应包括三个层次：一是燕昭王及燕昭王式的明君；二是乐毅、邹衍、剧辛等贤者；三是其他已经作古之人，包括男人与女人，老人与少年，帝王将相与芸芸众生，开明有为的圣君与嫉才、轻才的昏君庸主。所有的人都看不见了，才会感到空前孤独。故"古人"一词应释为：泛指古代的人，主要是指燕昭王那样的贤者和生逢其时的乐毅等人。

名句的句意古已有之。"惟天地之无穷兮，哀人生之长勤。往者余弗及兮，来者吾不闻"（《楚辞·远游》）；"往者不可及兮，来者不可待"（东方朔《七谏》）；"往者不可攀援兮，来者不可与期"（严忌《哀时命》）等均为本句之所本。但陈句俯仰古今，苍凉悲壮，自成一格，广为传唱，远胜于所本矣！西谚曰：抄一人之作系剽窃，同时抄三人之作，乃创造性劳动，此之谓也！

该句句读与一般五言不一样，应是 122 之节奏，即"前——不见——古人，后——不见——来者"，"前""后"停顿，显其时间悠久，心绪茫然，读起来有抑郁之感。四句诗文字既不整齐，也不押韵，却成了千古名句，个中道理，发人深省。

作者小传

陈子昂(661—702),字伯玉,梓州射洪(今属四川)人。唐文明元年(684)进士。初唐诗人,文学家,唐代诗歌革新之先驱。辞官后遭武三思指使的县官段简的迫害,死于狱中。有《陈伯玉集》。

不知细叶谁裁出　二月春风似剪刀

——迷人的奇想异趣

咏　柳　　贺知章

碧玉妆成一树高，万条垂下绿丝绦。
不知细叶谁裁出，二月春风似剪刀。

在灿若星河的唐代诗人中，贺知章的地位并不高，有些文学史教科书连提都不提他。但要欣赏唐诗名句，却怎么也绕不开他老人家。贺知章约生于659年，约卒于744年，享年八十五岁。这在平均寿命极低的古代，绝对是人瑞。他的“儿童相见不相识，笑问客从何处来”（《回乡偶书》），“不知细叶谁裁出，二月春风似剪刀”（《咏柳》），脍炙人口，千古传唱，即便与泰斗级的一流大诗人的名句比，也毫不逊色。

《咏柳》是一首角度新奇、构思巧妙、艺术水平极高的咏物小诗。柳乃寻常之物，它没有花儿的娇媚，没有松柏的夭矫，也没有萋萋芳草的绵邈。诗人们通常在离别伤感时才会想到它，“柳”与“留”谐音，故折柳送别。

然而早春二月的柳却惹人怜爱。它参差披拂，婀娜多姿，随风荡漾，妩媚可人。最早将杨柳写得颇为可爱的是《诗经·小雅·采薇》：“昔我往矣，杨柳依依；今我来思，雨雪霏霏。”从情境

清·刘彦冲 桃柳双燕图

看，当是春日之柳。最赏识柳的，当数南朝齐武帝萧赜。据《南史》记载，益州刺史刘悛之献蜀柳数株，“条甚长，状若丝缕”。武帝将其植于太昌云和殿前，经常玩赏，说它“风流可爱”。

本诗的前两句写柳树亭亭玉立，柳条柔美可爱。高高的柳树似用碧玉妆成，娉娉袅袅，妩媚得如豆蔻少女；那万千下垂的细柔、碧绿的柳条就像少女身上垂下的丝绦。此二句用拟人修辞手法。后两句歌颂春天，是春天为柳树披上了绿色的新装，树条上刚生发出的细叶也是春风剪裁成的。此二句用的是设问的修辞手法。短短四句，将春的景色、春的气息、春的活力，描摹得惟妙惟肖。从中我们也感受到了诗人置身春日美景中的好心情。

欣赏这首诗要分两个层面。对儿童、少年来说，欣赏“春风杨柳万千条”的盎然春意，欣赏柳条的美丽倩影，体会作者巧妙构思的用心就够了。至于以柔柳喻美人的特点，点到即可。而成人欣赏，则应该深入一点，体会拟人的妙处。在中国古代文学作品中，柳是女性美的象征，写腰，动辄“杨柳细腰”，写眉则“芙蓉如面柳如眉”（白居易《长恨歌》)。本诗却一反常规,柳成了主体,采用的是以人喻柳的手法。写柳树像用碧玉妆成的美丽少女,身材苗条,婀娜多姿;那垂下的万千丝绦,俨然是美人下垂的裙带。这情景我们从现今少数民族妇女的装束中还能经常看到。诗中的"碧玉""妆""绿丝绦"等词语只有描写女性美时才用。柳非柳,柳已化作美人矣!这是作者构思的精巧之处,也是诗作能取媚读者的重要方面。

名句前一分句用否定式设问句,造成悬念。这么美的柳叶是哪位高明的服装设计师裁剪成的?答案让人大跌眼镜,原来是"二月春风"。我们不得不佩服作者思维的敏捷活跃,佩服他超人的联想与想象,想落天外,又在情理之中。其实将春风比作剪刀并不到位,试想剪刀能自己动起来去裁剪么?"剪刀"的背后应该还有个"人",是他手握剪刀,巧作裁剪,把柳装扮得如此妩媚。完整的表达应该是:不知是谁将这柳叶剪得如此美妙,是春风;二月的春风就像高明服装师手中的剪刀。果真要这样说便索然寡味,不像诗了!

名句给我们一个启示,寻常之物亦可咏,且能咏得饶有生活情趣。作者综合运用拟人、比喻、想象、联想、类似设问的否定句等手法,把早春的柳写得妩媚动人,可爱极了。

宋梅尧臣"春风骋巧如剪刀,先裁杨柳后杏桃"(《东城送运判马察院》),化用贺知章句意,不过是换种说法罢了,并无新意。清人金农想"翻案",说"万缕千丝生便好,剪刀谁说胜春风"(《柳》),更不如梅句,属无事生非,几近无聊。

作者小传

贺知章(约659—约744),字季真,越州永兴(今浙江萧山)人。证圣进士,官至秘书监。诗多为应制之作,今存二十首,《回乡偶书》《咏柳》流传最广。

少小离家老大回　乡音无改鬓毛衰

——人生况味知多少

回乡偶书　贺知章

少小离家老大回，乡音无改鬓毛衰。
儿童相见不相识，笑问客从何处来。

贺知章长期在朝为官，官至礼部侍郎兼集贤院学士，累迁太子宾客、秘书监。天宝二年(743)上表求还乡里，次年正月离开长安，玄宗亲自作诗为之送行。其时文士名流竞相赠诗，盛况空前。返乡后不久去世，享年八十五岁。

此诗当作于致仕返乡之时，也可能作于此前的某次返乡探亲时。但一般认为是作于叶落归根之时，这与诗中表现的情境十分吻合。《回乡偶书》共有两首，名句出自第一首，

句中的“乡音”颇耐咀嚼。中国人素有恋乡情结。哪怕是在外混得高官厚禄、荣华富贵，还是要衣锦还乡、叶落归根。当年楚霸王项羽，还未站稳脚跟，便急不可待地说：“富贵不归故乡，如衣绣夜行，谁知之者?”(《史记·项羽本纪》)诗人已风烛残年，当然就更加思乡心切了。“少小离家老大回”，一晃几十年，家乡的变化真是太大了。老人逝去，新生的一代又一代人来到了这个世上。但是有一点没变，就是诗人所操的乡音没变，即我

们现在还能听到的越剧唱词和道白中的那种语言，绵软、婉转，糯得像粽子，清亮得如黄莺的啼鸣。诗人是今之浙江萧山(一说绍兴)人，一辈子走南闯北，始终没有放弃自己的乡音。这是无论身在何处都牵连着“根”的一条线，是诗人自我介绍的一张“名片”。贺知章自号四明狂客，擅草书，善饮酒，杜甫在《饮中八仙歌》中描写道：“知章骑马似乘船，眼花落井水底眠。”这位眷恋故土，热爱乡音，走到哪里都打着“四明狂客”旗号的怪人，愚以为他是不屑打官腔，说官话的。“乡音无改”是数十年来语言口音的真实写照，不是回到家乡才说家乡话的。

名句采用了鲜明对比的手法。“少小”与“老大”，既是句中对，也是对比。“少小”泛指年轻，贺知章三十七岁考中进士，按说年纪已老大不小了。但离开家乡当在三十七岁以前。何况“少小”与“老大”也是相比较而言。与耄耋之年比，而立之年自然就是“少小”了。我们大可不必死抠字眼，认为“少小”就一定是少年或儿童。此句以大跨度的年龄起讫作对比，强调自离乡至返乡这一段时间之久长。第二组是将“乡音无改”与“鬓毛衰”作比。岁月无法洗涤乡音，却慢慢地疏落了鬓发。“变”与“不变”中包蕴了无穷的人生感慨。两组对比反映了诗人返乡时极其复杂和微妙的心情。有游子归故乡的欣喜，有叶落归根的心灵慰藉，有岁月不居、白驹过隙的感慨，也有去日苦多、来日不多的凄惶。诸味杂陈，百感交集。诗人信口道来，轻描淡写，字里行间却透露出一丝人生易老、世事沧桑的凄凉。

大凡诗歌，佶屈聱牙、一句一典者便难以流传，贺知章这样的类似口头白话却又充满人情和诗味的篇什最能引起共鸣，他唱出了游子返故乡的共同心声。

宋之问的“近乡情更怯，不敢问来人”(《渡汉江》)与贺句可谓异曲同工。久客他乡，忽然归来，不知家里怎么样，见到家人时会是什么情景，以至内心恍惚，未喜先怯。此句虽不如贺句文字凝练、内涵丰富，但内心刻画细腻，有其独到之处。

范晞文认为此二句非贺知章先创。他在《对床夜语》卷三中说："卢象《还家》诗云：'小弟更孩幼，归来不相识。'贺知章云：'儿童相见不相识，笑问客从何处来。'语益换而益佳，善脱胎者宜参之。"说贺句胜于卢句，这个评价是中肯的，但卢较贺同时而稍晚，说贺句脱胎于卢句，则缺少事实根据。唐汝询《唐诗解》云："描写久客之感，最为真切。"其中"久客"一词最关键。惟"久客"，才有"少小离家老大回"之叙述，才有"乡音无改鬓毛衰"之反差，才有"儿童笑问"之戏剧性场面。清宋宗元《网师园唐诗笺》云："情景宛然，纯乎天籁。"诚然，此诗如信手拈来，脱口而出，而场景历历，人物鲜活。"庾信文章老更成"，信夫！

江畔何人初见月　江月何年初照人

——“天问”式的哲学思考

春江花月夜　　张若虚

春江潮水连海平，海上明月共潮生。滟滟随波千万里，何处春江无月明。江流宛转绕芳甸，月照花林皆似霰。空里流霜不觉飞，汀上白沙看不见。江天一色无纤尘，皎皎空中孤月轮。江畔何人初见月？江月何年初照人？人生代代无穷已，江月年年只相似。不知江月待何人，但见长江送流水。白云一片去悠悠，青枫浦上不胜愁。谁家今夜扁舟子？何处相思明月楼？可怜楼上月徘徊，应照离人妆镜台。玉户帘中卷不去，捣衣砧上拂还来。此时相望不相闻，愿逐月华流照君。鸿雁长飞光不度，鱼龙潜跃水成文。昨夜闲潭梦落花，可怜春半不还家。江水流春去欲尽，江潭落月复西斜。斜月沉沉藏海雾，碣石潇湘无限路。不知乘月几人归，落月摇情满江树。

张若虚的这首《春江花月夜》，自唐以降，千有余年，赞美之声不绝。从挽救乐府旧题到该诗的臻于巅峰,从构思的妙不可言到意境的美不胜收,从五大景观融为一体的铺陈描写到对人生、宇宙的深沉的哲学思考,从结构起、承、转、合之严谨到首尾遥相呼应的巧妙,从通篇不施粉泽、韵脚灵活多变到名句的脍炙人口、启人神思,林林总总,不一而足。作为一首诗,可以评价的方面几乎都涉及了。有评家说,张若虚虽然只存两首诗,但仅凭《春江花月夜》,就完全可以跻身于初唐一流大诗人的行列。

《春江花月夜》是乐府旧题,不过陈瓶可以装新酒,旧题能翻出新意。最早以此为题的是陈后主叔宝,其后隋炀帝写过两首,唐朝张子容也写过两首,温庭筠也写过一首。这些诗有的已散佚,余下的也并未散发出耀眼的光芒。张若虚将这个旧题推向了极致,使之焕发出新的艺术生命。闻一多先生用"诗中的诗,顶峰上的顶峰"(《宫体诗的自赎》)评价它。一般说来,专家评价作品,讲究的是立论的理性和措词的分寸,但闻先生在这里却斩钉截铁,把话说绝了!可见这诗的艺术造诣非同小可。

总的看来,该诗有以下三方面特点。第一,以"月"为中心,将春、江、花、月、夜五景熔于一炉,貌似形散,实则神凝。钟惺在《唐诗归》中云:"将春、江、花、月、夜五字炼成一片奇光,真化工手!"第二,按明月升起、皓月当空、落月西沉的时间顺序安排,五大景观,三十六句,逐层展开,有条不紊。第三,这首长歌用韵灵活多变,读来抑扬顿挫。全诗每四句一换韵,平、上、去三声相间,根据需要,巧作安排。

诗人最深邃的思想,诗的最大的亮点,全篇的警策,是名句"天问"式的哲学思辨:"江畔何人初见月,江月何年初照人?"这两句充满了人类初始与宇宙永恒的哲学思辨。江畔是谁第一个见到月亮的?江月是哪一年最先照到人的?这使人想起了杭州西湖灵隐飞来峰下著名的冷泉亭联:"泉自几时冷起?峰从何处飞来?”它的难以回答与本篇名句一样。但清代学者俞樾题联答道:“在山本清,泉自源头冷起;入世即浊,峰从天外飞来。”“自源头冷起”,“从天外飞来”,妙则妙矣,不过从科学层面看,俞先生等于没有说。本句如果也一定要回答的话,那便是:是最早那个月夜来到江畔的人最初看到月亮的,是江边最早出现人的那一年,月亮第一次照见他的。这回答也等于没有说。其实诗人并不要求我们穷根究底。他只是引导我们对人与月的关系作深入的哲学思考。人生(推及整个人类历史)是短暂的,宇宙则是永恒的。但“人生代代无穷已,江月年年只相似。”代代相承的人生又有“无穷已”的一面,人类的生生不息的生机足可以与刻板不变的“年年只相似”的江月媲美。

名句“人”与“月”的深邃思考是建立在“变”与“不变”的辩证关系上的,这与苏东坡在《前赤壁赋》中有关表述的思维方向大体一致。东坡曰:“盖将自其变者而观之,则天地曾不能以一瞬;自其不变者而观之,则物与我皆无尽也。”

名句与刘希夷的《代悲白头翁》中的“年年岁岁花相似,岁岁年年人不同”都是探索宇宙与人生关系的名句。但刘句描述的“红颜”终究要“白头”的事实,揭示了人生苦短的哲理,受诗的主旨与情境的影响,难免有点伤感。张句则出现在全景式的“春江花月夜”中,是诗情画意中的梦幻般的遐想。

毛先舒在《诗辩坻》中赞道:“张若虚‘春江潮水’篇,不着粉泽,自有腴姿,而缠绵蕴藉,一意萦纡,调法出没,令人不测,迨化工之笔哉!”这里借用末句收笔,“江畔”句“化工之笔”也!

作者小传

张若虚(约660—约720),扬州人,与贺知章、张旭、包融齐名,号称“吴中四士”。存诗仅两首,《春江花月夜》被广泛传诵。

疾风知劲草 板荡识忠臣

——真金还须火来淬

赠萧瑀 李世民

疾风知劲草，板荡识忠臣。
勇夫安知义，智者必怀仁。

选含名句的唐诗，即使选上五百首、一千首，也难免有遗珠之憾。那么为什么要选唐太宗的这首并不被许多选家看好的《赠萧瑀》呢？原因之一是它的代表性。倒不是唐太宗的皇帝的特殊身份，而是要借此提醒世人，大唐是诗的时代、诗的国度、诗的王国。上自皇上，下至娼家，三教九流无不写诗。既然有名无名的娼女歌妓的作品可以入选，为什么不能让皇上的杰作也露露脸呢？原因之二是这个句子无论是用政治标尺、史学标尺还是文学艺术标尺衡量，都不失为警策，其规律性地揭示和提炼、概括之功，以及对社会人生深入观察的眼力，都不在一流诗人的专业水准之下。

题中萧瑀与太宗的关系不同寻常。萧瑀是南朝梁王室的后裔，曾在隋和唐高祖李渊手下做过官。“玄武门之变”时李世民与几个兄弟为争夺皇权的争斗达到了你死我活的白热化程度，就在这要死要活的节骨眼上，萧瑀坚定地站在了李世民一边。

李世民得了天下，萧瑀成了他的重臣，君臣二人“铁”着呢！太宗之器重萧瑀，还在于他的人品。瑀为人耿介，为官清正，他的品格的坚定性非常人可比。贞观九年（635），上皇高祖驾崩时，太宗感喟道：“武德六年以后，高祖有废立之心而未定。我不为兄弟所容，实有功高不赏之惧。斯人也，不可以利诱，不可以死胁，真社稷臣也。”（《资治通鉴》卷一百九十四）因赐瑀诗曰：“疾风知劲草，板荡识忠臣。”太宗的这段话是“疾风知劲草，板荡识忠臣”的重要背景。在皇储废立的问题上，他为李世民立了大功，未受封赏却毫不计较，所以太宗说他“不可以利诱”，“不可以死胁”。太宗还让画师为萧瑀画了像，刻在凌烟阁上。

“疾风知劲草”，语出《东观汉记·王霸传》：“颍川从我者皆逝，而子独留，始验疾风知劲草。”疾，猛烈之意。当狂风吹来时，有些草伏偃，有些被吹折。但有一种草是吹不弯、吹不倒、吹不断的，这就是经得起严峻考验的“劲草”。“劲草”被人们混同于一般草，只有当狂风吹来时，方显出它的刚强、遒劲与坚韧不拔。

“板荡识忠臣”，“板荡”出自《诗经》。《诗经》中有《板》《荡》二篇，因《诗经》中作品均诞生于社会动荡、混乱时期，故后世将“板荡”作为社会动乱的代名词。一代名将岳飞就曾说过“中原板荡”。该句是说，忠臣与劲草一样，平时与常人无异，看不出有什么奇特、超常之处，但当社会动荡、混乱时，善恶、忠奸、邪正便分野清晰、了了分明。这是太宗对萧瑀在局势混乱、转捩的节骨眼上对自己忠诚的肯定和赞赏。诗的后两句从正反面说勇夫没有头脑，没有政治眼光，不坚持原则；只有智者才会怀有仁爱、仁义之心。

太宗的名句是经验之谈，同时又有一定的普世意义。世上最复杂的莫过于人，同一个人性格往往具有两重性；一生中不同历史时期的表现往往判若两人；一些人的言行、表里又常常相悖；表面上才华横溢，实际能力却不敢恭维。故而中国人对活着的人不肯作评论而喜欢“盖棺定论”。对是否有节操、是否真有才，须长期观察。“试玉要烧三日满，辨材须待七年期”（白居易《放言》），便是人生经验的提炼和概括。然而社会动乱时，国家危亡时，生死攸关时，需要对义、利作抉择时，却最能考验人。是否是真金美玉，到烈火上一烧便知。

“疾风知劲草，板荡识忠臣”，对我们砥砺名节、培养坚强意志、效忠国家民族、树立正确的节义和生死观，具有重要意义。人生应该迎风而进，逆水而上，不畏艰险，不怕困难，坚持原则，坚持真理，在复杂多变的局势中不迷失自我。当然，我们提倡的是站稳脚跟和经得起考验，而不是要发扬“忠君”精神，盲目地、无条件地忠诚于某一个人。

先于此的南朝诗人鲍照的“时危见臣节，世乱识忠良”，晚于此的南宋名臣文天祥的“时穷节乃见，一一垂丹青”，诗意与太宗句大体相类，但侧重各有不同，不妨参照欣赏，从中汲取有益营养。

作者小传

李世民，即唐太宗（599—649），隋末随父李渊起兵，推翻隋王朝。李渊即位，封为秦王。武德九年（626），发动“玄武门之变”。即位后实行均田制和租庸调法，兴修水利，恢复农业生产，史称“贞观之治”。

二 万木争荣

——仰天大笑出门去　我辈岂是蓬蒿人

海上生明月　天涯共此时

——平中见奇　淡能致远

望月怀远　　张九龄

海上生明月，天涯共此时。
情人怨遥夜，竟夕起相思。
灭烛怜光满，披衣觉露滋。
不堪盈手赠，还寝梦佳期。

海内外炎黄子孙，不知张九龄及其《望月怀远》者大有人在，却鲜有不知道“海上生明月，天涯共此时”的。皆因每当中秋佳节，皓月当空之时，现代传媒便会以这两句诗为主题，举办各类活动；全球华人便会齐声高诵张九龄的名句，遥寄对远方至亲好友的思念，捎去深深的祝福。

此诗模拟六朝诗痕迹明显，可能作于作者早期宦游羁旅之时。根据诗中描述的具体情境和“怀远”即“怀内”（怀妻子）的古诗惯例，以及“情人”“相思”“佳期”等词语的运用，所怀对象极有可能就是诗人的妻子。该诗与杜甫的《月夜》极相似。主题都是月夜怀远；怀想的都是挚爱的身在远方的异性；都是想象对方在这个美好的夜晚如何相思，夜不成寐。“天涯共此时”与“闺中只独看”、“披衣觉露滋”与“清辉玉臂寒”设语也极相似。是诗圣受张九龄潜移默化之影响,抑或名家、妙手之偶然巧合,我们已不得而知。张九龄之句早于老杜,但其境界之阔大无垠,意境之雄浑旷远,造语之空灵清淡,已显出盛唐之气象与神韵。

本诗首句便直扑主题,点明“望月”。接着笔锋伸向“天涯”,暗寓“怀远”之意。“天涯共此时”是全诗枢纽。在这个美好的夜晚,是明月把那远在天边的佳人与诗人维系在了一起,他们虽然不能相见,但可以一起欣赏天穹那轮皎洁的明月。“举头望明月”,此时此刻,“你在思念,我也在思念”。中间两联,具体细腻地想象情人如何被月色勾起闺怨,如何竟夕起相思。她灭掉了孤独的烛光,深爱那盈室的月华。情人不堪闺房的孤独凄恻,披衣出户,但又经不起越来越重的露水的侵袭。尾联突发奇想:夫人此时大概正在伸出双手,想捧住我投赠给她的月光吧!可惜月光空虚,双手无法捧住,只好转入房中,企盼能在梦中与我相会。

海上的明月是全诗之魂。情人因月而“怨遥夜”,而“竟夕起相思”;因月色皎洁明亮而“灭烛”,因披衣赏月而“觉露滋”;想捧掬赠给她的月色而不可得,只得无奈地回房安歇以期梦中相会。“月”不再是简单的行文线索。她是一种象征,一种寄托,是相思情怀最理想的意象。她似乎很有灵性,很有感情,但毕竟是“物”不是“人”,在“明月千里寄相思”的情感交流中,有她冷漠、不肯遂人愿的一面,她帮不了情人多大忙。

巧妙地化用典故,使诗意隽永而典雅,是名句的一大特色。此句出自谢庄的“隔千里兮共明月”,由“千里共赏明月”化为“海上生明月,天涯共此时”。前者只一句,没有月升起的过程与背景,不含相思之意;后者扩为两句,描述了月色从无到有、在浩瀚的大海上生成的过程,“天涯共此时”将全诗的相思怀远之意尽摄句中。此句与东坡的“但愿人长久,千里共婵娟”有异曲同工之妙。本句出现在开头,意在引起下文;东坡句出现在结尾,功在收束全词。东坡表现的是兄弟手足之情;九龄抒发的是夫妇暌离之苦。有意思的是这三个名句体裁却不一样。张九龄句是诗,苏东坡句是词,谢庄之句是赋。三句各逞其长,异代而生辉,同为千古名句。

读张九龄的这个名句轻松而惬意,不像有些苦心经营、千锤百炼之句那么沉重。它与谢灵运的"池塘生春草"(《登池上楼》)、"明月照积雪"(《岁暮》),谢朓的"大江流日夜"(《夜发新林至京邑赠西府同僚》)一样,同属信手拈来、脱口而出的佳句,看似平淡,但平中见奇,淡能致远。

有学者以为,此诗是以芳草美人之情比忠贤去国之思。意谓此诗与屈大夫之《离骚》的表现手法一样。窃以为,倘无确凿证据,大可不必将其拔高到政治层面。倘若胶柱鼓瑟,"海上生明月,天涯共此时"这么好的句子反倒没有意味,失去丰采光华了。

作者小传

张九龄(678—740),字子寿,韶州曲江(今属广东)人。长安进士,玄宗时官至中书侍郎、同中书门下平章事。有《曲江集》。

欲穷千里目　更上一层楼

——人生追求的大境界

登鹳雀楼　　王之涣

白日依山尽，黄河入海流。
欲穷千里目，更上一层楼。

岁月的沧桑、历史的烟云，能淘洗、湮没无数的人物和事件，却掩不住中国古代几座名楼的光辉。这就是山西的鹳雀楼、湖北的黄鹤楼、云南的大观楼、湖南的岳阳楼和江西的滕王阁。她们与文学名著因缘极深，支撑她们历千年而风采依旧的，是那些光芒四射的传世诗文。

鹳雀楼因王之涣的《登鹳雀楼》而名播海内外。

据《清一统志》记载，鹳雀楼旧址在山西蒲州（今山西永济，唐时为河中府），建于黄河中高阜处，因时有鹳雀栖其上，遂名。后被河水冲没，乃于城角楼为匾以存其迹。沈括在《梦溪笔谈》中对楼的地理位置与当年人文荟萃的盛况有如下记载："河中府鹳雀楼三层，前瞻中条，下瞰大河。唐人留诗者甚多，惟李益、王之涣、畅当三篇能状其景。"三首佳作中又数王之涣的这首五绝最负盛名，以短短二十字而传世，而不朽。该诗景象壮阔，意脉流动，视通万里，尺幅兴波，将情、景、理熔于一炉，启人神思，催人向上。

诗的前两句写傍晚登临时见到的山河的壮阔气象。向西远眺,太阳中天时的光焰已经消减,只见一轮白日正依托着连绵起伏的峰峦冉冉下沉。下一句是顺着奔腾咆哮的河水远逝的方向俯瞰。唯见决昆仑而下的河水一泻千里,东归大海。有人质疑此处描写失真,理由是,鹳雀楼再高,诗人目力再好,也不可能望见黄河的入海口。诚然,以生活常识而论,他当然望不见。不过我们别忘了,王之涣是诗人,他是在写诗。何况他也没有明确说登楼望见了黄河的入海口呢? 我们把"入海流"理解为"向着入海处流去"可也。有评者建立了一个新的概念,将这类只能意会而非眼前真切所见之景叫"意中景"。用"意中景"来解读则更为透彻,且富有理论色彩。

下两句别开生面,将我们引向一个更高的全新境界。纵观全诗,作者以鹳雀楼为观察点,始则西眺,继而东瞰,白日依山之雄浑、大河奔涌之壮阔,尽收眼底。诗人巧妙地将山、河、日、楼统揽怀中,铸成了一幅山河壮丽的鹳雀楼晚景图。

名句的妙处之一是构思巧妙,出人意表。前两句写登楼所见,东、西、远、近,俱已点染,按常人的思路景已写完,无话可说了,顶多再来点什么抒怀之类的东西吧! 可作者和我们想的不一样,他想到的是如何才能看到更远处的景色,如何才能将眼前模糊的景色看得更清晰。于是乎他想到了"更上一层楼"。

名句的妙处之二是意境的创新。作者不蹈袭登临抒怀的老一套,为我们设置了全新的景观气象。他所追求的是更广阔的视野。尽管他已经望见了天边的落日、入海的黄河,但诗人并不满足,他还要追求更高、更远,那是天外天,楼上楼,黄河尽头的浩瀚的大海,他要将人的有限的认识能力发挥到极致,将瞬间的自我融入无穷的时空。一句话,是全新的大境界!

名句的妙处之三是包含深刻的哲理。俗话说，站得高才能看得远。作者当时身在第二层，要想穷千里目，便只有"更上一层楼"。"择高处立"，"向宽处行"，人生应尽量拓展自己认识世界的范围和空间，不能囿于逼仄的时空。眼界宽了，看得真切了，心胸便开阔了，处事便豁达了，审美情趣也就随之提升了。或曰，诗当以形象思维取胜，不当谈自然、人生之玄理。此言差矣！作者此处并未宣示什么人生哲理，也并不想向读者灌输什么，他仍在写景，只是景中自然地融入了理趣，是景中含理，寓理于景罢了！

名句的妙处之四是对仗工稳。沈德潜在《唐诗别裁集》中说本诗"四语皆对，读来不嫌其排，骨高故也"。名句用流水对，对仗而无痕迹，足见诗人对仗技巧的娴熟。

畅当的《登鹳雀楼》也是一首好诗："迥临飞鸟上，高出世尘间。天势围平野，河流入断山。"惜乎缺少王诗的哲理深思，只能屈居其下。

作者小传

王之涣(688—742)，字季淩，晋阳(今山西太原)人。为人狂放不羁，诗多被乐工制曲传唱，传世之作仅六首。

羌笛何须怨杨柳　春风不度玉门关

——无与伦比的大手笔

凉州词　　王之涣

黄河远上白云间，一片孤城万仞山。

羌笛何须怨杨柳，春风不度玉门关。

《凉州词》属乐府《近代曲辞》，唐人作《凉州词》多反映边塞生活。王之涣、王翰的《凉州词》均属此类。本题亦作《出塞》。高适有《和王七玉门关听吹笛》诗，题中王七即王之涣。王之涣在玉门关听吹笛并有诗作，可见本题非泛泛拟作，而是源于现实生活的亲身体验。由此观之，这首诗极有可能作于开元年间诗人漫游大河南北之时。

据《集异记》卷二载：开元年间，著名诗人王昌龄、高适、王之涣在旗亭（酒楼）聚会，旗亭有许多歌妓乐工，将流行的诗歌谱曲演唱，为客侑酒助兴。三位大诗人心血来潮，要比一比谁的诗被歌女唱得多。第一位歌女唱的是王昌龄的“寒雨连江夜入吴”，王昌龄便在墙上画上“一绝句”。接着演唱的是“开箧泪沾臆”，是高适的绝句。高适也在墙上画上“一绝句”。第三位歌女唱的是王昌龄的“奉帚平明金殿开”，王昌龄又画上第二道。王之涣有点着急了，指着队中最漂亮的歌女道：“此子所唱如非我诗，终身不敢与争衡矣。"酒过三巡,那女子终于出场了。她头发梳成双鬟,风姿绰约,一开口果然唱的是王之涣的"黄河远上白云间"。王之涣便嘲笑道:"你两个村夫,我没瞎说吧?"三人相视大笑,痛饮终日,一醉方休。这就是著名的"旗亭画壁"。这个故事说明,王之涣的这首诗如果跟同时代大诗人的佳作PK,肯定能摘得头筹。

首句溯流远眺,看到了大河的另一番景象。它像一条白练由宽变窄,一直通向那白云生处,幽远而娴雅。在大河、万仞山的大背景下,一座孤城特别显眼,显出守城将士的孤危与艰苦。

在一番强烈的烘云托月之后,名句隆重登场了——"羌笛何须怨杨柳,春风不度玉门关。"

羌笛,即今之横吹之笛,原出羌中,故名。杨柳,指乐府横吹曲《折杨柳》,音调怨伤。玉门关,在今甘肃敦煌,为中原通往西域的要隘。这两句的大意是:吹羌笛的人啊,你何必怨恨杨柳不青,把那《折杨柳》曲吹得如此哀怨呢?要知道,春风是吹不到玉门关外的啊!

管世铭在《读雪山房唐诗钞凡例》中说,诗人中王维、王昌龄、李白三家鼎足而立,而之涣"独以'黄河远上'一篇当之。彼不厌其多,此不愧其少。"这是说,王之涣以一首敌三家。世人多以李白、杜甫、王维、白居易为有唐一代四大诗人,管氏在明确提出王、王、李三足鼎立后,说还应加上王之涣,认为王之涣仅凭"黄河远上"这一首便可跻身其间,不必因为少而愧怍。他的诗,量少而质高,故能以少胜多,这在无形之中大大提高了名句的身价。

黄生在《唐诗摘钞》中将王之涣的名句与王昌龄的"更吹羌笛关山月,无那金闺万里愁"(《从军行》)、李益的"不知何处吹芦管,一夜征人尽望乡"(《夜上受降城闻笛》)作比较,认为二人之句不及王之涣之句，之涣之句“含蓄深永，只用‘何须’二字略略见意”。黄生的评论揭示了本句的第二个特点——含蓄。含蓄在何处？明代学者杨慎认为本诗表达的是“恩泽不及于边塞”，说得直白点便是朝廷对戍边将士刻薄寡恩。“玉门关”还暗用汉贰师将军李广利典。李广利出师西域，作战经年，死伤无算，请求班师，汉武帝大怒，发使阻断玉门关，下令：“军有敢入者，斩！”所以句中的“怨”不是简单地怨春风不至，杨柳不青，而是怨朝廷不体恤荒远苦寒中坚守孤城的将士。李锳在《诗法易简录》中指出：“不言君恩之不及，而托言春风之不度，立言尤为得体。”其在语言运用上做到了意在言外，恰如其分。

诗人用“何须”修饰“怨”，怨得有节制、有分寸。含而不露、委婉尽意，与盛唐昂扬向上的时代氛围有关。将士们转念一想，守土戍边，责任重大，也就不去计较了。

句中“杨柳”指树又指曲；“春风”实指又象征，怨春风不至，又怨皇恩不及；玉门是气候的界碑，又是生死攸关的进出关口。遣词的双重意义，使名句更其意味深长、涵咏不尽。

气蒸云梦泽　波撼岳阳城

——黄钟大吕震千古

望洞庭湖赠张丞相　　孟浩然

八月湖水平，涵虚混太清。
气蒸云梦泽，波撼岳阳城。
欲济无舟楫，端居耻圣明。
坐观垂钓者，徒有羡鱼情。

古来写洞庭的名句莫过孟浩然的"气蒸云梦泽，波撼岳阳城"。洞庭之浩浩汤汤，横无际涯，水天一色，云蒸霞蔚，洞庭之汹涌澎湃，撼动城郭，山岳潜形，樯倾楫摧，被他十个字囊括无余。它的壮阔，它的声威，它的力量，无不给人以真切的感受。一诵而如闻其声，再诵而如临其境，使人眼界顿开，心灵受到震撼。

关于诗的具体写作时间及张丞相其人，目前尚无统一说法。或说作于中年至长安求仕期间，或说作于离开长安南下吴越期间，也有说作于隐居襄阳鹿门期间。题中"张丞相"，一说是张九龄，一说是张说，一般倾向于跟作者关系比较密切的张九龄。以上两个问题无关宏旨，不影响对诗的理解与欣赏。大家一致的看法是，这是一首干谒诗。干谒就是"求请""有所干求而请见"

的意思,诗人想请张丞相任用或援引他。

唐代诗坛,孟浩然是唯一以布衣身份终老的著名诗人。他是否有过出仕做官的念想?“圣代无隐者,英灵尽来归。”(王维《送綦毋潜落第还乡》)盛唐没有隐者,或者说没有一个真正想归隐的人,孟浩然也不例外。

诗的前四句写洞庭湖。八月秋水盛涨,水面已与湖岸接平。此时的洞庭湖气象宏大,景色壮阔,几乎包孕了天(太清),涵容了天地之元气(虚)。它蒸腾起的水汽弥漫并笼盖了方圆数百里的云梦泽。它波浪滔天,以雷霆万钧之势震撼着古城岳阳。下面四句切入正题,说自己想渡河而无舟船,隐含无人援引、报国无门之意。“端居耻圣明”就说得更为明确了。有志之士不能辜负这个千载难逢的圣明时代,应该出来干一番事业。安居避世、无所作为是一种耻辱,含有婉讽圣明之世不当使志士沉没之意。末句用《淮南子·说林训》中“遇士无礼,不可以得贤”,“临河而羡鱼,不如归家结网”之典,婉讽张丞相应该付诸行动,以礼待士,援引自己。

干谒诗若写得不好,往往显乞怜之态;写得过于隐晦、不露痕迹,又往往不能引起对方注意,达不到目的。孟浩然此诗之“度”把握得非常好,托言“望洞庭”,顺势转移到“赠张丞相”。以“耻圣明”“羡鱼情”等双关语表明自己出仕济世之愿望,以“无舟楫”“徒有”等词表达希望引荐之意,主旨点到为算,态度不卑不亢。

想出仕缘何要从洞庭写起?因为洞庭的“涵虚混太清”“波撼岳阳城”正契合作者的胸怀和襟抱,反映了他自负而又不平的心理状态。在结构上又可以自然地过渡到下一层意思,为“欲济无舟楫”做准备,做铺垫。

现在我们专门来讨论名句。

云梦泽，是云泽、梦泽的合称。云梦泽古时范围极广，包括今之湖南北部，湖北南部之广大低洼水泽地区，洞庭是其一部分。“气蒸云梦泽”是突出洞庭湖对广大云梦泽地区气候的影响。岳阳城，据宋范致明《岳阳风土记》记载：“盖城据湖东北，湖面百里，常多西南风，夏秋水涨，涛声喧如万鼓，昼夜不息，漱齿城岸，岸常倾颓。”这段记载对洞庭波涛的声威写得非常具体，非常生动。

“震”“撼”二字见出作者炼字的功力。洞庭烟波浩渺，蒸发出来的水汽氤氲着云梦大泽，滋润着它整个生态系统，使之草木茂盛、郁郁葱葱，鱼虾鼋鳖，万类竞生。撼，摇、摇动。那是昼夜不息、喧如万鼓的波涛威力的写照，整个城池都被它冲撞得摇晃起来了。这是有点夸张的纪实。

孟诗以恬淡委婉、含蓄有节著称，但这两句却气势充足，意到笔随，这使我们看到了冲淡、高旷的孟浩然的另一面——气势磅礴，格调雄浑。

此两句常被人与杜甫的“吴楚东南坼，乾坤日夜浮”（《登岳阳楼》）并提。两联俱写洞庭的雄浑阔大，“坼”“浮”与“蒸”“撼”同为妙不可言之诗眼。用它们与“云梦”“吴楚”“乾坤”“岳阳城”搭配，洞庭便俨然成了天地万物的主宰。难怪方回要说，后人再也没有谁敢写洞庭湖了。确实如此，谁敢不自量力，挑战孟、杜？

作者小传

孟浩然（689—740），襄阳（今属湖北）人。早年隐居鹿门山。四十岁游长安，应进士不第。诗与王维齐名。有《孟浩然集》。

待到重阳日　还来就菊花

——语极淡而味至醇

过故人庄　　孟浩然

故人具鸡黍，邀我至田家。
绿树村边合，青山郭外斜。
开轩面场圃，把酒话桑麻。
待到重阳日，还来就菊花。

名句之为名句，或慷慨激昂，惊天地而泣鬼神；或缠绵悱恻，以悲情感动人心；或目光深邃，以哲理启人神思；或高唱入云，让人过目不忘。用上述标准衡量，孟浩然的"待到重阳日，还来就菊花"可能算不上名句。但专家学者肯定它，文人雅士欣赏它，普通读者喜欢它，历千年而不衰，怎么不是名句？

它是名句中的"另类"。没有一般名句的新、奇、特、独、绝、妙等特点，它的特色在于"平淡"，"淡到看不见诗"（闻一多《孟浩然》）。然而孟浩然的"淡"绝不像一杯无色无嗅的白开水，诚如沈德潜所言，他的淡是"语淡而味终不薄"（《唐诗别裁集》）。因而为诗要学孟浩然颇不易。纪昀就警告过："学孟不成，流于浅语。"

孟浩然似乎不大留意句的锤炼与雕琢，却十分注重篇章的整体擘画。余恕诚先生在评价该诗的总体艺术美时有一段很精

清·李方膺　墨菊

彩的比喻:“譬如一位美人,她的美是通体上下,整个儿的,不是由于某一部位特别动人。她并不靠搔首弄姿,而是由于一种天然的颜色和气韵使人惊叹。”(《唐诗鉴赏辞典》,上海辞书出版社1983年版)先生所言甚是。

既然如此,我们就先来欣赏一下《过故人庄》的整体美吧。

孟浩然此诗没有一点失意惆怅、牢骚不满,更无愤激之言,有的只是远离政治和官场的淡泊宁静、优美的田园风光和对故人的真挚深厚的情意,其情其境大有陶渊明采菊东篱之悠然、恬淡。

诗以时间为序,如家常拉呱,娓娓道来。首联缓缓而起,说老朋友杀鸡炊黍,邀“我”到农庄做客。起笔平平淡淡,无虚礼客套,主“邀”客即“至”。饮食也很平常,“鸡黍”而已,类似今日“农家乐”中的村野饭菜。本句平淡中含典雅。鸡黍,语出《论语·微子》:“止子路宿,杀鸡为黍而食之。”别小瞧“鸡黍”,这可是当年招待孔门大弟子子路先生的规格啊!颔联写途中所见景色。郊外迤逦的青山坐落在村子的侧前方。村子周边,绿树环抱,郁郁葱葱。颈联写主人的殷勤接待和宾主的亲切交谈。主人打开窗户,窗外是一片平整的打谷场和绿油油的菜园地。宾主的谈话也总离不开蚕桑、苎麻之类的农事和收成,饶有田园情趣。尾联写此行意犹未尽,相约重阳之日,再来赏菊。“青山”“绿树”“鸡黍”“场圃”“桑麻”“菊花”,构成了一幅宁静恬淡的人世桃源画面。

诗人怀抱济世之志而不得伸展,时不时要在诗中流露点牢骚与不满。但此诗却没有一点痕迹。诗人忘却名利,回归田园,在优美的田园风光和淳朴真挚的友情中找到了自己的精神家园。

此诗最能体现孟诗的自然、清新、冲和、旷放的特点。《过故人庄》犹如极品之茗,初入口其味平平,细咂慢品,方能体会到它的“味外之味”。

此外,名句还有什么可阐发议论的呢?

其一,诗人这一日盘桓非常惬意,尾联带有总结色彩。景色的宜人,环境的宁静,主人的热情,心情的愉快,全都表现在“待到重阳日,还来就菊花”中。今日做客,是受主人之邀,异日赏菊则是不请自来。一个“就”字,体现了主客的亲密无间,诗人的主动直率。

其二,“还来就菊花”自是一种高雅的期待。古人重阳节有饮酒赏菊的习俗。据《西京杂记》载:“菊花舒时,并采茎叶,杂黍米酿之,至来年九月九日始熟,就饮焉,故谓之菊花酒。”今日之席未散,诗人已在神往重阳节的重逢了。有菊花可赏,有陈酿可饮,良辰、美景、贤主、嘉宾,该是又一番景象吧!

其三,此句最能体现孟诗“味外之味”的特点。该诗“绿树”一联向来受人推崇,“合”“斜”二字,也确如灵光异彩,但毕竟只限于写景,缺少可供发掘的诗意内涵和“味外之味”,在诗味涵养上要逊于此句。

夜来风雨声　花落知多少

——幽微之中见禅意

春　晓　　孟浩然

春眠不觉晓，处处闻啼鸟。
夜来风雨声，花落知多少？

孟浩然的《春晓》平易、通俗。上自八十三，下至手中搀，众口传唱，历久弥新。但这首即兴小诗又有它含蓄、深沉的一面。诗人究竟向读者传递了怎样的思想感情？它的“象外之象”“言外之意”是什么？这些都颇耐咀嚼回味。

春天人慵懒易困，特别好睡。但昨夜诗人却睡得不好，缘于风雨噪声的侵扰。看来风雨的动静还不小。倘是“随风潜入夜”、入地润物的细雨，便不致扰得诗人睡不着。相反倒会有催人入睡的作用，像“画船听雨眠”一样，听着听着便睡着了。一夜难眠，拂晓时反迷迷糊糊睡着了。一觉醒来，天已大亮，鸟声啁啾，不绝于耳。这时诗人蓦然想起院子里的花儿，一夜风雨摧残，不知凋零几许。黄叔灿对此有极中肯、简练的概括：“一夜无眠，方睡达晓，故有‘夜来风雨声’之句，乃倒句法。”(《唐诗笺注》)

对孟浩然的这首小诗的理解，犹如观众对角色的理解，有一千个观众,便有一千个哈姆莱特。有人认为时令当在暮春,一夜风吹雨打,花儿纷纷凋谢,诗意在惜春;也有人认为,诗描绘的是春风、春雨、春鸟、春花,一片春情,表达的是对春天大自然的无比热爱;第三种认为由春晓鸟鸣转至风雨花落,“喜忧参半”;第四种,以为诗虽短却寓有深意,闻鸟鸣而思落花,“有无限摧残之感”(吴吴山附注《唐诗选》)。当然,作为理解欣赏,尽可见仁见智,各抒己见。

笔者最欣赏的是“禅意”说。李攀龙《唐诗训解》云:“首句破题,次句即景,下联有惜春之意。昔人谓诗如参禅,如此等语,非妙悟者不能道。”孟浩然以对生活真谛的妙悟,唱出了“花落知多少”,我们亦须像参禅那样,将欣赏的散乱心念集于一处,悟其“真味”。

参禅不那么容易。有个小故事说,两个小和尚为琐事吵架,甲先去告状,老和尚说:“你是对的。”乙接着也去告状,老和尚表态道:“你是对的。”旁观的第三个小和尚见师傅如此黑白不辨,是非不分,便向师傅提意见,师傅耐心听完后颔首道:“你是对的。”老和尚为何如此表态?也许他认为从当事者的立场看,都有他“对”的一面;也许他认为出家人应以“和”为贵,没必要去分清是非曲直;也许他不愿为此耗费精力,对小和尚敷衍了事。他的本意还真不容易悟透。“花落知多少”的妙处,恰似老和尚的“你是对的”。

诗人关心那些美丽的花儿,一夜风雨将它们纷纷打落枝头,不禁发出类似疑问又似叹息的一声长吟:“花落知多少?”他在自语还是在问别人?身边可有一个类似李清照笔下的“卷帘人”?诗人是就这么随口一说,还是要寻根究底?这一系列问题我们都不清楚,是一种需要慢慢耐心去“参”的“禅味”。

要悟得“花落知多少”的“象外之象”,不应该忘记诗人的身世。孟浩然早年曾有用世之心，美好的愿望未能实现，便产生了“只应守寂寞，还掩故园扉”（《留别王维》）的思想，过起了徜徉山水的隐遁生活。除了开元二十五年（937）被张九龄辟为从事的短暂任职外，一辈子未做过官。他是唐代少有的以布衣终老的诗人。他的一生像一汪泉水，清澈见底，波澜不惊。没有风生水起的激荡，没有咆哮安澜的起落，平静得像一面镜子。看庭前花开花落，望天上云卷云舒。日子就这样在平静清淡中慢慢逝去。他的心境有点像入定的老僧，心归一处。所谓“花落知多少”，其实是随口一说，并不认真，说不上是关注，更非执著，不过是平静生活中的平常一问，折射的是一颗平常心。

拥有清静寂定的心境才能写出这样的好诗。没有大喜大悲，淡泊而宁静；远离功名利禄，回归自然与本色；超然物外，花开花落两由之；随顺自然，“乐夫天命复奚疑”（陶渊明《归去来兮辞》）！当诗人春日晏起高堂卧，口吟“夜来风雨声，花落知多少”时，也把这种超乎寻常的散淡情怀带给了我们。

我们别忘了，名句的作者可是李白笔下的“红颜弃轩冕，白首卧松云”（李白《赠孟浩然》）的孟浩然噢！

更吹羌笛关山月　无那金闺万里愁

——一句宕开万里遥

从军行　王昌龄

烽火城西百尺楼,黄昏独坐海风秋。
更吹羌笛关山月,无那金闺万里愁。

开元、天宝,是唐诗高度繁荣的时代,一时群星映照,光辉灿烂。王昌龄就是这璀璨星河中一颗耀眼的明星。他获得了“开天‘圣手’”“诗家夫子”的最高荣誉。他的七绝更是被推到了唐人“第一”的高度。前人称赞道:“比兴深远,得风人温柔敦厚之体,不但词语高古而已。”(黄克缵《全唐风雅》)他运用比、兴手法,继承了中国传统诗歌的温柔敦厚的诗风。王昌龄以边塞为题材的七绝艺术成就最高,名句迭出,广为传诵。

诗的开头叙述背景,地点是烽火城西。“城”以“烽火”命名,说明这里古来就是烽火不绝的古战场。一般城市所具有的人烟辐辏、商业繁华、百业兴盛这里全然不见,只有剑拔弩张、戒备森严的战争气氛。高高耸立的百尺塔楼不在城内,而是坐落在“烽火城西”,那该是更加接近敌人的一座前沿瞭望楼塔。下句交代季节和时间。高原苦寒,清冷秋季增添离恨,让人伤神;青海湖吹过来的冷风侵入肌肤;黄昏来临,更加触发征夫的万里乡愁。

身边没有战友，一人兀自独坐，看来他是个哨兵，在瞭望值班。这位孤独的瞭望者，无疑是一位典型环境中的典型人物。

就在主人公情绪非常糟糕的时刻，耳边传来了笛声，吹的是充满离愁别绪的《关山月》。《关山月》为汉乐府横吹曲名，多写边塞士兵久戍不归，与家人互伤离别之情。李白曾以此为题，用“明月出天山，苍茫云海间。长风几万里，吹度玉门关”来诠释题意，用“由来征战地，不见有人还”和“戍客望边色，思归多苦颜”来形象地描绘边境战争的惨烈和征夫思乡的愁苦。笛曲所传递的信息，该是李白笔下的苍茫悲凉和凄苦的思乡情愫。此句中的“更”字是前两句诗意的递进和叠加。烽火黄昏，高楼独坐，海风吹秋，还要加上呜呜咽咽的《关山月》，真是情何以堪！

最后一句最妙，诗人宕开一笔，就像现在电视里的新闻连线一样，一下子就把万里之遥的夫妇二人连起来了。征夫在想象，自己这么多日不在家了，妻子肯定还和他在家时一样，天天把闺房收拾得干干净净，整整齐齐，把自己打扮得雍容华贵，得体可人。但是她只能独守空房，万般无奈（“无那”者，“无奈”也），她深知，丈夫可是身在千里万里之外啊！句中“无那”虽为虚词却非常传神。闺中人思夫归，盼团圆，日复一日，望穿秋水，但丈夫为国戍边，远在万里之外，她除了愁苦，计将安出？此之谓“无那”。万里之外的思妇无奈，黄昏独坐的征夫又何尝不是与她一样“无那”！

上述构思很奇特。诗人不取单一的叙述方向，但也不是“两地书”式的互动，而是征夫想象中的情景。短短一首小诗，诗人竟可以像小说家安排情节一样来构思，峰回路转，曲折尽意，真是让人惊叹。

在表达方式上，作者采用了“三叙一抒”的方式，即三句叙述，一句抒情，这在绝句中也很少见。我们见得较多的是一叙到底。如王维的《杂诗》:“君自故乡来,应知故乡事。来日绮窗前,寒梅著花未?”通常在诗意的表达上,也多是一联一意。如王维的《送别》:“山中相送罢,日暮掩柴扉。春草年年绿,王孙归不归?”前一联写送别,后一联问他什么时候回来,一联表达一个相对完整的意思。但王昌龄的这首诗很独特,前三句为一个意群,最后一句相对独立,表达另一层意思。前三句叙述,铺垫渲染,不遗余力;第四句水到渠成,转而抒情,出之自然,又蕴含不尽。

清人沈德潜《唐诗别裁集》评王昌龄云:“……深情幽怨,音旨微茫,令人测之无端,玩之无尽。”对照本题名句,“测之无端,玩之无尽”八字,则是切中肯綮之语。

作者小传

王昌龄(?—约756),字少伯,京兆长安(今陕西西安)人,一作太原人。开元进士,乱世为刺史闾丘晓所杀。长于七绝,题材多为边塞、宫怨。明人辑有《王昌龄集》。

黄沙百战穿金甲　不破楼兰终不还
——铿锵坚定的盛唐誓言

从军行　王昌龄

青海长云暗雪山，孤城遥望玉门关。
黄沙百战穿金甲，不破楼兰终不还。

这是一曲英雄的赞歌、壮士的誓词，表达了戍边将士与敌人不共戴天、"汉贼不两立"，不获全胜终不罢休的英雄气概。盛唐之边塞气象，于此可见一斑。但诗并不等同于军人的誓词和决心书，应有诗的意味和审美情趣。胡应麟便意识到了这一点，他在《诗薮》内编里赞美王昌龄的《从军行》等作品"风骨内含，精芒外隐，如清庙朱弦，一唱三叹"，评价王昌龄在注重思想内容的同时，兼顾了诗情、诗味，使作品臻于内容与形式高度统一，形神兼备。沈德潜对此诗则有他独到的理解："作豪语看亦可，然作归期无日看，倍有意味。"(《唐诗别裁集》)意谓边境战争不断，不彻底击破楼兰，返乡归家便遥遥无期。此说似更进一层，亦在情理之中。

《从军行》是乐府旧题，属《相和歌辞·平调曲》。《乐府解题》说，《从军行》"皆军旅辛苦之辞"。但本诗的主旨不在"辛苦"之哀怨，而是歌颂将士的豪情和必胜的坚定决心。

首句大处落笔，从广袤的边疆沙场取材。“青海长云暗雪山”。青海，青海湖，在今青海省西宁市西，唐与吐蕃经常在这一带发生战争。长云，漫天的云，此处既为实指，亦指战云。雪山，指横亘在甘肃省和青海省之间的祁连山。本句大意为：青海湖上空的漫天乌云使原本晶莹明亮的雪山黯然失色。一个“暗”字，写出了战场环境的迷蒙、昏暗。第二句“孤城遥望玉门关”中关于“孤城”和“玉门关”的关系，有两种理解。一说“孤城”即“玉门关”，意思是远远望去，玉门关是一座孤城；一说“孤城”是矗立在河西走廊的一座城，再往西才是军事要塞玉门关。后者似乎较合情理，因为“城”“关”本不是同一概念。唐时置河西节度使，防御西方的吐蕃和北方的突厥，以保护河西走廊的安全。诗中的“孤城”很可能就是河西节度使的治所。此句的大意是：从孤城往西遥望，可以隐隐望见军事要塞玉门关。首二句从青海湖写到祁连山，从孤城写到玉门关，迤逦绵延数千里，是一片广阔无垠的大战场，是戍边将士战斗和生活的典型环境。在一首小诗里，竟能展开数千里的大背景，让人折服！

三、四句是“黄沙百战穿金甲，不破楼兰终不还”。穿，磨破。金甲，金属制铠甲。楼兰，西域古国名，在今新疆维吾尔自治区鄯善县东南。汉武帝时多次遣使西域，楼兰王屡次勾结匈奴击杀汉使。汉昭帝元凤四年（前77），大将军霍光派傅介子至楼兰，斩其王。后世多以楼兰作外敌的代称。此处指边疆强敌吐蕃。此两句大意是：战士们身经百战，在黄沙的消磨下，厚厚的金属铠甲都被磨穿了，但他们豪情万丈，意志如钢，一致表示，不攻破吐蕃（楼兰），决不生还。

全诗的精气神，就在三、四两句。唐对吐蕃的战争绵延了几十年。战场气候条件之恶劣，战斗之频仍，敌人之顽固凶悍，长期面对吐蕃、突厥两面作战之艰苦，是常人所难以想象的。但将士们不退缩，不畏葸，无怨无尤，反而唱出了那个时代的边塞最强音："不破楼兰终不还！"诗句铿锵有力，掷地有声。

与前两句一样，此处也是大处落墨。诗人并没有撷取具体场景和个别人、事，而是概括地写整个队伍的豪情满怀和坚韧不拔。三、四句的关系是转折且递进。即使铁甲磨穿了，也仍然斗志昂扬，豪情满怀，抱着必胜的信念。上句越是突出，越是往极处发挥，下句便越是铿锵有力，高唱入云。

本句中"楼兰"典运用得非常成功。楼兰远在境外，其国王屡杀汉使，凶悍狡诈，桀骜不驯，但终被制服，这和吐蕃极相似。将士们决心要像傅介子制服楼兰那样攻破吐蕃，典故化用得自然而贴切。"楼兰"典因王昌龄的成功使用而广为流传。陈毅元帅抗战时在《卫岗初战》中曾巧妙地运用"楼兰"典："弯弓射日到江南，终夜喧呼敌胆寒。镇江城下初遭遇，脱手斩得小楼兰。""楼兰"前还冠个"小"字，表示了他对小鬼子的不屑与蔑视。

秦时明月汉时关

——“头重”可压篇

出　塞　王昌龄

秦时明月汉时关，万里长征人未还。

但使龙城飞将在，不教胡马度阴山。

王昌龄的七绝，唐代诗人中只有李白可与匹敌。他的《出塞·秦时明月汉时关》更是被推为唐人七绝的“压卷之作”，《升庵诗话》的作者杨慎甚至说“此诗可入神品”。此诗的具体背景是唐王朝的东北边事。开元间，受唐王朝册封的奚和契丹不时侵扰，唐王朝亦处置失当，故边境战争不断。

沈德潜以为此诗主旨“盖言师劳力竭，而功不成，由将非其人之故”(《说诗晬语》)。意谓边境战争不绝，无数征夫抛骨荒野，原因是没有任用李广那样令敌闻风丧胆又能体恤士卒的将才。沈德潜的着眼点是诗的讽喻意义。

但如果考虑到“秦时明月汉时关”这一大背景的文化内涵，沈说似乎又有其局限性。《出塞》是乐府《横吹曲辞·汉横吹曲》旧题，句中的“明月”和“关”由《关山月》而来。《乐府解题》说：“《关山月》，伤离别也。”故大凡离别之辞，大体总离不开“关”“月”二字，如王褒的“关山夜月明，秋色照孤城”(《关山月》)。

由此看来，作者是从历史沉思和对现实讽喻的结合上，希望消弭边境战争，结束边关将士与闺中思妇的“共看明月应垂泪”的“千年离别”，赢来举世欢乐的万家团圆。以悲天悯人的历史情怀为国家求和平、为生民祈福祉，应是本诗的题中应有之义。这个主题较沈氏之说要崇高多了。

诗的开头是互文见义，即秦汉时的明月秦汉时的关。千百年来，只见万里长征的健儿一队队地开赴前线，却很少见到他们生还。诗的后两句用条件复句申足“人未还”的原因，同时又提出了解决问题的方案。句中“龙城”，一说是匈奴大会祭天之所，一说为汉时右北平之卢龙城。史载，李广为右北平太守时，匈奴闻之，称他为“汉之飞将军”。阴山，西起河套，东至内兴安岭，古时为抵御外来入侵的屏障。这两句的大意是：只要李广那样的名将还在，就绝不会让胡骑踏过阴山。

对“秦时明月汉时关”，也有批评的声音。王夫之就认为头没开好。他认为此句出手太重，作为律诗开头尚可，作为绝句开头，“未免有头重之病”（《姜斋诗话》）。

应该承认，本诗开头确实是“重”。一般诗歌开头，如“朱雀桥边野草花”，“朝辞白帝彩云间”，均有缓缓而起的特点。但本诗落笔就重锤击鼓，从千年之前，万里之外落笔，用“关”“月”生发主题。作者一上来就把镜头推向广袤而又深邃的历史时空，概括重于泰山。

开头重是不是就一定不好呢？窃以为应作具体分析。

首先要看有没有与之匹配的形象。请看首句以后的几个形象：

- “万里长征”。从广袤的空间来描写边战的规模，这是一场举国之战。战士们从四面八方，迢迢万里汇集到边境。
- “人未还”。这里的“人”是个大写的“人”，涵盖古今所有边关将士。

- “龙城飞将”。汉将李广，赫赫有名的抗击匈奴的英雄。
- “胡马”与“阴山”。“胡马”，是个泛称少数民族军事力量的纵贯古今的大概念；阴山，中原屏障，胡、汉反复争夺的要冲。

以上形象所涉及的时、地、人、事，既大且重，堪与“秦时明月”“汉时关”匹配。

其次要看有没有与之相当的内容。本诗主题分两个层面。一是消弭边战，祈求和平；二是呼唤李广式的大英雄，一举而绥靖边患。前者之大之重自不待言。后者借“龙城飞将”来表现主题，着眼于总结历史经验教训。边境战事延续了千百年，原因有二：一是时无英雄，缺少李广式的时代大英雄；二是统治者用非其人。作者用战略眼光审视古今，从历史高度总结经验教训，主题可谓大矣，足以支撑开头之“重”。

本诗前后斤两悉敌，首句之重不应成为诟病的理由。

忽见陌头杨柳色　悔教夫婿觅封侯

——一个“悔”字境界全出

闺　怨　王昌龄

闺中少妇不知愁，春日凝妆上翠楼。
忽见陌头杨柳色，悔教夫婿觅封侯。

王昌龄长于用细腻的笔触刻画妇女的心理活动，《闺怨》与《青楼怨》是这方面的代表作。顾璘在《批点唐诗正音》中说：“宫情闺怨作者多矣，未有如此篇与《青楼怨》二者雍容浑含、明白简易，真有雅音，绝句中之极品也。”《唐诗摘钞》在评点闺情诗时也说，“此首第一”。细细咀嚼原诗，愈品愈觉“极品”“第一”的评价恰当、精准，非心血来潮之溢美之辞也。

“不知愁”，《唐诗鉴赏辞典》（上海辞书出版社 1983 年版）作“不曾愁”，但现今流行之多种版本均作“不知愁”。

诗的头两句，写一位闺中少妇不知愁，在一个春光明媚的日子里精心梳妆，登楼欣赏春景。凝妆，盛妆，着意装束。翠楼，古时显贵之家楼房多饰青色。表面看，这位少妇家境富裕，阅历不深。但她“凝妆”“上翠楼”，很可能是由于种种原因而不得不掩饰自己内心的怨怅。后两句感情陡转，由阳光灿烂，一下子“晴转多云”。当她看到陌头泛绿吐青、参差披拂的杨柳时，顿时一阵寒意袭上心头，后悔不该让丈夫为建立军功去从军。

一个“不知愁”的少妇悔了，愁了，倍见悔恨之深。她的深沉一叹，谁人能喻？

这首诗的特点是只交代少妇内心感受的“急转弯”，说她突然后悔起不该让丈夫去“觅封侯”，至于她因何而悔，具体的心理过程怎样，未在诗中交代。这就给读者留下了一大块合理想象的空间。

现在单来说这“悔”字。

诗中的女主人公虽然已婚，但生性率真、单纯，从不知愁为何物。在一个春光灿烂的日子里，她一早起来对着镜子精心梳妆打扮，盛装华服，登上画楼，去欣赏那绿满原野、姹紫嫣红的无边春色。可是当她一眼看见大路边婀娜飘舞的嫩绿杨柳时，好心情便顿时消失得无影无踪，一股强烈的懊恼、悔恨之情油然涌上心头。悔不该轻率地让丈夫为博取功名而去从军远征。

为何见到杨柳便陡生悔意？原来古人有折柳送别的习俗。“柳”“留”谐音，折柳送行，就是要表达一份依依惜别之情。著名的《渭城曲》所描写的“客舍青青柳色新”，正是这种典型场景。可以想象，女主人公一眼看到“陌头杨柳色”时，她的心灵肯定会像触电一样，强烈震颤，因为那正是她当年手执杨柳送别丈夫的地方啊！

早知今日，何必当初？当年他去从军，她一点没拖后腿，支持他，怂恿他，鼓励他，把个立功边陲、封妻荫子的好处说了一遍又一遍，甚至将想象中的立功封侯、衣锦还乡的场面描绘给他听。这也难怪，盛唐是个崇尚军功的时代。“功名只向马上取，真是英雄一丈夫。”（岑参《送李副使赴碛西官军》）这是当时知识分子普遍的价值取向。毫无疑义，这种“重功名、轻生死”的时尚必然要传染给深闺中的妇女。然而，此刻，她深深后悔了。

后悔自己太天真。功名不像探囊取物那么容易,敌人不是泥塑木雕,可以手到擒来。相反,沙场征战苦,“千去不一回”。这不,丈夫至今生死未卜,音讯全无。

后悔自己虚荣心太强。她深居闺中,但和许多妇女一样好面子、爱虚荣。幻想丈夫一旦立了大功封了侯,自己便是诰命夫人,穿金戴银,前呼后拥,好不体面。现在倒好,无情的现实将理想的肥皂泡全击碎了。

后悔自己太轻离别。当时她处在送夫从军的精神亢奋期,根本没想到离别相思之苦。现今空守闺房,连个说话的人儿都没有。细想起来,以牺牲夫妻团聚为代价,去换取幻想中的功名,实在一点不值得!

“悔教夫婿觅封侯”,一个“悔”字,境界全出。可世上没有后悔药,女主人公将继续承受这无穷悔恨的煎熬。

洛阳亲友如相问 一片冰心在玉壶
——诗到极处品自高

芙蓉楼送辛渐　　王昌龄

寒雨连江夜入吴，平明送客楚山孤。
洛阳亲友如相问，一片冰心在玉壶。

唐人送别诗中，王昌龄的《芙蓉楼送辛渐》与王维的《渭城曲》，同为深情远唱、深受读者喜爱的上乘之作。“劝君更尽一杯酒，西出阳关无故人”，感情真挚，衷肠滚烫，至今回荡古城上空，响彻遥远的丝绸之路。“洛阳亲友如相问，一片冰心在玉壶”，幽情绵邈，声震林木，越江而去，直趋古都洛阳。

送辛渐的诗共两首，此其一。芙蓉楼遗址在今镇江（古润州）西北，原名“西北楼”，唐时晋王李恭任润州刺史时改名为“芙蓉楼”。楼在江边，登临可鸟瞰长江，远眺可见江北风光。辛渐是诗人的朋友，生平不详。从诗意看，他好像是途经润州，诗人是闻讯从江宁（今南京）赶来与他晤面，为他饯行，在芙蓉楼送别。

要理解宕开一笔的写法，须了解诗人的坎坷经历。王昌龄才高心旷，为人不拘小节，一生官职不高，却两次遭贬。据《河岳英灵集》和《唐才子传》记载，诗人“晚节不矜细行，谤议沸腾”，

“两窜遐荒”。第一次被贬到岭南，归后任江宁丞，时间不长，再次被贬到龙标。句中的“一片冰心在玉壶”表贬后心迹，是对众口交毁的回应，对谤议的蔑视。

诗的大意是：暮秋的冷雨潇潇不歇，雨幕与江水连成一片，水天迷蒙，夜色沉重。一位来去匆匆的过客（辛渐）来到了古代勾吴（镇江属吴地，三国时孙吴曾建都于此）。天明时我为他在芙蓉楼送行，眺望他此行的方向，唯见江北有一座无依无傍的孤独的小山，那已属古时楚地了。此两句另有一解：“吴”“楚”均指古之润州，即今之镇江。润州古时先属吴后归楚。既然“吴”“楚”均指润州，那么“楚山”也就是润州境内之山了。大意为，诗人夜雨入吴，平明在润州芙蓉楼送客。诗人在慰别友人之时，托他捎个信。到了洛阳，倘亲友问起他的近况，就请告诉他们，我王昌龄光明磊落，犹如一颗晶莹澄明的冰心置于无瑕无疵的玉壶之中。

全诗的旨意在上下两联之间有一个九十度的大转弯。按“一诗一意”的写诗常规，下联应该像《渭城曲》的下两句那样围绕离情别意展开。可王昌龄却笔锋转向自己，把个辛渐撇在一边，让他当个“信使”。诗人这样安排并无不妥之处。其一，并未超出“送别”范围。托辛渐捎个信，仍属主客间的送别活动，只是有所侧重而已。其二，口信的内容其实也是诉说给老友辛渐听的。其三，不过度渲染离情别意符合送别对象的实际情况。辛渐是中途路过，表达过于矫情，反成败笔。这种乍见又别的情况，很像李益的《喜见外弟又言别》中的情景，“别来沧海事，语罢暮天钟”，结语非常平淡。

“一片冰心在玉壶”中之“玉壶”，典出南朝鲍照《白头吟》：“直如朱丝绳，清如玉壶冰。”形容人品之明澈纯净，不慕荣利。唐开元宰相姚崇曾作《冰壶诫》云：“内怀冰清，外涵玉润，此君子冰壶之德也。”唐代诗人王维、崔颢、李白等都曾以“玉壶”自励。王昌龄别出心裁地在“玉壶”里又放置“一片冰心”，借以突出自己晶莹温润、毫无瑕疵的高尚人格，同时也表达了对洛阳亲友的一片深情。

《渭城曲》中“劝君更尽一杯酒，西出阳关无故人”属正常送别。饯别已近尾声，诗人王维劝好友元二无论如何要再喝一杯，他俩感情太深了。“感情深，一口闷”，出了阳关，你便再也没有我王维这样的好朋友了！此情此景着实让人感动。王昌龄的这一联完全不一样。内容与送别有点联系但没有什么关系，诗人反主为客，占据主导地位，客人辛渐倒成了为他服务的“信使”。

身为贬官，没有机会表露心迹。现在辛渐来了，正好借送别来表现自己的玉洁冰清。说得简单点，就是不写送别写自己。这是一着“险棋”，但王昌龄成功了，玩得很轻松。诚如俞陛云在《诗境浅说续编》中所说：“借送友人以自写胸臆，其词自潇洒可爱。”

渡头余落日　墟里上孤烟

——身在此中“大自在”

辋川闲居赠裴秀才迪　　王维

寒山转苍翠，秋水日潺湲。
倚杖柴门外，临风听暮蝉。
渡头余落日，墟里上孤烟。
复值接舆醉，狂歌五柳前。

此诗当作于天宝九年（750）之后诗人半官半隐期间。有两件事促使王维厌恶官场、羡慕隐居生活。第一件事是开元二十四年（736）张九龄的罢相，以及天宝五年（746）李邕、裴敦复等被诛杀。上述事件使诗人失去了朝中依傍和知己，使他视仕途为尘网、为樊笼。第二件事发生在安史之乱时。玄宗奔蜀，王维扈从不及，为乱军拘获，被迫接受伪职。其间闻旧时梨园弟子、教坊工人被迫于凝碧宫为安禄山奏乐助兴，暗中写下了《凝碧诗》，中有“万户伤心生野烟，百官何日再朝天”之句。后肃宗追究在伪朝任职的朝官，王维凭这首诗，加上弟王缙及在朝重臣的营救，免于一死，但被罢官。此事对诗人打击很大，虽然躲过一劫，但已看破世事，把仕宦看得更淡了。

辋川别墅是诗人母丧屏居辋川时，于宋之问蓝田别业所辟。

题中的“裴秀才”即裴迪，诗人的挚友。这首诗通过对辋川初秋山水田园风光和人物活动的描绘，抒发了厌弃官场、热爱田园生活的思想感情。王维晚年与裴迪游于辋川别墅，赋诗相酬乐，这是其中的一首。尾联“复值接舆醉，狂歌五柳前”，是这种感情的最好写照。接舆是春秋时楚国的隐士，因不愿做官而佯狂，曾作歌嘲讽四处奔走推行自己政治主张的孔子，这里用以比喻好友裴迪；“五柳”是指晋代大诗人陶渊明，陶渊明因不满黑暗政治而辞官归隐，此处是诗人自比。

全诗四联以“景—人—景—人”的结构展开，错落有致。首联与颈联从大处落笔，写山写水。寒山由“青翠”转为“苍翠”，翠中带有灰白。山溪也一改夏日的奔流喧嚣，水流变得清澈而舒缓。颈联撷取黄昏时渡头落日和村落炊烟两个场景。夕阳眼看就要在渡口落下去了，村子里已经有人家生火做饭，一缕炊烟冉冉升向空中。颔联、尾联写人物活动。诗人拄着拐杖，倚靠着柴扉，迎风听着傍晚时分蝉儿有气无力的鸣叫。就在这时，那位又喝得醉醺醺的接舆般的狂人，一路狂歌，从诗人面前走过。他就是诗人的好友裴迪。此两联写裴迪时也顺便写了自己，将自己比作五柳先生陶渊明。二人形象鲜明，个性迥异，静者意态安闲，动者一路狂歌。

该诗从构思结撰到遣词造句处处可见陶渊明的身影。陶渊明不肯束带折腰向乡里小人，“不戚戚于贫贱，不汲汲于富贵”（陶潜《五柳先生传》），与仕途、官场决绝。王维向往的就是五柳先生“结庐在人境，而无车马喧”（《饮酒》）的隐居生活。没有纷争，没有倾轧，没有尔虞我诈，没有你死我活。只有乡间生活的宁静，自然山水的秀美，野老村夫的淳朴。这是一种精神层面的崇尚追求。

“渡头余落日，墟里上孤烟”是全诗的精粹，“绝妙好辞”。诗意从陶潜的《归田园居》中的“暧暧远人村，依依墟里烟”化来。王维的功夫在于学习、借鉴、改造和脱胎。这么说是不是有点辱没王维？非也！陶潜是一流大诗人，作品对李白、白居易、苏轼等产生过重大影响。著名美学家朱光潜先生认为：以诗而论，李白不如杜甫，杜甫不如陶渊明。据说苏轼每次读陶诗不过一首，怕一次读完今后就读不到这样的好诗了。王维受陶诗影响，向陶潜学习，是很正常的事。

此联是一幅动静结合的立体晚景图。作者抓住了落日切近渡口水面的瞬间，用“余”形容它的最后一抹余晖。“孤烟”不仅景色美，而且意蕴丰。天色将晚未晚，最早意识到暮色降临的人家已经准备晚饭了。

落日是红的，向下沉；炊烟是白的，往上升。“渡头”“墟里”呈平面状态，“落日”“孤烟”占有着立体空间。“日”“烟”呈动态，参照物“渡头”“墟里”显得静谧而安详。句中融入了绘画元素，“诗中有画”，唯王维能之。

高步瀛在《唐宋诗举要》中用“随意挥写，得大自在”评论本诗，那么我们在欣赏名句时不妨说，诗人在结撰“渡头余落日，墟里上孤烟”时才真正找回了失落的自我。

作者小传

王维（约692—761），字摩诘，原籍祁县（今属山西），其父迁居蒲州（治今山西永济），遂为河东人。开元进士。官至尚书右丞，世称王右丞。诗与孟浩然齐名。精音乐，工书画。有《王右丞集》。

山中一夜雨　树杪百重泉

——兴至神来的天然妙笔

送梓州李使君　　王维

万壑树参天，千山响杜鹃。
山中一夜雨，树杪百重泉。
汉女输橦布，巴人讼芋田。
文翁翻教授，不敢倚先贤。

这是王维为一位李氏友人到蜀地梓州赴任而作的送别诗。同为送别诗，这一首与《渭城曲》大不一样。《渭城曲》是一首高唱入云的友谊之歌，情真意切，酣畅淋漓。本诗意在劝勉，主旨在尾联："文翁翻教授，不敢倚先贤。"对李使君寄予厚望，希望他到任后鼎新革故，继往开来，有所作为。

梓州，古蜀地，治所在今四川三台。"使君"是对州刺史的尊称。李使君生平不详，从诗的语气看，其地位可能与作者相当，或在作者之下。

首联大处落笔，分句间互文见义，紧扣蜀地两大特点描绘。蜀地多山，千山万壑，连绵不绝；山间多树，万木参天，郁郁葱葱。林子大了什么鸟都有，这里作者单写杜鹃。为何？因为杜鹃鸟本古蜀王望帝精灵所化，是蜀地土生之鸟，难怪千山万壑要响着一片杜鹃声了。颔联由宏观描写转向具体与精细，说一夜雨下来，树梢滴下的雨水汇成了无数条泉瀑。此两联不写眼前送别情景，笔锋直逼李使君赴任的蜀地风光。

颈联写蜀地的风土人情。梓州为少数民族聚居地，妇女们用橦花织成的布缴纳赋税。蜀地产芋，居民常为芋田纠纷闹上法庭。尾联用文翁之典结意。文翁，汉景帝时蜀郡太守，因蜀地蒙陋，上任后建立学宫，以礼义教授百姓。"翻教授"，意谓"教授使之翻然改观"。据《汉书·循吏传》记载，蜀郡"由是大化"。诗人希望李使君继承文翁的优良传统，发挥教育的教化作用，开创治蜀的新局面，而不能依赖先贤的治绩无所作为。后两联由上半首的时、地过渡到人、事，写来神完气足，揭示题旨。尾联由文翁之典引申新意，劝勉之意显得非常得体。

王维此篇无意标新而意自新，无意求工而句自工。送别不写眼前景物、人事，而用整整三联写李使君将赴任的蜀地奇秀风光与风土人情，尾联突然将笔锋收回，点明劝勉之题旨，是其新处；"山中一夜雨，树杪百重泉"一联紧承首联，想象奇特，画面清新，对仗精巧，是其工处。

现在我们来欣赏"山中一夜雨，树杪百重泉"。

关于"树杪"与"百重泉"的关系，有两种理解。第一种如前所述，是树梢的滴水汇成了百道泉；第二种理解是，山间下了一夜雨，远远望去，无数道泉瀑就像从树梢泻下一样。杪，树梢。两说均通。这里取第一种理解。此联译成现代汉语为：山间下了一整夜雨，从树梢上滴下的雨水汇成了无数道泉瀑。

此联与上联紧紧勾连。出句的"山中"承上联对句的"千山"，对句中的"树"承上联出句的"树"。上联泛泛，本联精细，但均有体物入微之妙。

"树杪百重泉"想象奇特，描摹刻画细腻。诗人平生并未入过蜀,更未感知过蜀地夜雨、山中泉瀑,写来却惟妙惟肖,让人如临其境。这里固然可能调动了他终南辋川的生活积累,但更重要的是他想落天外的思维能力发挥了巨大作用。诗人把蔚为壮观的“百重泉”与树梢上的一片片树叶联系起来,想象两者间相因相生的关系。在这里,诗人的丰富联想、想象与画家的敏锐的感知和独特的审美视角完美融合为一体。这也是王维诗歌的审美意境之所以难为常人所企及的重要原因。

从对仗看,首联是工对,本联是流水对。流水对克服两联皆工的板滞,一气贯注,富于变化。

送别是唐人写滥了的题材,劝勉的主题也并不新鲜。那么本诗凭什么赢得读者的喜爱?凭的是前四句。此四句起点高,工笔描绘又浑然一体,山川景物具有浓烈的蜀地地方色彩。王渔洋赞前四句是“兴来神来,天然入妙,不可凑泊”(《古夫于亭杂录》卷三),纪昀称“起四句高调摩云”(《唐宋诗举要》引纪昀语)。二人赞誉有加,同时也提醒我们,名句属四句整体中的一部分,欣赏时不可割断。

明月松间照　清泉石上流
——诗人理想的生存环境

山居秋暝　王维

空山新雨后，天气晚来秋。
明月松间照，清泉石上流。
竹喧归浣女，莲动下渔舟。
随意春芳歇，王孙自可留。

欣赏王维的山水田园诗，最好择一曲径通幽的篁竹深处，煮一壶清茗，心归一处，边品茶边赏诗。

《山居秋暝》是王维山水田园诗的代表作。诗人捕捉了最能表现隐逸生活的意象，以清新、明快的语言出之，歌颂山水、自然及宁静的山居生活，抒发了安于归隐的思想感情。清人张谦宜赞誉该诗是“写真境之神品”，可谓中肯之言。

本诗作于王维闲居之时，具体时间已不可考。

首联搏题。题中有“山居”，首句便以“空山”呼应；题中有“秋暝”，诗中的“晚来秋”几乎就是对“秋暝”的具体解释。刚下了一场雨，山野显得格外清空，秋天雨后的傍晚，使人感到了阵阵凉意。颔联以凝练之笔描摹山中秋晚之景。明月渐渐升起来了，皎洁的月光照彻一片松林，斑驳的松影使周围环境显得更加清幽。一道清泉在平坦的涧石上流过，显得格外清浅。诗的下半首采用与《送梓州李使君》同一手法，于写景后写人物活动。颈联出句写竹林中传来一阵阵喧笑声，那是溪边洗衣的姑娘们回来了。对句写溪中莲叶晃动，那是晚归的渔船顺水而下，穿过田田荷叶傍岸了。这两句诗人似乎是凭感觉在写诗。“竹喧归浣女”，只闻其声而不见其人；“莲动下渔舟”，只见莲动而不见渔舟。以虚写实，晚景更显清空。尾联对诗意作归结：就让春芳随意地归歇吧，这里的秋色同样美好，照样可以留人。王孙，典出《楚辞·招隐士》，“王孙游兮不归，春草生兮萋萋”，“王孙兮归来，山中兮不可以久留”。此处反其意用之，化“不归”为“可留”。王孙，《经典唐诗》注为“作者自喻”，《唐诗鉴赏辞典》（上海辞书出版社 1983 年版）亦持此说。但也有不少人认为“王孙”是另有其人。如《唐诗三百首全解》就将此句译为：“山中秋色如画，正可把公子您挽留。”两说孰是，尚可进一步商榷讨论。

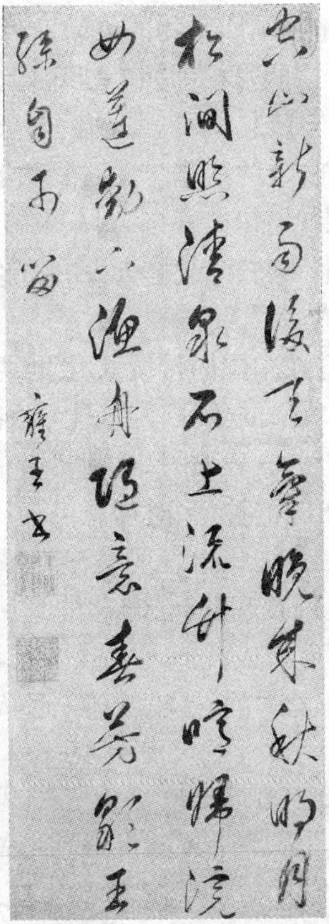

清·雍正 书

“诗中有画”（苏轼语），《山居秋暝》之谓也。诗中的山、月、溪、石、松、竹、莲、浣女、渔舟编织成了一幅美丽的山间秋晚图。此时若口啜清茗，耳听萧萧竹声，展开这幅山水田园图，您定能领略到画面景物的灵动，感受到它那跳动的韵律。

“明月松间照，清泉石上流”，使我们感受到了鲜明的时令特征。炎热、喧腾、躁动的夏日已经消逝，代之而来的是清凉、静谧、收敛的秋季。此联紧扣上联之“晚”与“秋”，尽显山间秋晚之清幽；出句拟静态，对句写动态，一动一静，以动制静；颈联承上而来，“竹喧”“莲动”，由物及人，两句皆呈动态，变化中富有灵动之感。

在中国的传统文化里，明月、清风、泉石、孤松，向来就是人品、节操的象征，与高士、隐者相关联，体现闲适、静谧的生活情趣。名联表面写景，其实联中蕴含着诗人的人格美，体现他对山水田园的钟情，对理想生存环境的追求。

王维长于表现静态美。如“空山不见人，但闻人语响”（《鹿柴》），表现空寂、幽远的意境；“人闲桂花落，夜静春山空”（《鸟鸣涧》），表现悠远、空旷，万籁俱寂。此联则表现了一种清新中的宁静。静，是王维的一种人生追求，后期更甚。“晚年惟好静，万事不关心”（《酬张少府》），表现了诗人对官场的厌倦，对心灵宁静的追求。

清空、宁静的意境，是诗人选材取景的一种典型化的设计。明月无声，松林寂静，清泉潺湲。可以陶冶情操，足以净化心灵。

此联之所以能广为流传，还得益于语言锤炼。文字不多而含蕴丰富，对仗工稳而清新自然，意象清幽而节奏明快，朗朗上口，易诵好记。

或曰中间四句有不切之嫌，用以形容季春、初夏、晚夏未尝不可。窃以为未免苛求。四季景色本有其相似之处。如荷，自夏至秋，花事不已。再者，月、松、泉、石、竹，四季本无多大变化，硬要带上“秋色”，岂非强人所难？

草枯鹰眼疾　雪尽马蹄轻

——盛唐气象臻绝顶

观　　猎　　王维

风劲角弓鸣，将军猎渭城。
草枯鹰眼疾，雪尽马蹄轻。
忽过新丰市，还归细柳营。
回看射雕处，千里暮云平。

王维这首观猎诗写的虽然只是一次普通狩猎活动，但场面壮阔、豪情激荡，人物勇武超群，场景切换迅速，最能体现盛唐气象。清人沈德潜几乎对它佩服得五体投地，说这首诗开头"胜人处全在突兀"，称其结尾"亦有回身射雕的手段"，"章法、句法、字法俱臻绝顶，盛唐诗中亦不多见"(《唐诗别裁集》)。对一首诗从头赞到尾，从篇章赞到字、句，如此赞不绝口，实属罕见。

首联便出手不凡，写出了将军出猎渭城的气势、声威之不同凡响。在疾风中将军开了鸣镝，弓声、风声混响一团，回荡在渭城上空。此联将主、谓部分倒置，竭力渲染这位狩猎者的勇武之气。联中两分句若掉个个儿，便平淡无奇，索然寡味，沈德潜也就不会称赞它"胜人处全在突兀"了。颔联正面写狩猎场面，突出"鹰""马"。鹰是否矫健、迅猛，马之驰骋、追逐是否高速有效关系到狩猎的成败。此联妙在“见物不见人”。颈联写狩猎活动如风卷残云，呼啸而过。新丰在长安东北，是古代产美酒的地方。细柳营是汉代名将周亚夫驻军的地方，在长安西。两地相距七十里，作者用“忽”和“还”来形容。忽而经过新丰市，立马又回到细柳营，速度简直比当今高速铁路还要快。

徐悲鸿 松鹰图

还，音旋(xuán)，“立即”“马上”之意。苏东坡在《江城子·密州出猎》中用“千骑卷平冈”形容狩猎队伍迅猛推进的情景，一个“卷”字已让人惊叹，但还比不上本联风驰电掣般的高速。尾联回首猎场，只见傍晚的云霭已与大地接平。雕，一种猛禽，能射得雕者，必是箭法与膂力超群者。全诗围绕将军的精骑善射展开，雄鹰搏击，骏马驰骋，狩猎队伍呼啸而过，好像是在打一场神出鬼没的速决战。其实这并不能算比喻，因为古代狩猎本身就往往带有军事演练的性质。

毫无疑义，这是一场非常典型的，足以展示盛唐气象的狩猎活动，观看这次狩猎的是最具盛唐气质的诗人王维，于是便诞生了最具盛唐风格的名句：“草枯鹰眼疾，雪尽马蹄轻。”初唐没有产生这种名句的气候，晚唐失去了生长此类名句的土壤，中唐缺少王维这样的时代歌手。只有盛唐的王维，才能把盛唐气象演绎到极致，推向绝顶。

名句可谓意新语工。狩猎场上人呼马嘶，鹰飞犬走，鸟兽惊惶奔突，从何下手？作者只用了十个字就作了艺术概括。这是一种“状难写之景，如在目前；含不尽之意，见于言外”（梅尧臣语）的功夫。把不易描写的复杂场面写得生动形象，把奔放激情寓于“草枯鹰眼疾，雪尽马蹄轻”的具体形象里，使读者有身临其境之感。

此联可称炼字的典范，天然工巧而不见刻削之痕。叶梦得《石林诗话》称杜甫的“细雨鱼儿出，微风燕子斜”（《水槛遣心》）“此十字，殆无一字虚设”。愚以为王维的“草枯鹰眼疾，雪尽马蹄轻”与杜甫句异曲同工，也是无一字虚设。试问这十个字哪一个可以撤换？十字中“疾”“轻”二字尤为传神。草枯了，猎物无法隐藏，鹰眼更显敏锐。积雪全部融化了，马儿奔跑起来毫无滞碍，马蹄声特别轻松、欢快。少了这两个字，全句便无眼，全诗便无魂。“传神写照，正在阿堵（这个）中”（刘义庆《世说新语·巧艺》）。

苏东坡的《江城子·密州出猎》也是狩猎名篇，词中正面描写狩猎活动的有“左牵犬，右擎苍。锦帽貂裘，千骑卷平冈”之句。东坡笔下，“太守”的正面形象、狩猎的豪华排场，更具文学意味，他得此阕令壮士“抵掌顿足而歌，吹笛击鼓为节”，也多少有点“作秀”的味道；而“草枯鹰眼疾，雪尽马蹄轻”给人的感觉完全是实战演练。词中的主人公也是一位赳赳武夫，他开得硬弓，射得大雕，动如脱兔，风驰电掣，不像东坡似的“老夫聊发少年狂”。“功名只向马上取”，盛唐人不玩花拳绣腿那一套！

大漠孤烟直 长河落日圆

——一句壮千古

使至塞上 王维

单车欲问边，属国过居延。
征蓬出汉塞，归雁入胡天。
大漠孤烟直，长河落日圆。
萧关逢候骑，都护在燕然。

王维的山水田园名句脍炙人口，审美视角独特。如“漠漠水田飞白鹭，阴阴夏木啭黄鹂”（《积雨辋川庄作》），“江流天地外，山色有无中”（《汉江临泛》），“白云回望合，青霭入看无”（《终南山》）等，或景色鲜明如画，或江山若隐若现，或意象惝恍迷离。而“大漠孤烟直，长河落日圆”却一反上述名句的宁静、优美、阴柔和梦幻般的情境，把读者带进了眼睛一亮、心胸顿开的境界，让我们看到了另一个王维，一个用“十里一走马，五里一扬鞭”（《陇西行》）的边塞意气编织大气名句的王维。

开元二十五年（737），河西节度副大使崔希逸战胜吐蕃，朝廷命王维以监察御使的身份出塞宣慰，察访军情。这可不是一趟美差。一者塞外自然条件极差，难比关内和江南；再者，也是最重要的，有人要借机将诗人挤出朝廷。诗人的不满和愤懑之情从诗的字里行间不难看出。但塞上是个充满自然辩证法则的神奇所在，坏事往往能转化为好事，亦如塞翁失马那样。王维出使塞上而得千古名句，"大漠孤烟直，长河落日圆"以其异彩神光与山水田园诗同辉，让古人心仪倾倒，令今人啧啧称奇。

首联写自己轻车简从，奉命出塞去慰问边疆将士，行经大唐的属国居延。关于"属国"，有两说，一说指大唐属国，即诗中的居延，地处今内蒙古额济纳旗境内；一说为官名，秦汉时置。二说皆通，姑从前说。颔联写自己像蓬草一样随风飘转，过关出塞，像春来北飞的大雁一样来到了胡地。"蓬草"的使用耐人寻味。蓬草是游子漂泊无依的象征，常为文人所使用，如李白的"此地一为别，孤蓬万里征"（《送友人》）。王维在这里显然是用这个意象表现自己身不由己的无奈。颈联借"烟""河"写塞外的壮阔景象，一扫前四句苍茫、抑郁之气。尾联写道遇哨骑，报告主帅都护正在前线指挥战斗，胜利在即。联中"燕然"用东汉窦宪典。窦宪出击北单于，至燕然山勒石计功而还。燕然山即杭爱山，在今蒙古人民共和国境内。

此篇前四句颇似旧小说中的"一路无话"。作者轻车简从，由"欲问边"而"过居延"，由"出汉塞"而"入胡天"，何等迅捷！后四句节奏便慢了下来，"大漠孤烟直"，表明敌情紧急，让人心悬，至道逢哨骑，方得前线确切消息，都护将获全胜，建勒石燕然之奇功。全诗张弛有度，节奏、火候控制极好。

下面来欣赏被王国维称为"千古壮观"的"大漠孤烟直，长河落日圆"。

联中之"烟"就是"烽烟"，或称"狼烟""燧烟"，边境报警的信号。宋陆佃《埤雅》云："古之烽火用狼粪，取其烟直而聚，虽风吹之不斜。""长河"就是黄河。此联大意为：一道笔直的狼烟在广阔无垠的沙漠上升向天空，特别醒目、显眼。流经大漠的黄河没有山、树、村落的遮挡而一望无碍，显得悠远而绵长。夕阳如盘，因没有强烈光焰而显得轮廓鲜明，看上去特别圆。此等奇景唯有在傍晚辽阔的沙漠上才能见到，天才如王维者，若无亲身体验，也难写出此等佳句。

作者在诗里表现的感情极其复杂。一方面，被排挤出使塞外，嘴上虽然不说，但心里实在不爽。另一方面，作者以他诗人、画家的双重敏感捕捉到难得的创作题材又使他感到欣慰。然而即便如此，我们也还是感受到了雄浑、开阔中的苍凉、单调和落寞。

本联“诗中有画味”。诗人深谙绘画中点、线、面兼顾的技法。“落日”乃画中之点，“长河”系一线走远，“大漠”为平展之面。三者结合，形成“日月经天，江河行地”的壮阔气势。

《红楼梦》四十八回有专评本联“直”“圆”二字的妙语：“想来烟如何直？日自然是圆的。这‘直’字似无理，‘圆’字似太俗。合上书想一想，倒像是见了这景的。要说再找两个字换这两个，竟再找不出两个字来。”口里说不出，“想去却是逼真的”；似乎无理，“想去竟是有理有情的”。话虽出自丫鬟香菱之口，何尝不是大师曹雪芹先生之高论！

此物最相思

——少年王维的“追星”歌

相　思　王维

红豆生南国，春来发几枝？
愿君多采撷，此物最相思。

这首题为《相思》的小诗虽不是赠给恋人的，但情意缠绵，婉曲动人，具有永恒的艺术魅力，人们早已把它作为爱情名篇看待。该诗问世后即被谱成歌曲，广为传唱。

诗题小作《江上赠李龟年》，本题下注“时年十七”。这对我们准确理解本诗极为重要。据《云溪友议》记载，安史之乱时，著名歌者李龟年流落湘中，于采访使席上唱“红豆生南国”“清风明月苦相思”二诗，座中闻之莫不泣下，遥望玄宗之所在。

红豆，又称“相思子”，生于岭南，高丈余，叶似槐，花似皂荚，实小如豆，鲜红浑圆，晶莹如珊瑚，可嵌为饰物，相传为因丈夫死于边地而哭死的古代女子所化。

诗的开头点明红豆的生长地是“南国”，继而问“春来发几枝”，但问而不答，实则是遥想红豆春来枝繁叶茂，为“劝君多采撷”张本。宋人王安石《壬辰寒食》中“客心似杨柳，春风千万条”，可能就是从这两句化出。

后两句将红豆、相思绾合一处，揭示题旨。希望“君”能无限珍惜相思之情，而我之思君深情则尽在不言之中。

说起红豆，使人油然想起《红楼梦》中的《红豆曲》：“滴不尽相思血泪抛红豆”，“睡不稳纱窗风雨黄昏后”，“咽不下玉粒金波噎满喉”，“照不尽菱花镜里形容瘦”，“展不开的眉头，捱不明的更漏”……读来无限辛酸，让人黯然伤怀。初学者多以为，王维的《相思》是一首如《红豆曲》般的男女恋人间的情歌，但《相思》其实不是这个样子的，它是一首朋友间的思念之歌。

《相思》是诗人赠给当时著名歌手李龟年的一首诗，所以亦名《江上赠李龟年》。但这跟一般以友情为题材的诗不一样。与其说它是一首朋友间的赠诗，毋宁说是古代“粉丝”的一曲“追星”歌。

李龟年，当时著名乐师。通音律，能作曲，善歌唱，乐器中最擅长羯鼓，曾在皇家乐队（梨园）中任职。大诗人杜甫在《江南逢李龟年》中写道：“岐王宅里寻常见，崔九堂前几度闻。正是江南好风景，落花时节又逢君。”瞧瞧，李龟年身影经常出没在王公贵族的府第，与之来往的尽是些达官贵人，大诗人杜甫也因再次见到他而感到无比荣幸。乐手、歌星李龟年具有让人追捧的充分必要条件。

王维精通音乐，写这首诗时“时年十七”。也就是说，这位颇有音乐天赋与专业修养的翩翩少年，正是追星的年龄，也具备追星的条件。

面对这位多才多艺，吹拉弹唱无一不能、无一不精的大歌星，王维作为诗人，自有诗人的气质与风度，有着对歌星的特殊的膜拜方式和传递感情的渠道。这就是诗，临别作一首诗，借红豆抒情，希望这位走到哪里红到哪里的朋友，到了南方多采撷“最相思”的红豆。睹物思人，见豆如见人，可千万别忘记我啊！

少年王维对李龟年的这份特殊感情，骨子里源自于音乐，源自对李龟年音乐才华和精湛技艺的崇拜。诗人借红豆一用，发而为诗，便是“此物最相思”。

李龟年对王维的青春热情和真挚感情有没有回应呢？《相思》诗以后二人间的交往是不是还有续篇？这些我们都不得而知。但有一点是肯定的，李龟年绝没有把《相思》看做是简单的应酬之作。他无比欣赏，深受感动，走到哪里唱到哪里，唱得声情并茂，催人泪下。他视王维这个小老弟为知己，为知音，用实际行动采撷了一捧又一捧红豆，用歌声作为最深情的回应。

古之相思本来就不排斥朋友间的思念，王、李间的这层关系并不比征夫、闺妇的相思逊色。

独在异乡为异客　每逢佳节倍思亲

——生来就是供人引用的句子

九月九日忆山东兄弟　王维

独在异乡为异客，每逢佳节倍思亲。
遥知兄弟登高处，遍插茱萸少一人。

王维总能将常人所共有的经历与感受，用洗练、优美的语言进行艺术概括，道人之所不能道，发人之所未尝发。他是锤词炼句的巨匠，是专门创作供人引用诗句的高手。他的“独在异乡为异客，每逢佳节倍思亲”，堪称盛唐诗坛一绝。

题中之“九月九日”，即重阳节，民间有登高、佩茱萸囊辟邪祈福的习俗。“山东”古代是指华山以东的广大地区。诗人家在蒲州（今山西永济），在华山之东。王维于721年进士及第，写这首诗时十七岁，当在及第前于京城长安谋取功名时。

诗题用一“忆”字，但诗中并无具体“忆”的内容，而用一“知”字想象家乡兄弟登高为“遍插茱萸少一人”而遗憾，其中包含了往年重阳登高兄弟们“一个不少”的其乐融融的场面，姑称之为“暗忆”。

前两句写独在异乡作客，每逢重阳这样的佳节，思亲怀乡的感情就更加强烈。后两句以虚写实，由“我”换位到“山东兄弟”，想象他们个个身佩茱萸或头插茱萸登高望远，兄弟惠爱，佳日熙熙。可是不知怎么一来，突然发现身边少了一个人，那就是形单影只，独在山西的王维。句中茱萸，一名越椒，一种有香气的落叶小乔木，花黄，果实成熟后呈红色，簇生枝头。“遍插茱萸少一人”，在轻描淡写中见深情厚谊。

王维此句的最大亮点在于它的普世意义。在传统的以自给自足为主要特征的农耕文明时代，居民对乡土有着根深蒂固的情感系念，一旦离开了故土，便有浮萍、蓬草似的无所依傍的感觉。游子思故乡成了中国人共通的感受，节日思亲是古代诗文的重要主题。王维这一名句之所以广泛深入人心、万口传唱，历千年不衰，之所以古人难以企及、后人无法逾越，不在于题材的典型、角度的新巧，也不在于辞藻的华美或出语惊人，而在于王维式的“功夫”：把人人都有的感受用朴实无华的文字概括成格言式的诗句。此事众人有条件做但无法做到，唯王维能之。

“独在异乡为异客，每逢佳节倍思亲”，出手非常重，就像王昌龄的开头就重锤击鼓的“秦时明月汉时关，万里长征人未还”（《出塞》）一样，一上来就像竹筒倒豆子，把诗意倾泻无余。下面的文章怎么做？无话可说了。但王维自有妙法接续，由实转虚，把目光转向山东老家，想象兄弟们遍插茱萸登高临远的情景，找到了延伸和深化主题的新方向。

名句的成功锤炼，源于作者典型的、独特的生活感受。这种感受有三个层面：一是一般的游子思乡，这是共性；二是节日思亲怀乡，遇到的机率不是很高；三是十七岁的王维独在异乡。三者叠加，第三点最要紧。十七岁，也就是今天初中毕业的年龄，就只身一人负笈远游。京城虽然繁华，但举目无亲；街市虽然熙熙攘攘，但诗人却茕茕独立。空前的孤独感使他的思乡怀亲情感在重阳节来了个总爆发。

首句连用两个“异”字，非同寻常。“异乡”已包含“作客他乡”之意，“客”前再缀一“异”字，岂不成蛇足冗字？但“异乡之客”与“异客”是有区别的。前者可能有亲属在侧，有朋友做伴，他可能是个经常出门的具有旅行经验的成年人，只是身在异乡而已。王维则不然，他是独身出门，才十七岁，所以他是“异客”。一“独”二“异”表达了作者强烈的孤独感。下句“倍”字与“独”“异”相呼应，正因为如此孤独，所以佳节思亲才倍于常人。

俞陛云曾在《诗境浅说续编》中评论道：“杜少陵诗‘忆弟看云白日眠’，白乐天诗‘一夜乡心五处同’，皆寄怀群季之作。此诗尤万口流传，诗到真切动人处，一字不可移易也。”此评主要说王句之真切动人胜于杜、白之句，同时也肯定他的炼字之功。

平中见奇，浅中见深，易处见工，谁人能及？

劝君更尽一杯酒　西出阳关无故人

——一唱三叠意绵绵

送元二使安西　　王维

渭城朝雨浥轻尘，客舍青青柳色新。
劝君更尽一杯酒，西出阳关无故人。

这首诗题名为《送元二使安西》，亦作《赠别》《阳关三叠》《渭城曲》。一首绝句何以有这么多的题目？这可能跟诗的广泛流传有关。一首诗如果默默无闻，无人传抄，无人歌唱，当然也就不会发生讹误，原来是什么样子就是什么样子。口传、手抄多了，就会出现不同的“版本”。王维这首诗影响之大，流传之广，为唐代诗坛所仅见。此诗一经问世，便万口传诵，谱为乐章，流播四方。单曲名就有《渭城曲》《阳关曲》《阳关三叠》等。唱一遍不过瘾，再重复唱。所谓“三叠”，就是将最后两句反复歌唱（一说将诗的后三句唱两遍）。唐代很多诗人的作品中都曾提到过这首曲子。如刘禹锡的《与歌者何戡》：“旧人惟有何戡在，更与殷勤唱渭城”，白居易的《晚春欲携酒寻沈四著作先以六韵寄之》：“最忆阳关唱，珍珠一串歌。”直到晚唐，李商隐的《赠歌妓》里还有“断肠声里唱阳关”之句。

《阳关三叠》几乎就是唐代送别歌的代名词。古人送别，主客都要唱歌，称为骊歌。客人先唱“骊驹”(《诗经》佚诗之片断)，意思是我出发的车马已准备停当，我要上路了。主人便接着唱“客毋庸归”，意思是客人您别这么急着要回去。这在汉代叫“骊歌”。唐代已不行这一套了，他们有了自己的骊歌——《阳关三叠》。李东阳云：“此辞一出，一时传诵不足，至为三叠歌之。后之咏别者，千言万语，殆不能出其意之外。”(《怀麓堂诗话》)一言以蔽之，此诗乃送别之千古绝唱！

元二，王维的好友，排行第二，名不详。安西，指安西都护府，治所在龟兹(今新疆维吾尔自治区库车)。这次元二是奉朝廷之命到安西都护府去出差。

诗的前两句写送别的地点、时间、场景。地点是渭城。渭城即秦之咸阳故城，在长安西北，渭水北岸，汉武帝时更名为“渭城”。唐人西行一般都在渭城送别。时间是春天的早晨。刚下了一场小雨，原来尘土飞扬的驿道被这场“朝雨”润湿了。灰尘不扬，路又不泥泞，正适合客人起程远行。场景是“客舍”。这里环境还真不错，雨水洗过的杨柳颜色青绿，枝叶鲜活。“柳”“留”谐音，诗人将要在这里为元二饯行，折柳送别。景色谈不上有什么特殊之处，但风光如画，抒情气氛浓烈，语言清新活泼。

接下来便是传唱不衰的千古名句“劝君更尽一杯酒，西出阳关无故人”。

阳关，西汉时置，故址在今甘肃敦煌西南古董滩附近，因在玉门关南(南为阳)而得名。阳关内外两重天。关内是大唐政治、经济、文化的中心区域，阳关以西便是绝荒之域。难怪诗人要恳求道：元二兄啊，我再敬您一杯，您就干了吧，须知西出阳关，您就再也没有我这样的老朋友了！

本诗惜别之情的寄托，没有通常的伤感，但也不像“无为在歧路，儿女共沾巾”那样高唱入云；而是将惜别之情浓缩在这最后一杯酒里,既无哀飒气象,也不故作旷放。

名句取材非常典型。饯行宴上可写的东西非常多。环境的优雅,菜肴的丰盛,宾主的依依不舍和互道珍重,主人的殷勤劝酒和衷心祝福等,均可入诗。但作者全都弃而不用。诗歌篇幅短小,不能像小说那样铺陈描写,面面俱到。作者单写这最后一杯酒。

酒为五谷之津液,可以忘思虑,绝是非,消忧愁。酒又可活跃气氛,联络感情,调和矛盾。西谚曰:“世间万事定于酒桌。”但王维这杯酒与众不同。首先,它是最后一杯酒。一个“更”字说明此前已喝了不少。客人可能已经不胜酒力,但诗人劝他再喝一杯,一滴不留,干!可见这最后一杯不是尾声而是高潮。其次,这杯酒凝聚了千言万语,浓缩了无限深情,是感情的琼浆,友谊的纽带。

殷璠在《河岳英灵集》卷上里评王维的诗云:“词秀调雅,意新理惬,在泉为珠,着壁成绘,一句一字,皆出常境。”殷璠所言之特点,本题诗句体现得尤为鲜明。

人生得意须尽欢　莫使金樽空对月

——用酒曲酿成的名句

将进酒　　李白

君不见黄河之水天上来，奔流到海不复回。君不见高堂明镜悲白发，朝如青丝暮成雪。人生得意须尽欢，莫使金樽空对月。天生我材必有用，千金散尽还复来。烹羊宰牛且为乐，会须一饮三百杯。岑夫子，丹丘生，将进酒，杯莫停。与君歌一曲，请君为我倾耳听。钟鼓馔玉不足贵，但愿长醉不复醒。古来圣贤皆寂寞，惟有饮者留其名。陈王昔时宴平乐，斗酒十千恣欢谑。主人何为言少钱，径须沽取对君酌。五花马，千金裘，呼儿将出换美酒，与尔同销万古愁。

李白终身嗜酒，且酒量惊人。他在《襄阳歌》里唱道："百年三万六千日，一日须倾三百杯。""酒仙"饮酒，亦异于常人。诗人月下独酌，场面冷清，便忽发奇想，"举杯邀明月，对影成三人"。一下子就热闹起来了。

李白还另有一个"三人组合"，就是人、酒、诗。普通酒徒只图口腹痛快。酒醉后或狂呼奔走，或寻衅滋事，或呕吐床榻，蒙头大睡，毫无酒德可言。李白饮酒绝无此等俗态。诗人虽然豪饮、狂饮、一无节制，但方寸不乱。他饮而能歌，歌中还能阐述一通饮酒"理论"，说是"三杯通大道，一斗合自然"（《月下独酌》），喝三杯人生的大道理就全懂了，喝一斗就回归自然了！他饮而能诗，一顿喝下来，便成就了一篇流传千古的饮酒代表作——《将进酒》。有学者分析，李白的诗不外乎两类，一类是酒后写的，一类是写喝酒的。他的每一首诗都散发着美酒的醇香。那么"谪仙"被贬前在天上算是哪路神仙呢？"天子呼来不上船，自称臣是酒中仙。"（杜甫《饮中八仙歌》）瞧瞧，人家李白自己说得很清楚，他是"酒中仙"。

清·苏六朋　太白醉酒图轴

《将进酒》是汉乐府短箫铙歌曲调，翻成现代话就是"劝酒歌"。诗约作于天宝十一年（752）长安放还之后。其时他的好友岑勋在嵩山元丹丘的颍阳山居置酒会友，这位有济世之志和王霸之略的大诗人，便有了一个痛快淋漓地抒发深广忧愤的机会。

诗的开头以黄河西决昆仑、东走大海、一去不回为起兴，概叹岁月如流，人生易老。“黄河之水天上来”固然是夸张之语，把短暂的生命过程形容成是“朝”“暮”间的事，同样是运用了夸张的修辞手法。

“天生我材必有用”，诗人向来不乏自信心。他相信，施展抱负的那一天总会到来的，千金散尽还会再来的。这是轻财好施的李白之本性使然。据《上安州裴长史书》载，“曩昔东游维扬，不逾一年，散金三十余万，有落魄公子，悉皆济之”，这段话可为佐证。

接下来便写具体的饮酒场面。这个场面概言之有三大特点。一是酒气豪。“将进酒，杯莫停”，一饮便是“三百杯”，把功名富贵、钟鼓馔玉都抛到九霄云外，“但愿长醉不复醒”，其他什么都不要了。二是场面壮。侑酒的菜肴不以盘、碟计，而是整牛、整羊地宰杀烹煮。酒钱不够花怎么办？把那五花名马、千金狐裘当场拿去换酒，连眼睛都不眨一眨。三是歌声朗。歌中隆重推出古来圣贤心目中的榜样曹植。曹植出身贵族，才高八斗，善饮酒，能作诗，“归来宴平乐，美酒斗十千”（《名都篇》），就是他用酒酿造出来的名句。二人均爱酒善诗，一个被逐，一个遭忌，原是惺惺相惜。结句“与尔同销万古愁”忧愤深广，如激流归海。

现在来看名句。“人生得意须尽欢”，李白此时是得意还是不得意呢？这个问题很复杂。一方面，他接受了儒家“兼济天下”的指导，要“济苍生”“安社稷”；另一方面，他又受道家遗世独立思想的影响，敢于蔑视权贵和传统，追求精神解放和自由。他的身上有庄子的飘逸，有屈原的执著，是儒道互补。从儒家观点看，他被逐出京，当然是不得意；但用道家标准衡量，他摆脱了名缰利锁的羁绊，精神自由了，又是得意的。一方面，他“尝沉醉殿上，引足令高力士脱靴”（《旧唐书》），如今风光不再，这是失意；但另一方面，他却可以与知己朋友在名山狂饮，大呼“岑夫子，丹丘生，将进酒，杯莫停”，人生之得意尚有甚于此者乎？从政治角度看，他有不平、愤懑、牢骚；从饮酒角度看，他是放松的、自在的、惬意的。窃以为，后者占了主导地位。试想，酒仙遇上了酒还有什么放不下、抛不开的呢？既然如此，那就开怀痛饮，“莫使金樽空对月”。

名句处在全诗的转捩之点，此时作者还算心平气和。待到大幕拉开，这出盛唐的饮酒大戏、好戏就正式开场了。

作者小传

李白（701—762），字太白，唐代大诗人。祖籍陇西成纪（今甘肃秦安）。幼随父迁绵州昌隆（今四川江油）青莲乡。天宝初供奉翰林。安史之乱中为永王璘幕僚，璘败被流放夜郎。遇赦东还，卒于当涂。有《李太白集》。

蜀道之难　难于上青天
——一语惊倒行路人

蜀道难　　李白

噫吁嚱，危乎高哉！蜀道之难，难于上青天！蚕丛及鱼凫，开国何茫然！尔来四万八千岁，不与秦塞通人烟。西当太白有鸟道，可以横绝峨眉巅。地崩山摧壮士死，然后天梯石栈相钩连。上有六龙回日之高标，下有冲波逆折之回川。黄鹤之飞尚不得过，猿猱欲度愁攀援。青泥何盘盘，百步九折萦岩峦。扪参历井仰胁息，以手抚膺坐长叹。问君西游何时还？畏途巉岩不可攀。但见悲鸟号古木，雄飞雌从绕林间。又闻子规啼夜月，愁空山。蜀道之难，难于上青天，使人听此凋朱颜！连峰去天不盈尺，枯松倒挂倚绝壁。飞湍瀑流争喧豗，砯崖转石万壑雷。其险也如此，嗟尔远道之人，胡为乎来哉！剑阁峥嵘而崔嵬，一夫当关，万夫莫开。所守或匪亲，化为狼与豺。朝避猛虎，夕避长蛇，磨牙吮血，杀人如麻。锦城虽云乐，不如早还家。蜀道之难，难于上青天！侧身西望长咨嗟！

《蜀道难》系乐府《相和歌辞·瑟调曲》旧题，现存有梁简文帝、刘孝威等人的作品，内容单薄，格调不高。李白此篇一出，《蜀道难》遂不胫而走，名满天下。

孟棨《本事诗·高逸》载：李白自蜀入京，住在旅社里，著名诗人贺知章闻知，首先去拜访他。先是惊异他容貌不凡，接着要求看看他的作品。李白便将《蜀道难》拿出来给他看。贺知章全诗还没读完，就“称叹者数四，号为谪仙”。“谪仙”者，“受处罚被降至人间之仙人”也！

关于此诗的写作目的，学界说法很多，影响较大的有“讽明皇入蜀”“罪严武”“送友人”等。明末清初著名学者顾炎武的一段话较为通达，兹录于此供参考：“李白《蜀道难》之作，当在开元、天宝间。时人共言锦城之乐，而不知畏途之险，异地之虞，即事名篇，别无寓意。”顾炎武以为此诗主题简明、单一，就是写蜀道难行，别无深意。

殷璠评价此诗“可谓奇之又奇”（《河岳英灵集》），我们不妨遵循“奇之又奇”的评价来作点分析。

一是背景奇。此诗可不是写眼前景，说身边事。作者为我们铺开了令人难以置信的广阔时空大背景。“蚕丛及鱼凫，开国何茫然。尔来四万八千岁，不与秦塞通人烟。”镜头一下子就推到四万八千年前的人类史前蒙昧时期。因为蜀道难行，几万年来，秦蜀两地交通阻隔，从来没有往来。作者引进“井”“参”两个天文概念来形容秦、蜀空间的寥廓。井宿有三颗星，是秦的分野。参宿有八颗星，是蜀的分野。由秦入蜀，要“扪参历井”。登上蜀道，一抬手就能摸到蜀地上空的参星。

二是取材奇。蚕丛和鱼凫是远古图腾崇拜时期的两个国王。五丁与五个美女的故事取材于《华阳国志·蜀志》中的传说。“六龙回日”，羲和驾着六条龙拉的车子，载着太阳，在空中运行，遇到蜀地高山也只能掉转车身回头走，这是取材于远古神话。其他如“连峰去天不盈尺，枯松倒挂倚绝壁”的山，“飞湍瀑流争喧豗，砯崖转石万壑雷”的水，飞越不过去的黄鹤，愁攀援的猿猱，在林间打转转，摸不着北，认不得窠的悲鸟，月夜啼血的子规，象征战乱中军阀的猛虎、长蛇，等等，无不千奇百怪，令人目不暇接。

三是夸张奇。“四万八千岁”“猿猱欲度愁攀援”“去天不盈尺”“扪参历井”等都是异常夸张之词，极具浪漫主义色彩。

四是句式奇。短句只有三个字，最长的九个字。四、五、六、七、八言杂陈，错落有致。韵脚也不拘一格，多次变换。

名句是统摄全篇的灵魂。本诗取材奇特、感情奔放、手法夸张、句式多变，将山水奇观与社会隐忧融为一体。特别是描绘了蜀道之险、之奇以后，诗人提出了他的政治隐忧。自古“天下未乱蜀先乱，天下已治蜀后治”，这可是非常值得治蜀者和最高当局重视的大问题啊。这一切犹如“兵随将转”，始终围绕中轴在运动。这个“将”和“轴”便是“蜀道之难，难于上青天”。

名句在诗中共出现三次，作用各不相同。开头一句既是缘起，又直扑主题。中间一处出现在写完蜀道之“难”之后，是对第一层诗意的归纳、总结，有勾连前后、承上启下之功能。第三处出现在结束句：“蜀道之难，难于上青天！侧身西望长咨嗟！”总结全诗，呼应开头，语速放缓，咨嗟不已！这是典型的一唱三叹！

读这篇让人惊心动魄的抒情诗，就像听一首交响乐，“蜀道之难，难于上青天”的主旋律始终萦绕在耳际。

天宝年间玄宗命大画家于大同殿作蜀道山川壁画，玄宗赞曰：“李思训数月之功，吴道子一日之迹，皆极其妙也。”两幅作品与李白之诗合称“三绝”。今唯有太白一绝传世，我们尚可领略艺术天地中的蜀道，亦幸事也。

长风破浪会有时　直挂云帆济沧海
——人生低潮的豪语壮歌

行路难　　李白

金樽清酒斗十千，玉盘珍羞直万钱。停杯投箸不能食，拔剑四顾心茫然！欲渡黄河冰塞川，将登太行雪满山。闲来垂钓碧溪上，忽复乘舟梦日边。行路难，行路难，多歧路，今安在？长风破浪会有时，直挂云帆济沧海。

《行路难》是古乐府旧题。本题一共三首，名句出自第一首。

其实李白一生从未把诗歌作为自己的最高追求。他的人生目标在于用世与兼济。他在《代寿山答孟少府移文》里说得很清楚，他要“申管晏之谈，谋帝王之术，奋其智能，愿为辅弼，使寰区大定，海县清一”。他很自负，要当一人之下、千万人之上的宰相。机会终于来了，玄宗给了他一个供奉翰林的职位。时间一长，李白便明白了，他不过是个御用文人，与他的“辅弼之臣”的目标，不啻十万八千里，这样的政治安排，他当然不满。再加上他“戏万乘若僚友，视俦列如草芥”（苏轼《李太白碑阴记》）的傲岸性格，遭到了高力士、驸马张垍等的谗毁，终被玄宗以“非廊庙器”为由，赐金还山。《行路难》从内容看，该是作于天宝三年

(744)被逐离京之时。

要想当宰相,必得有一个人赏识你,这个人就是皇帝;必得有一定的人脉,朝中主要的权贵要支持你。现在皇帝已经明确表态,说他不是国家的栋梁之才;权贵们也纷纷进谗,决心要把他扳倒逐出。这对李白的人生目标和政治抱负无疑是致命的沉重的一击。诗人集失望、忧愤、悲慨、茫然于一身。他回头一望,深感世路难行;他举目前瞻,不知路在何方。不了解这一背景,便很难深刻理解诗人当时进退失据的迷惘心情。此其一。其二,诗人在《行路难》中表现的思想感情极为复杂,他消极而不颓废,失意而不失志,失望而不绝望,受到沉重打击并不轰然倒下,还能奋然振起,坚信"长风破浪会有时,直挂云帆济沧海"。

诗开头写忧愤、茫然的愁苦心情。诗人一生嗜酒,这一回却一反常态,面对金樽清酒、珍馐满桌,没有一点胃口,酒不入喉,食不下咽。诗人少时就爱击剑,"十五好剑术"(《与韩荆州书》),而且剑术很精,"起舞拂长剑,四座皆扬眉"(《酬崔五郎中》)。可是今天却"拔剑四顾心茫然",不知剑该挥向何方,砍向哪里。要想渡河,黄河上结满了冰凌,无舟无楫;要想登太行,大雪封山,没有路径。无路可走的时候,想到了两位历史人物,一是九十岁在磻溪钓鱼得遇文王的吕尚,一位是受聘前曾梦见自己绕日月而过的伊尹。诗人从这两个不得志而最终大有作为的古人身上找回了自信。"行路难"以下四句节奏局促,感情再次下跌回旋,接着又一转,奏出了本诗的最强音:"长风破浪会有时,直挂云帆济沧海。"

结句用南朝宋宗悫典。宗悫的叔叔宗炳问少年宗悫的志向,悫答道:"愿乘长风破万里浪。"(《宋书·宗悫传》)后人遂以此比喻"施展远大的政治抱负"。但李白毕竟不同于少年宗悫,他已年逾四旬,经受了重大的政治挫折,只是还没有完全失去自信，还有梦想在。《唐宋诗醇》里有一段话说得很好：“冰塞雪满，道路之难甚矣！而日边有梦，破浪济海，尚未决志于去也。”这跟他生活的时代有关，所谓“盛唐气象”是也！

“长风”句固然是全诗的主心骨和眉眼，然而就玄宗朝当时的政治现实和李白的遗世独立、不肯阿附的个性看，这不过是一种虚幻的梦想。李白不适合从政，适合写歌行体。他此后参加永王璘幕府，差点送了命，便是明证。欣赏此句，尚有两点值得玩味。一是前句与本句要连读，注意两者间的转折。前句十二字短促、急迫，似喃喃自语，感叹行路难和失路的迷茫，接着一转，摆脱苦闷与彷徨，决心扯起风帆，驶向理想的彼岸。二是句中“会有时”与“直”字颇耐咀嚼。“会有时”是一种毋庸置疑的口吻，坚信总有一天会时来运转，大展宏图。“直”，可以理解为“一帆风顺”；也可以理解为功成身退，一去不返，如孔夫子“乘桴浮于海”那样，彻底做个“自由人”。

长风几万里　吹度玉门关

——含虚容实见魅力

关山月　李白

明月出天山，苍茫云海间。
长风几万里，吹度玉门关。
汉下白登道，胡窥青海湾。
由来征战地，不见有人还。
戍客望边色，思归多苦颜。
高楼当此夜，叹息未应闲。

不知何故，当代唐诗选本很少选李白的《关山月》，可能因为该诗用的是乐府旧题，内容也未能翻出新意吧。不过就该诗的开头四句而论，特别是“长风几万里，吹度玉门关”一联，其意境之飘逸、清空，手法之含虚容实，即便在李白的诗作中，也是极具艺术魅力的佳句。

李白的许多诗飘忽如仙踪，思路、结构也不循常规。但《关山月》思路却异常清晰，内容安排体现了很强的内在逻辑联系。

全诗每四句表达一层意思。首四句描写边塞月色。天山连亘绵延，月亮从它的后面悄悄升起。“明月出天山”，起得突兀。“海上生明月”（张九龄《望月怀远》），月亮从东海升起；“月出于东山之上，徘徊于斗牛之间”（苏轼《前赤壁赋》），月亮从东山升起。怎么今晚的月亮忽然从西天升起了呢？原来是观察点不同。从中原看，天山在西，在天山以西的征夫看来，月亮便是从东方的天山背后升起来了。天山，汉时称祁连山为天山，唐人沿用；或称新疆境内的伊州、西州一带的山为天山。再说“长风”一联。王之涣说“春风不度玉门关”，李白笔下却有一股万里之外的风吹过了玉门关。此四句境界阔大，开篇擒题。“明月出天山”，点“月”与“山”，“吹度玉门关”点“关”。长风、明月、天山、玉关，构成了一幅万里边塞图。

中四句描写边境战争。自汉迄唐，边境民族战争绵延了千余年。作者选择了两个典型。一是“白登”，当年汉高祖在那里被匈奴围困七天，甚是狼狈；一是青海湾，是唐与土蕃经常交战的地方。边战惨烈，自古以来，不知有多少支队伍开往前线，可从来未见有人生还。

末四句写征夫思乡怀亲。在这月色溶溶的夜晚，征夫们望着边塞的景色，更加思念故乡和亲人。遥想千里之外，高楼上的妻子，对着月色，该在不停地叹息吧！全诗由边塞月色，至千年征战，至戍客怀乡，一路写来，结构严谨，过渡自然。

李白写诗不拘泥于具体的时、地、人、事，诗人爱大处着眼、大处落笔，营造大的意象。如“登高望四海，天地何漫漫”（《古风》），“登高壮观天地间，大江茫茫去不还”（《庐山谣寄卢侍御虚舟》），这类例子，不胜枚举。本篇亦有类似情况。如句中“天山”，是指祁连山还是新疆境内天山？长风，是从东方吹来，还是从西方吹来？（揆之以理，当从西方吹来）这些都是难以作事实考据的问题。李白笔下的意象，颇有点像小说中的人物，是个“拼凑”的形象。诗人用如椽之笔组合几个巨大景观，为我们勾勒了雄浑壮阔而又清幽绵邈的边塞月夜场景。一言以蔽之，曰

“大”。大到能让人感受到“吾将囊括大块，浩然与溟涬同科”（《日出入行》），即能囊括大地，与混混茫茫的自然之气一样。

开头两句与本句是不可分割的整体，不妨联系起来欣赏。此四句虚实交合，臻于圆融。世人多将李诗与杜诗作比较，谓李“虚”杜“实”，“或谓杜万景皆实，李万景皆虚，乃右实左虚，遂谓李杜优劣在虚实之间”。此说大抵不谬。但将李白的诗简单地用一“虚”字概括，未免以偏概全和皮相。即如本篇前四句，便是虚中有实，实中含虚。句中“明月”“天山”“长风”“玉门关”都是实实在在、可以感知的物象。但是“苍茫云海间”便有些虚无缥缈，“长风几万里”则夸张到有点不可捉摸。名句可谓亦虚亦实，二者结合所产生的艺术效果是单纯的“虚”和“实”所难以企及的。

胡应麟用“雄浑之中，多少闲雅”八个字评价本篇，“闲雅”一词尤宜于评价首句。混茫、清空的意境与沉静、广阔的时空相交融固然是“闲雅”的题中基本义，但也不乏天才诗人作诗的本色——兴之所至，口吐莲花，不事雕琢，不假修饰。别人要花苦功惨淡经营，李白得来全不费工夫！

郎骑竹马来 绕床弄青梅
同居长干里 两小无嫌猜

——永葆生命活力之歌

长干行 李白

妾发初覆额,折花门前剧。郎骑竹马来,绕床弄青梅。同居长干里,两小无嫌猜。十四为君妇,羞颜未尝开。低头向暗壁,千唤不一回。十五始展眉,愿同尘与灰。常存抱柱信,岂上望夫台。十六君远行,瞿塘滟滪堆。五月不可触,猿声天上哀。门前迟行迹,一一生绿苔。苔深不能扫,落叶秋风早。八月蝴蝶黄,双飞西园草。感此伤妾心,坐愁红颜老。早晚下三巴,预将书报家。相迎不道远,直至长风沙。

以相思为题材,宋词中俯拾皆是,唐诗中却不多见;把女性推到主人公的地位,李白诗中更少见。然而李白就是李白,偶一为之,便一炮打响。他的《长干行》即使其他什么都不论,什么都不要,单凭"青梅竹马""两小无猜"的语言、文化贡献,便足可永葆旺盛的青春生命活力而流传千古。何为成语?"人们长期以来习用的、形式简洁而意思精辟的、定型的词组或短句。”如果没有“青梅竹马”这个成语，那就得说“男女小时候，天真无邪，在一起玩耍”；没有“两小无猜”，就得说“男女小时候，在一起玩耍，没有猜疑”。哪有成语来得简练、精辟、生动、好记？由诗转而为成语，从而为一代又一代人所喜闻乐道，李白的“青梅竹马”“两小无猜”堪称一绝。

《长干行》是乐府《杂曲歌辞》旧题。长干，地名，在江苏南京秦淮河之南，为一狭长山冈，古时吏民杂居，号长干里。《长干行》，原为四句短篇或联章组诗。李白所作《长干行》突破原有短制，演绎而为长篇，是调和鼎鼐，复古通变，在继承基础上的创变与革新。

现在从两方面对《长干行》作简要介绍。

首先，《长干行》中女主人公的婚恋经历不同凡响。在封建专制和封建礼教的桎梏下，男女婚恋从无自由恋爱、自主选择之说。父母之命、媒妁之言，天经地义，不得越雷池半步。这种吃人的礼教不知酿成了多少人间悲剧。但诗中的这对男女却是例外，他们由青梅竹马、两小无猜而步入婚姻的殿堂，婚后琴瑟友之，誓同生死。看来自主因素起了很大作用。这里有两点值得注意。一是李白出身商家，思想比较“前卫”，比较“开放”。如果换了别个作者，遇上这类题材，怕是未必敢写，也未必愿意写。二是跟男女主人公所处的生活环境有关。他们生活在市井味很浓的长干里，男方又是个商家。相对宽松的社会舆论环境是催生这桩自主婚姻的“孵化器”。

其次，人物心理刻画非常细腻。诗歌以独白式的自述口吻展开。先写他们小时候就一起玩得很投缘。女孩折花在门前戏耍，男孩把竹竿当马骑，绕着井台，手里扬着青梅，逗女孩追逐。但婚后角色改变了，她却很不适应，“低头向暗壁，千唤不一回”。

过了一年，才迎来婚姻的黄金时期。最感人的是丈夫入蜀经商后，她日夜关注他的安危，担心三峡中舟行容易触礁的滟滪堆，仿佛听见回响在三峡上空的“巴东三峡巫峡长，猿鸣三声泪沾裳”的凄厉的渔歌声。眼前景物更是让她心烦意乱，绿苔蔓生、秋风落叶、黄蝶双飞，无一不触动她的思夫愁怀。

她企盼丈夫早日归来，一旦有了准信，她要到七百里外的长风沙去迎接他。长风沙在今安徽安庆东五十里江边。“七百里”一点也不虚夸。据陆游《入蜀记》载，长干到长风沙七百里。这是长江下游到长江中游的漫长距离。为迎接丈夫，要溯江而上七百里，这是何等执著、忠诚、热切而不辞辛劳！作者通过上述几个生活片断，生动、细腻地展示了女主人公丰富的内心世界，表现了她对美满幸福婚姻的向往。

她后来不知接回了丈夫没有，不知是否如同童话中的王子和公主一样，在经历了许多波折后过上了幸福生活，李白在诗中未作交代。不过有一点可以肯定，当她已是皤然一媪，面对夕阳回首往事时，最让她留恋和追忆的可能不是新婚燕尔的幸福，也不是相思的落寞与感情煎熬，而是童年时期那令人难忘的一幕：“郎骑竹马来，绕床弄青梅。同居长干里，两小无嫌猜。”

天真、无邪地嬉戏，你扮郎来我称妾，纯粹得像瓦蓝的天宇，没有一丝杂质。起始阶段的爱情萌芽朦胧而亦真亦幻，最耐咀嚼回味。人生如果就停留在青梅竹马、两小无猜的那一刻，该多好！

床前明月光　疑是地上霜

——妙手偶得朦胧中

静夜思　李白

床前明月光，疑是地上霜。
举头望明月，低头思故乡。

盛唐诗人中有两位绝句高手，一是李白，一是王昌龄。李白绝句之清新自然、通俗流畅，为王昌龄所不及。故王世懋在评论二人高下时说："盛唐惟青莲（李白）、龙标（王昌龄）二家诣极。李更自然，故居王上。"（《艺圃撷余》）

最能体现李白绝句"自然"诗风的当推《静夜思》。

《静夜思》以叙述语气写游子思乡。夜深了，诗人在朦胧中微睁惺忪之眼，只见床前月色如水，皎洁明亮，他还以为是一层洁白的秋霜呢！但这潜意识转瞬就变换为清醒意识。是的，床前室内，何来秋霜？于是他把目光转向空中，果然看见一轮明月高悬天穹。看见了明月，更添思乡愁绪。

诗意前后相承，环环相扣。看见床前的一片光，于是怀疑它是一层霜；究竟是光还是霜，抬头看看它是来自何方；看到了天穹的一轮明月，月色让他更加思念故乡。分明是一条因果之链，但读起来浑然不觉，这就是王世懋所推崇的"自然"。

现在来说说“明月”与“思乡”。

中国诗歌传统中，月之阴晴圆缺与人之悲欢离合，有着难解之缘。从《古诗十九首》的“明月何皎皎”“揽衣起徘徊”，到徐凝的“天下三分明月夜，二分无赖是扬州”，从杜甫的“今夜鄜州月”“清辉玉臂寒”，到苏轼的“人有悲欢离合，月有阴晴圆缺”，名篇佳句，层出不穷。但若以“永恒的魅力”来衡量，则都不及李白的《静夜思》。《静夜思》当时流播四方，日后千古传唱；小儿读来可以启蒙，老人诵之“其味愈长”（《诗筏》）。三句写月，一句思乡，功在诗外，回味悠长。用现代时髦的话说，就是有很强的普世性和可读性。

这首“不用意得之”的诗，其境其意，却自有其“深”处。请看“疑是地上霜”。关于思乡的时间，诗题已作了提示，应是夜来人定之后，正是思乡之时。诚如一首军旅歌曲所唱的，“夜深人静的时候，是想家的时候”。白天没空想。或忙于生计，或勤读苦思不辍，或车船劳顿，人在旅途，或埋头案牍，公务缠身。总之是无暇思乡。晚上有时间了，游子举头望月，仿佛看到故乡就在那月光下的某个地方，亲切而又神秘。

那么，“疑”又是怎么回事呢？大诗人李白难道连“月光”和“霜”都分辨不清吗？诚然，“月光”与“霜”有其相似之处，但还不至于要用“疑”来形容吧？这里只有一种解释，就是诗的作者当时意识不是很清醒。

他可能入夜后乡情难遣，便和衣“假寐”（打瞌睡），闭着眼睛胡思乱想。待到朦朦胧胧睁眼一看，床前已是月光如水。此时他还没有回过神来，因此便怀疑这“月光”就是“霜”。再一个可能是，“转朱阁，低绮户”的月色，在他入眠前还没有照进屋来，待他做完思乡梦，一觉醒来，竟不知身在何处，今夕何夕，便错把“床前月”当成“地上霜”了。

笔者以为,此诗诗眼,非“思”“疑”二字莫属。但“思”字并无深意,太浅太平,唯“疑”字,发人遐思,引人联想,使人思而得之,可谓神来之笔。

本诗之神髓与韵味在“疑是地上霜”。

胡应麟在评价李白的绝句时说:“太白诸绝句,信口而成,所谓无意于工而无不工者。”(《诗薮》内编卷六)这层意思用清人黄景仁的一句诗来形容便是“文章草草皆千古”(《呈袁简斋太史》)。李白的名句肆口而成,满心而发,原是妙手偶得,何尝下过惨淡经营的工夫?

白发三千丈　缘愁似箇长

——夸张圣手的千古一譬

秋浦歌　　李白

白发三千丈,缘愁似箇长?
不知明镜里,何处得秋霜!

秋浦是地名,在今安徽省贵池境内。李白《秋浦歌》一共有十七首,都是抒写思念家乡和京城长安,以及怀才不遇的心情。这里选的是第十五首。

这是一首写愁的千古名篇。作者异常娴熟地用他惯用的浪漫主义手法,极度夸张地形容自己的"愁",抒发壮志难酬的怨愤。

"白发三千丈,缘愁似箇长?"缘,因为;箇,如此,这样。白发竟有"三千丈"长,是因为"愁"才这么长的。开头似天风海涛,闪电惊雷,使人骇然心惊。

句末标点大有讲究。有用句号的,也有用问号的。愚以为以李白之狂放个性和强烈喷涌的感情释放,以用问号为宜。用句号是平静地叙述,与首句的"白发三千丈"难以接续;用问号感情强烈,与"白发三千丈"的夸张气势一气贯注,艺术效果要好得多。用了问号,其语意便成为:白发三千丈,难道是"愁"才使它这么长的吗？一个无疑而问的反问句，答案尽在不言中。是的，就是因为愁才这么长的，诗人的愁思真的有那么长——三千丈！

接下来两句，撇开白发缘何而长的问题，宕开一笔，发出一声浩叹：对着镜子一照，不禁大吃一惊，我自己也弄不明白，我这一头如霜白发是何时染成，又是谁将它染成的。“何处得秋霜”，“秋霜”，一股凛凛寒气，砭人肌肤；“得”，表明是外界环境使然。愤激之情溢满字里行间。李白的志向不是当一般的大臣，更非州县官吏，他要当宰相，“愿为辅弼”是他的志向。他在自己的许多作品里常常以吕尚、张良、诸葛亮、谢安等人自比。但现实太残酷了，他的理想犹如肥皂泡一样转瞬幻灭。眼看已经五十多岁了，“他生未卜此生休”，能不愤激吗？

古代写愁诗词，名句多多。如柳宗元的“城上高楼接大荒，海天愁思正茫茫”，杜甫的“忧端齐终南，澒洞不可掇”，李颀的“请量东海水，看取浅深愁”，李煜的“问君能有几多愁，恰似一江春水向东流”等，都是以海、天、山、水作比。李白自己也有这类句子，如“东风吹愁来，白发坐相侵”（《独酌》），“横江欲渡风波恶，一水牵愁万里长”（《横江词》），前者以风喻愁，后者以水喻愁。上述比喻有一个共同点，就是喻体、本体分属于不同事物。题中名句则不同，喻体、本体合一。三千丈的白发是他李白的，“愁”也是他李白的。这样便形成一种叠加的修辞效果：愁啊愁，愁白了头；白发怎么样？白发三千丈！

“白发三千丈”，夸张得有点离谱。“三千丈”是多长？二十里路长。谁见过二十里路长的头发？然而从古到今并无人提出质疑。原因有两方面。其一，这是李白在写诗，李白就爱这么夸张。“黄河之水天上来”，“疑是银河落九天”，“会须一饮三百杯”，读者已经习惯了李白式的夸张；其二，更重要的是，这一夸张之后紧接出现的是“愁”字。如前所述，诗人怀才不遇，年已老大而一事无成，其愁既深且重，用“白发三千丈”作比是“兴中有比，意味深长”，“尤为新奇”（罗大经《鹤林玉露》）。

名句似水银泼地，一无滞碍，其实十分含蓄。“愁一愁，白了头”，李白愁得头发都白了；李白愁得很深很重很厉害，白发足有三千丈那么长。这些是诗中明确的信息，但李白为何而愁却始终未点破。不点破可留下巨大的想象、联想空间，点破便味同嚼蜡。

就全诗看，首二句是诗意重点所在，后两句是对前两句的补充。就名句看，重点在“白发三千丈”。“白发三千丈”之所以有名，缘于李白式的“超级夸张”。人称李白为“夸张圣手”，“圣手”一出手，让人触目惊心又爱不释手。

桃花潭水深千尺　不及汪伦送我情

——献给平民的歌

赠汪伦　李白

李白乘舟将欲行，忽闻岸上踏歌声。
桃花潭水深千尺，不及汪伦送我情！

天宝十四年(755)，李白由秋浦至泾县(今安徽境内)游桃花潭，其间同村民汪伦过从甚密，结下深厚友谊。这是诗人临别赠给汪伦的诗。

黄叔灿《唐诗笺注》评论这首诗说："相别之地，相别之情，读之觉娓娓兼至，而语出天成，不假炉炼，非太白仙才不能成。"这个评价让人击节赞叹。确实，这是一首天才之作。友情、送别此类人生经历，人皆有之，常人要磨砺成一首好诗，不知要费多大劲，李白随口一唱，遂成传世之作。看来李白这样的天才具有两个基本特征：一是无法传授，教不会；二是无法学习，学不来。

李白作诗不同于杜甫。杜甫肯下大工夫、苦工夫，苦心经营，一丝不苟。"语不惊人死不休"是他为自己立下的标准，"下笔如有神"是他追求的目标。李白正好相反。他是天才诗人，根本没有隔宿构思的习惯，信手拈来，脱口而出，没有一首让人感到是苦心经营之作，没有一句有炉炼的痕迹。他写诗，就像刘三姐对

明·唐寅 金阊送别图(局部)

歌那样,张口就来,一唱就获满堂彩。《赠汪伦》就是这样的即席即兴之作。走之前跟汪伦连个招呼都没打,当然没打算写诗。就在汪伦踏歌而来的一刹那,诗人深受感动,一首专门为村民而作的天才诗篇便诞生坠地了!速度如闪电一般,如果用秒表掐一下,当不在曹子建的七步诗之下。

诗虽短短四句,却写得清空灵动,余味无穷。首二句“将”“忽”二字极富神韵。诗人已经登舟,就在即将起航之际,忽然传来岸上合着行步节拍的唱歌声,那是与自己同样潇洒的友人汪伦送行来了。接下来两句描写汪伦对自己的深情。作者用千尺之深的桃花潭作比,说汪伦对他的情谊比桃花潭水还深。此句之妙,在活用比喻。若用通常比喻,便是“汪伦送我情谊深,胜似千尺桃花潭”,这层意思,即便让李白说,说得很出彩,也只是通常一比,比喻而已。现在将二者转换,先说桃花潭水深千尺,后说但它还比不上汪伦送别我的感情深。此一转换，妙境顿开，“柳暗花明又一村”。

李白对平民汪伦的真挚、深厚的感情，对汪伦家族影响深远。据《李太白全集》宋杨齐贤注：“白游泾县桃花潭，村人汪伦常酿美酒以待白。伦之裔孙至今宝其诗。”这段话中有两点值得注意。一是李白游桃花潭，与村民汪伦在短暂的交往中，结下了很深的友谊，李白嗜酒，汪伦常以自酿美酒款待他；二是汪氏子孙把李白的赠诗视作“金不换”，世代珍藏，直至宋代。

汪氏子孙“宝其诗”，除了因为李白的名声大外，还有一点不应忽视，就是二人间的真情和深情，特别是送别之情，深于潭水。以家酿美酒款待，李白已觉过意不去，临行本想不去惊动他，可是就在船将开之际，汪伦却赶来送行了。诗人真的被感动了，他秀口一开，就为我们留下了这首千古传诵的天才诗篇。

诗的另一特点是平民化。李白傲视王公，睥睨权贵，从不肯摧眉折腰。他让高力士脱靴，杨贵妃磨墨，有时喝醉了，连皇帝也不放在眼里，“天子呼来不上船，自称臣是酒中仙”（杜甫《饮中八仙歌》）。但李白性格中还有另一面。他跟老百姓相处却非常融洽，平等相待，没有一点架子。他游桃花潭，与乡亲们亲如家人，和村民汪伦更是诗酒往还，情深意笃。

谭嗣同认为，“五伦”（君臣、父子、夫妻、兄弟、朋友）中“朋友”一伦最可贵，因为它体现平等。李白之于汪伦，用“情同手足”形容是不确切的，他们是平等的朋友。《赠汪伦》是大诗人李白献给一位村民朋友的友谊之歌。

五岳寻仙不辞远　一生好入名山游

——眼前无路想回头

庐山谣寄卢侍御虚舟　　李白

我本楚狂人，凤歌笑孔丘。手持绿玉杖，朝别黄鹤楼。五岳寻仙不辞远，一生好入名山游。庐山秀出南斗旁，屏风九叠云锦张，影落明湖青黛光。金阙前开二峰长，银河倒挂三石梁。香炉瀑布遥相望，回崖沓嶂凌苍苍。翠影红霞映朝日，鸟飞不到吴天长。登高壮观天地间，大江茫茫去不还。黄云万里动风色，白波九道流雪山。好为庐山谣，兴因庐山发。闲窥石镜清我心，谢公行处苍苔没。早服还丹无世情，琴心三叠道初成。遥见仙人彩云里，手把芙蓉朝玉京。先期汗漫九垓上，愿接卢敖游太清。

安史之乱时，李白为避乱携妻隐居庐山，其间应邀加入永王璘集团。不料李氏兄弟阋于墙，李璘兵败，李白被长流夜郎。乾元二年(759)遇大赦，再游庐山，写下了这首著名的《庐山谣寄卢侍御虚舟》。

该诗全景式地展现庐山的峥嵘秀色。诗中“五岳寻仙不辞远，一生好入名山游"，可视为解读本诗的提示语，同时也是诗人儒、道、侠思想杂糅，有时又徘徊游移于儒道之间的真实写照。

此时的李白经"赐金放还"的折腾和长流夜郎的沉重打击，他的用世、兼济的儒家传统，"愿为辅弼"的政治抱负，"长风破浪"的自信，全都消磨殆尽。他想居庐山，重皈道教，在狂迷的宗教氛围中消弭人生缺憾。这叫"眼前无路想回头"。

最能说明上述变化的，莫过于诗的开头对孔子的否定。"我本楚狂人，凤歌笑孔丘。"此句用《论语·微子》典。孔子到楚国去，想去游说楚王。楚国有位隐者狂人接舆在他车旁唱道："凤兮凤兮，何德之衰？往者不可谏兮，来者犹可追也！已而，已而！今之从政者殆而！"这就是有名的《凤兮歌》。接舆嘲笑孔子不合时宜，在乱世到处奔走，迷于做官。李白以楚狂接舆自比，显然是对政治前途表示失望。歌中的"往者不可谏兮，来者犹可追也"耐人寻味。诗人在清理自己的思想，调整人生目标了。

全诗可分为三个层次。头六句是诗的缘起与绪言。主体部分十三句，浓墨重彩地描摹庐山的雄奇风光，列举了神奇秀丽的庐山诸景点：像云霞般展开的九叠云屏，双峰并峙于前的金阙岩，如倒挂银河的三石梁瀑布，闻名遐迩的香炉峰瀑布，在浔阳分为九道的长江，等等。最后一层，有点神秘感的诗人介入了。他照"石镜"以清心，循着谢灵运游山的足迹往前走，服用道家所炼的"还心丹"，修炼身心已达《黄帝内经》所说的"琴心三叠"的境界，有了一定的功底。他抬头仰望，仿佛见到神仙手捧莲花飞往玉京山。最妙的是末两句："先期汗漫九垓上，愿接卢敖游太清。"《淮南子·道应训》载，卢敖游北海，曾邀一人同游，那人笑着说：我已经与神仙汗漫约定九天之外相见，随跳入云中而去。现在诗人要先到九天，接卢敖同游太清。卢敖与题中卢侍御同姓。得道成仙的李白不忘充满人生缺憾的卢敖与眼前这位老友，要提携他们一起升天，想入非非，又充满人情味。

李白一生，游历了中原与江南的许多名山。“南穷苍梧，东涉溟海，北抵燕赵，西历岐邠，名山胜景，无不登临，或遇胜境，终年不移”（范传正《李公新墓碑》）。他曾游“五岳独尊”的泰山，写下了《游泰山》；他曾游西岳华山，留下了“西岳峥嵘何壮哉！黄河如丝天际来”的名句；他曾与元丹丘偕隐嵩山，表达强烈的求仙得道的愿望；他曾游天台，写下了《天台晓望》；他曾“一夜飞度镜湖月”，留下了梦游天姥的不朽篇章；他曾数次游庐山，为读者献上了“疑是银河落九天”的神奇妙句。“一生好入名山游”是他数十年游山经历的艺术概括。

明代著名旅行家、地理学家徐霞客与李白一样，“一生好入名山游”，足迹几乎遍布境内所有名山。但徐霞客在旅游外还肩负着科学考察的神圣使命。李白游山除览胜探景外，也有另一重目的，那就是寻仙访道。他游嵩山，写下了“愿同西王母，下顾东方朔。紫书倘可传，铭骨誓相学。”（《赠嵩山焦炼师并序》）决心要跟炼丹师学炼丹。他游天台，便长吟“攀条摘朱实，服药炼金骨。安得生羽毛，千春卧蓬阙？”（《天台晓望》）幻想羽化登仙，长生不老。李白曾两次受道箓，在唐代文人中绝无仅有，他之信奉道教，已经到了痴迷的程度。

李白游山，半为览胜，半为寻仙。至于诗歌，不过是记录上述活动的“副产品”罢了。

安能摧眉折腰事权贵 使我不得开心颜

——冲破樊笼向天飞

梦游天姥吟留别 李白

海客谈瀛洲，烟涛微茫信难求。越人语天姥，云霓明灭或可睹。天姥连天向天横，势拔五岳掩赤城。天台四万八千丈，对此欲倒东南倾。我欲因之梦吴越，一夜飞度镜湖月。湖月照我影，送我至剡溪。谢公宿处今尚在，渌水荡漾清猿啼。脚著谢公屐，身登青云梯。半壁见海日，空中闻天鸡。千岩万转路不定，迷花倚石忽已暝。熊咆龙吟殷岩泉，慄深林兮惊层巅。云青青兮欲雨，水澹澹兮生烟。列缺霹雳，丘峦崩摧。洞天石扉，訇然中开。青冥浩荡不见底，日月照耀金银台。霓为衣兮风为马，云之君兮纷纷而来下。虎鼓瑟兮鸾回车，仙之人兮列如麻。忽魂悸兮魄动，恍惊起而长嗟。惟觉时之枕席，失向来之烟霞。世间行乐亦如此，古来万事东流水。别君去兮何时还，且放白鹿青崖间，须行即骑访名山。安能摧眉折腰事权贵，使我不得开心颜！

诗仙此诗作于“赐金放还”、离开长安之后。题名亦作《留别东鲁诸公》。“吟”系诗体，“留别”提示内容，故“吟”应与“天姥”连读，而不能读成“梦游天姥/吟留别”。这首诗也是一首游仙诗。游仙诗是描写脱离尘俗、神游仙境的诗作，其特点是“托仙人之缥缈，抒在己之心灵”（《诗学全书》）。

评价一首诗是否是代表作，要看它是否体现诗人的基本思想与人生追求，是否选取了诗人最喜爱的、最长于表现的题材；诗人的个性在作品中是否得到了充分释放，最擅长的表现手法是否运用得当；作品是否受读者青睐。由此观之，《梦游天姥吟留别》应是李白的代表作，也是他的扛鼎之作。

本诗有以下三方面特色。

第一，以“梦”结撰全篇。“梦”的最重要特征是超现实性。现实生活中不可能出现的东西，梦境里可以有。俗话说“一场游戏一场梦”，但游戏有规则，而梦则没有逻辑。一个“梦”字为诗人提供了广阔驰骋的空间和自由翱翔的天空。东鲁至浙东千里迢迢，可是诗人“一夜飞度镜湖月”，而且背后有一股强大的推力，“送”我至剡溪。因为是“梦”，他可以穿上南朝山水诗人谢灵运特制的专用登山鞋“谢公屐”。因为是“梦”，奇谲、吊诡之境界迭出：时而“空中闻天鸡”，让人心胸顿开；时而电闪雷鸣，山崩地裂，使人惊心动魄；时而又“青冥浩荡不见底，日月照耀金银台”，一派绚丽灿烂的景象。

第二，将浪漫主义的夸张手法运用到了极致。天姥就其实际高度而言，只能称“丘”，可一到诗人笔下便“云霓明灭或可睹”，彩云环绕，时隐时现，恍若仙境。他写天姥山的高峻，更是让人叹服。“天姥连天向天横，势拔五岳掩赤城。天台四万八千丈，对此欲倒东南倾。”天姥山与五岳根本不在一个层级上，可李白硬是让天姥山把五岳给比了下去。那“四万八千丈”的天台山也只能匍匐在天姥的脚下，向它顶礼膜拜。

第三，仙境的描写让人大饱眼福。李白写仙境一般只是远远地看看，如“遥见仙人彩云里，手把芙蓉朝玉京”（《庐山谣寄卢侍御虚舟》），这一回不同了，诗人扎扎实实地过了把瘾。仙人们“霓为衣兮风为马”，百兽之王为他们鼓瑟，鸟中之圣为他们驾车，列队欢迎大诗人李白。李白这一回是置身仙境，亲身感受到了亲近仙人的滋味。难怪，诗人离京后，曾在齐州紫极宫受道箓，诗中关于仙境的描写，正是诗人受道箓后幻觉式的迷狂体验的反映。

梦毕竟是梦。李白一跤跌入虚无缥缈的云中，醒来原是南柯一梦，又跌回到枕席之上。此时他又回到现实，诗也拢到了告别诸公的标题。

结句“安能摧眉折腰事权贵，使我不得开心颜”，有如神助，似从天外飞来。它如一道灵光，照亮了主题。句中之典语出萧统《陶渊明传》：“我岂能为五斗米，折腰向乡里小儿？”陶渊明是东晋大诗人，他因看不惯官场丑恶和不能忍受束带折腰的屈辱，毅然挂冠归隐。在不肯折腰这一点上，李白与陶渊明完全一致。但陶渊明不肯折腰的对象是衙中人模狗样的小吏，而李白不肯折腰的对象是权倾朝野的高官显贵，潜台词里理所当然地还包括皇帝，因此比陶渊明更为难能可贵。

中国封建官僚制度等级森严，对皇帝要匍匐，对上司要跪迎，毫无人格与尊严可言。一些正直的知识分子，忍受不了“拜迎官长心欲碎”（高适《封丘作》）的屈辱与痛苦，难免受到排挤和打击。所以李白的对天一吼，是道出了古来这类怀才不遇知识分子的共同心声。

卒章显志，名句使这场异常热闹的大戏有了个潇洒、高亢而又深沉、有力的结局。诗人要与世俗、与浑浊的官场、与自己的过去彻底决绝，开始那骑着白鹿访名山的自由自在的新生活。

孤帆远影碧空尽　惟见长江天际流

——别开生面的伫立送别

黄鹤楼送孟浩然之广陵　　李白

故人西辞黄鹤楼，烟花三月下扬州。
孤帆远影碧空尽，惟见长江天际流。

此诗作于开元十六年(728)暮春。孟浩然为盛唐著名诗人，长李白十多岁，其时已诗名满天下，李白与他结交是在刚出川不久。题中之广陵即淮左名都扬州。

此诗虽为送别诗，但既不伤感，也不悲凉，充满了友情的温馨与诗意。

离别向来是个沉重的话题。屈大夫说，“悲莫悲兮生别离”(《九歌·少司命》)。晚唐诗人杜牧则将离别上升到规律性的高度描述：“门外若无南北路，人间应免别离愁。”(《赠别》)同为唐代诗人，赵嘏则说得更伤心：“人间离别尽堪哭，何况不知何日归?”(《江上与兄别》)

为何这次送别却成了例外呢？这有主、客观两方面的原因。从客观方面看，此时正是开元全盛之时，士子们充满了憧憬与希望；时间正是阳春三月，莺飞草长，繁花似锦；出行的目的非负笈远游、出塞征战，而是作一次愉快的旅行；目的地非阳关之外的大漠绝域，而是歌舞繁盛的名城扬州；交通乃乘舟顺流而下——“千里江陵一日还”。哪一条都不足以引发离愁别绪。从主观方面看，李白生性旷放、潇洒，出川时年方二十六岁，未经挫折、坎坷，“少年不识愁滋味”（辛弃疾《丑奴儿·书博山道中壁》）。孟浩然虽然阅历较丰，但早已将身心融入田园山水，告别友人去旅行，也不可能泛起离愁别绪的感情涟漪。

选定本诗之名句，颇费踌躇。“故人西辞黄鹤楼，烟花三月下扬州”中的“烟花”一句被誉为“千古丽句”（孙洙语），当然是名句；“孤帆远影碧空尽，惟见长江天际流”，深情远唱，绵邈悠长，古来不知多少人为之击节赞叹，为之倾倒，还不算名句？不得已，且立足于后两句，对全诗作简要分析。

阳春在黄鹤楼送别，得天时、地利。此楼是两位诗人多次游览的胜地，是友谊的象征。传说仙人曾在此驾鹤飞升。而故人也要在烟雾迷蒙、繁花似锦的季节离开黄鹤楼，去那“歌吹十里”、美丽迷人、犹若仙境的扬州，岂不意味深长？下两句转到送别。诗人巧妙地略去了饯行、话别、前程珍重等许多内容，突出伫立目送，把镜头推向遥远的天际。先是目送那船上的故人，船儿渐行渐远，目力所及，已经望不见船上的人了，他就紧紧地盯着那只船；船又渐渐望不见了，他又把目光转向那片高高扬起的白帆；直至白帆也隐没在水天一色的远方，有关故人的一切什么都看不见了，但他还不肯收回目光，对着东逝的江水，极目远眺，唯见长江浩浩汤汤，流向天的尽头。诗人在黄鹤楼的目送，以及目送后的更为长久的伫立告诉我们，他对孟浩然的感情，如长江一般浩荡，像江水一样深沉。没有离恨，但有失落与惆怅。以上不过是我们的推理分析，李白没有这么直露。他只写景不抒情，“情在景中，景中含情”。看他的另一首诗，有助于我们更准确地理解诗人送别时的深情：“吾爱孟夫子，风流天下闻。红颜弃轩冕,白首卧松云。醉月频中圣,迷花不事君。高山安可仰,徒此揖清芬。”这是李白对前辈诗人的礼赞,感情如出一辙,只是直来直去,实话实说。

诗虽四句,章法却凸显大师级的功力。前两句写“客”,故人辞别黄鹤楼,乘舟顺流去扬州;后两句写“主”,伫立楼头,目送友人直至蓝天碧水相连的天尽头。“客(行)—主(送)”的层次结构,与“辞—下”“尽—见”的遣词,使诗的鲜明的脉理与流丽的文字臻于完美的统一。

“海内存知己,天涯若比邻”(王勃《送杜少府之任蜀川》)意气昂扬,豪情满怀;“劝君更尽一杯酒,西出阳关无故人”(王维《送元二使安西》)体贴备至,情真意切。“孤帆”句则意在象外,情含其中,不着一字,尽得风流。

仰天大笑出门去　我辈岂是蓬蒿人
——奔放激越的个性张扬

南陵别儿童入京　　李白

白酒新熟山中归，黄鸡啄黍秋正肥。呼童烹鸡酌白酒，儿女嬉笑牵人衣。高歌取醉欲自慰，起舞落日争光辉。游说万乘苦不早，著鞭跨马涉远道。会稽愚妇轻买臣，余亦辞家西入秦。仰天大笑出门去，我辈岂是蓬蒿人！

李白一心要做帝王师，要圆宰相梦。他以多年漫游、隐居、交友来弘扬名气，提高知名度。天宝元年(742)，经道士吴筠荐举，李白入京，先受前辈诗人贺知章赏识，后被玄宗召见。这首诗就是告别南陵家人，往京城长安时所作。南陵，地名，在安徽境内。

不知何故，李白的《南陵别儿童入京》很少有选注者选入。《唐诗三百首》选了他谀美杨贵妃的三首《清平乐》，却把这首屏除在外。其实如果我们要真正地走近李白，欣赏李白，理解李白，不可不读读他的“仰天大笑出门去，我辈岂是蓬蒿人”。此二句关系到他的人生事业，最能体现他豪放、张扬、自负、自信的个性特点。

诗的开头描绘了一幅秋季丰收的农家乐图景。谷物登场，黄鸡饱餐，只只膘肥体胖；诗人从山中归来，白酒也正好酿成，于是便"呼童烹鸡酌白酒"。儿女们见他归来也特别高兴，牵着他的衣襟嬉闹，绕膝不去。诗人又是饮酒，又是高歌，又是狂舞，情不自禁。年逾四旬，终于等来大展宏图的机会，虽然机遇来得迟了些。"苦不早"是诗人复杂心情的表露。接着以汉代朱买臣自喻，再次展示扬眉吐气的得意劲。几经跌宕后，掀起了感情的巨澜："仰天大笑出门去，我辈岂是蓬蒿人！"

他笑什么？

一笑鲲鹏展翅好运来。李白少怀大志，"虽长不满七尺，而心雄万夫"（《与韩荆州书》），只是苦于无人赏识，没有机会。一直等到四十二岁，才等来了皇帝的召见。鸢飞九天，鲲鹏展翅，"好风频借力，送我上青云"（《红楼梦·临江仙》），这可是时来运转的人生大转折啊！

二笑大展宏图时机到。李白的人生目标是为帝王师，当宰相。像管仲、晏婴，像汉家张良、三国孔明，建不世之功，名垂青史。现在距宰相位置仅一步之遥，岂能不笑？

三笑会稽愚妇不识人。李白在兴奋狂喜时想到一个人，这人叫朱买臣。《汉书·朱买臣传》载，朱买臣家贫而好学，担柴时都不废读书。其妻不堪忍受贫穷之苦，与买臣离异，另嫁他人。后买臣功成名就，做了会稽太守，享受荣华富贵，前妻羞愧自尽。论者或以为李白是讽喻轻视他的小人。愚以为诗人就是在讥笑自己的妻子。其一，李白之为人，心比天高，口放狂论，但妻子婚后这么多年，从未看见他做成一件像样的"实事"，心存不满，语含讥诮，乃情理中事。其二，从李白作品的内容看，他跟妻子关系并不怎么亲。不像老杜，妻子挨饿，他挂念在心；分居两地，便很浪漫地吟唱"香雾云鬟湿，清辉玉臂寒"（《月夜》）；直到一把年纪了，还常把“老妻”挂在嘴上。李白作品里根本看不见这类伉俪深情。更为直接的证据是，这首诗的标题写“别儿童”而不写“别妻子”，是件很反常的事。揆之以理，是其妻这些年听够了他的大话、空话，时有嘲笑讽刺，诗人也没少受她的腌臜气。现在报复泄愤的时机到了，他用诗来教训这个“会稽愚妇”。诗中的大笑是笑给“愚妇”看的，“出门去”也是做给“愚妇”看的。其三，李白喜欢直来直去，敢于轻侮朝廷权贵，如果要讽刺世俗小人，何必搞“弯弯绕”？

《旧唐书》载，李白曾“沉醉殿上，引足令高力士脱靴”。野史说，西域有一小国国书是突厥文，唯李白能识，李白便摆足了架子，让正三品的高力士脱靴，让杨贵妃磨墨，皇上也亲为调羹。从好的方面说是傲视权贵，用宰相的基本素质衡量，李白并不够格。宰相要胸怀大局，兼顾朝野，心系黎民，能善处各种矛盾和种种复杂的人际关系，其固然必须执著与坚持，但也须有妥协、调和、忍耐、退让的涵养。李白并不具备魏征、房玄龄、宋璟等唐代名相的政治品格，他只会不计利害地由着性子来。玄宗说他“非廊庙器”并非没有一点道理。

以上所述无伤大雅，当大唐诗歌王国的“首席诗人”，岂不比宰相还要风光？

飞流直下三千尺　疑是银河落九天

——此景只应天上有

望庐山瀑布　李白

日照香炉生紫烟，遥看瀑布挂前川。

飞流直下三千尺，疑是银河落九天。

庐山为江南名山，坐落在江西境内长江边上。三百多平方千米内有数不尽的景点景观。庐山又是宗教圣地，“一山藏六教，走遍天下找不到”。自太史公将其载入史册后，历代名人留下了四千多首咏庐山的诗词，庐山因此荣获“文国诗山”的雅号。李白的这首《望庐山瀑布》就是“诗山”宝库中一颗璀璨的明珠，作于庐山著名景点秀峰。

李白的《望庐山瀑布》与《庐山谣寄卢侍御虚舟》（以下简称《庐山谣》）都是以庐山为题材的著名诗篇。但两篇体裁、摄景范围、意境、表现手法、审美情趣迥然有别。

《庐山谣》采用诗人最擅长的歌行体，全诗二十九句，长达一百九十一字；《望庐山瀑布》为七绝，只四句。《庐山谣》系全景式的大写意，不仅写庐山本身的雄奇风光，而且写登高所见的壮观的天地景象，“鸟飞不到吴天长”，“大江茫茫去不还”；《望庐山瀑布》则采用透视写生之法，特写庐山香炉峰瀑布。《庐山谣》将庐山的神奇秀丽的自然风光与"手持绿玉杖,朝别黄鹤楼"的谪仙人李白,以及道教传说融为一体。仙、人并存,亦真亦幻;《望庐山瀑布》呈献给读者的则是雄奇瑰丽的真实的香炉峰瀑布。《庐山谣》用第一人称,以叙述为主,从出发地黄鹤楼写起,讫于登仙;《望庐山瀑布》以描写为主,综合运用想象、夸张、比喻等手法写瀑布,让人耳目一新。《庐山谣》中的庐山神奇、秀美,弥漫着神秘的宗教色彩和人文气息;《望庐山瀑布》借斑窥豹,通过壮观的瀑布描写,表现庐山的自然风光,风景如画,秀色可餐。

《庐山谣》虽然也是名篇,但缺少"飞流直下三千尺,疑是银河落九天"这样神采飞扬的名句,可见诗的质量是不能以文字多寡衡量的。

香炉峰在庐山西北,其峰尖圆,状如香炉。峰上烟云缭绕,聚散无常。旭日东升,照临香炉峰冉冉升起的烟云,似紫烟缭绕、漂浮,这便是"日照香炉生紫烟"的奇观。"瀑布"是香炉峰的另一奇观。"遥看瀑布挂前川",交代了瀑布的源头是香炉峰,它的落点是"前川",只见这瀑布如帘幕垂下,直落千丈,跌入前川。交代完毕,诗人便倾注全力,放歌赞美瀑布的神奇,运笔气势豪壮,想落天外。

"飞流直下三千尺",诗人着一"飞"字,形容瀑布从天而降;"三千尺",虚中含实。李白另有一首《望庐山瀑布》,中有"挂流三百丈,喷壑数十里"之句。"三百丈"等同于"三千尺",虽然未免夸张,但较为接近基本事实,与"白发三千丈"不同。

诗人觉得用单一的修辞格已不足以表达瀑布的奇秀,不足以表达诗人的惊疑,不足以抒发他的赞美之情。"疑是银河落九天",调动了一切可以运用的修辞手法,想象中含比喻、夸张。诗人在"飞流直下三千尺"的基本写实的基础上笔锋一顿,推出了意表之外的千古名句——"疑是银河落九天"。这种奇幻、美妙之景人间不可能有啊,它是哪里来的呢?对了,肯定是九天之外的银河直落而下!奇思妙想,想落天外。将瀑布比作银河,将“三千尺”无限放大为“落九天”,是极度夸张的神来之“比”,此等句唯李白能造。“谪仙”在仙界生活过,知道银河是怎么回事,凡夫俗子如何能写得出这样的句子?

苏东坡亦有一首写庐山的名诗:“横看成岭侧成峰,远近高低各不同。不识庐山真面目,只缘身在此山中。”(《题西林壁》)黄庭坚称苏东坡此诗有“不传之妙”,大概是指该诗有“跳出庐山看庐山”,旁观者清的意思。苏诗的哲理性为李诗所不及,李诗的意象苏诗难与比肩,二者各有千秋。“飞流”句与“不识”句,双峰并峙傲千秋,伯仲之间耳!

两岸猿声啼不住　轻舟已过万重山

——生平快诗能压卷

早发白帝城　李白

朝辞白帝彩云间，千里江陵一日还。
两岸猿声啼不住，轻舟已过万重山。

天宝十四年(755)，永王李璘奉玄宗旨兴兵助朝廷平定安史之乱，镇守江陵。李白应声而动，参加永王璘幕府。肃宗即位后，称永王璘忤逆，李白因此受牵连，身陷囹圄，几乎丧命。幸得崔涣、宋若思援救，流放夜郎。诗人一心报国，没想落得如此下场，他在《江夏别宋之悌》里痛心地写道："平生不下泪，于此泣无穷。"

乾元二年(759)春，李白取道四川赴贬地夜郎，至白帝城闻赦书，便放舟东下江陵，这首《早发白帝城》即作于此时。该诗反映了诗人重获自由的喜悦和重返江陵的欢乐心情。杨慎对此篇的赞词是"惊风雨而泣鬼神"(《升庵诗话》)，王士祯更推崇备至，认为它是三唐(初唐、盛唐、晚唐)诗中的压卷之作。

"朝辞白帝彩云间"，起句就看得出，诗人的心情非常好。白帝城故址在今四川奉节白帝山上。国人熟稔白帝城，大概跟三国时刘备临终托孤于此有关。这可是个沉重的、令人伤感的历史典故。然而情随事迁，李白今天丝毫未受这个历史阴霾的感染。眼前的白帝高踞云端，绚丽的彩云环绕四周，在这个美好的早晨，诗人要告别白帝，东下江陵了。“朝”和“彩云间”表现了诗人噩梦醒来，重获自由后对生命的珍惜和对生活的热爱。

“千里江陵一日还”，是行程的真实写照，也是诗人放舟东下欢乐心情的写照。白帝与江陵，两地落差极大，顺流而下，朝发夕至。郦道元《水经注·江水》云：“有时朝发白帝，暮到江陵，其间千两百里，虽乘奔御风，不以疾也。”这速度在以舟车为交通工具的古代确实惊人，一天一千两百里，奔马、疾风都及不上，只有现今的铁路动车能跟它一比高下。诗人心情忒好的另一原因是此行去江陵。江陵为李王璘镇守之所，李白作为幕府，曾在这里战斗、生活过，而今重返故地，故用一“还”字。

前两句以叙为主，流露出喜悦、欢快的感情。后两句并未循此延伸，而是重拾一日行程的话题，转写舟行途中的见闻，补足前两句诗意。

现在来讨论名句。

先说“两岸猿声啼不住”。长江三峡七百里，两岸峰峦相连，略无阙处。据《水经注》记载：山上“常有高猿长啸，属引凄异，空谷传响，哀转久绝”。猿猴“哀转久绝”的凄厉叫声成了三峡一道著名的风景。渔人受其感染，世代传唱一首凄凉的渔歌：“巴东三峡巫峡长，猿鸣三声泪沾裳。”那么李白有没有受到影响呢？没有。人对周围环境的感受往往是一种主观反作用于客观的过程。心情好时看什么都顺眼，见什么都高兴；郁闷、忧伤时任你什么良辰美景、花好月圆都提不起精神。杜甫的“感时花溅泪，恨别鸟惊心”（《春望》）即属此类。李白今天的心情特别好，他根本不在乎猿在怎么叫。在他听来，两岸猿声此起彼伏，说不定还有点乐感，蛮动听的呢！因为今天的猿声不是“三声”，听了

“三声”要“泪沾裳”；今天是“啼不住”，不绝于耳，好不热闹！诗人满载喜悦的扁舟在三峡轻快穿行，一路猿声一路歌，何等轻松。

再说“轻舟已过万重山”。愚以为诗中“轻舟”有三重意思。一是乃载客之舟，非载货之舟。李白一介罪囚，身无长物，扁舟自然轻。二是顺流而下不费劲，不似溯流逆水，踟蹰不前。三是诗人卸下了沉重的包袱，重履人生康庄道，心情特别轻松。“已过”有“倏忽”之意。两岸猿声犹在耳际回旋，不知不觉已将万重大山抛在脑后，这不，江陵就在眼前了。

船儿行得快，诗人心欢快，以故前人称此诗为李白生平“第一快诗”。

相看两不厌　只有敬亭山

——独坐相看终孤独

独坐敬亭山　　李白

众鸟高飞尽，孤云独去闲。
相看两不厌，只有敬亭山。

李白与安徽有缘，据统计，李白的诗约有三分之一是作于安徽。诗人特别眷顾江南名郡宣州，一生凡七游宣城，留下了大量的诗篇。这跟敬仰前朝诗人“二谢”有关。谢灵运是东晋名将谢玄之孙，南朝宋诗人。谢朓是南朝齐诗人，时称“小谢”。二人先后在宣城做过太守，唐时宣城尚遗有谢朓楼等遗迹。李白在《宣城谢朓楼饯别校书叔云》里有“蓬莱文章建安骨，中间小谢又清发”之句。前句赞李云的文章有蓬莱仙风、建安之骨；后一句诗人当仁不让，以谢朓自比，说“中间小谢又清发”。意思是自己的诗像谢朓那样清秀，堪与李云的大作争辉。天宝十三年（754），李白还写了首著名的《秋登宣城谢朓北楼》，中有“谁念北楼上，临风怀谢公”之句。诗人说自己临风登上了谢朓北楼，怀想当年在宣城做太守留下了叠嶂楼（即谢朓北楼）这样的名胜古迹的谢公（谢朓），可有谁能理解我这遭受排挤、打击，失意、漂泊的失路之人呢？谢朓在文学史上充其量也就是个二流诗人，不知何故竟成了大诗人李白的偶像。

这首《独坐敬亭山》作于天宝十二载(753)秋游宣州时。敬亭山东临宛溪,登临可鸟瞰南面繁华的城区,领略烟云风樯、如诗如画的大好风光。

诗的前两句"众鸟高飞尽,孤云独去闲",通过写鸟儿飞尽、孤云飘去表达自己的孤独。敬亭山有很多鸟,只是这一大群鸟因为诗人的到来倏地飞上天空,飞得很高很高,一个不留,全都飞走了!一个"众"字、一个"尽"字,写出了喧闹的众鸟飞去后山林的寂静。鸟儿飞走倒也罢了,没想到天上的那片孤云也渐去渐远,悠闲地飘走了。一个"孤"字、一个"独"字,照应前句"众"字。你看,那么多的鸟全都飞走了,一片白云也留它不住。诗人以动见静,以去衬独,现在在这片清幽的土地上什么都没有了,只剩下一位孤独者。

现在来看名句"相看两不厌,只有敬亭山"。孤立地看,我们会误以为诗人仍像往常一样浪漫,他凝望着妩媚动人的敬亭山,看着看着便觉得敬亭山睁开了睡眼微笑着望着对面这位丰采照人的大诗人。他们四目对视,就这么看啊看啊,好像永远看不够似的。其实不然,李白此时根本没有这份浪漫心情,他兀自独坐,形影相吊,正在忍受孤独的煎熬。鸟儿、白云也似乎在排斥他,飞走了,飘离了。诗人非常无奈,只好看山,只有敬亭山不会飞走,也不会飘去。

"相看""两不厌""只有"等词语表明作者在这里已坐了很长时间。为什么不离开这寥廓、清幽之地呢?——无处可去。一个被"赐金放还"之人,他的归宿就该在这里;一个被遗弃的诗人,没有人惦念他,也没有人来陪伴他,唯有眼前这座不会说话的敬亭山在静静地凝望着他。

此两句虽未出现"独"字,却是点题的神来之笔。"相看两不厌”，仿佛是找到了寄托，其实仍然无法摆脱孤独。山毕竟是山，没有感情，也不会交流。究其实，李白仍是一人在独看。故而沈德潜称其为“传‘独坐’之神”（《唐诗别裁集》）。

辛弃疾在《贺新郎》里用了与此句同样的手法：“我见青山多妩媚，料青山见我应如是。”这是用词的形式写的另一版本的“相看两不厌，只有敬亭山”。辛句与李句如出一辙，表现的也是孤独感。辛弃疾此时投闲置散已四年，空有一腔抗金报国志却无人问津。

或曰李白之看不厌，是因为其情人玉真公主住在这里。近年宣城地方政府所立之碑也说玉真公主“安史之乱后追寻李白隐居敬亭山”云云。对此有人据玉真长李白九岁，卒葬王屋山等史实斥其子虚乌有。笔者深以为然。李白所迷者，谢朓也；坐观敬亭者，孤独也。

海日生残夜　江春入旧年

——“一句能令万古传”

次北固山下　王湾

客路青山外，行舟绿水前。
潮平两岸阔，风正一帆悬。
海日生残夜，江春入旧年。
乡书何处达，归雁洛阳边。

《次北固山下》是盛唐诗人王湾的代表作。诗当作于先天元年(712)王湾进士及第时。北固山，在今江苏镇江市北，三面临江，形势险固，以故得名。本诗写岁暮腊残夜间行舟的特殊景象，抒愁旅怀乡之情。全诗情景交融，音律和谐，标志着盛唐五律的成熟。该诗问世后好评不断，“海日”联被认为是千古绝唱，名句的样板与范式。

首联“客路青山外，行舟绿水前”，总写这次水路旅行的特点。“青山”，北固山。“青山外”意谓船儿将绕过青山，在绿波荡漾的江面上前行。成语“青山绿水”即出于此联。颔联为我们展开了一幅恢弘的舟行江面的画面——“潮平两岸阔，风正一帆悬”。春潮涌动，江水丰沛，江面已与江岸持平；和风吹拂，波澜不惊，船儿在平静的江面上航行，风向不偏不斜地正对着船帆，这是一段平静而愉快的航程。“风正一帆悬”，常作为“方向端正，平稳前进”之意为人所广泛引用。颈联“海日生残夜，江春入旧年”，诗人以对事物的仔细观察和对时令的敏感，描摹了江南春早，日升海面、晨光熹微的优美景象。尾联抒发思乡之情。“乡书何处达，归雁洛阳边”，船儿渐行渐远，谁能为我捎一封信儿给故乡的亲人呢？看来只有会传书的鸿雁了。

思乡而不作黯然销魂之状，离别而无动情忧伤之态。诗人情绪饱满，乐观从容，由相对宽松的社会环境和总体向上的发展氛围所形成的盛唐气象浸润着整个诗篇。

“海日生残夜，江春入旧年”是拟景状物的成功范例。胡应麟《诗薮》内编称赞“海日”一联“形容景物，妙绝千古”。笔者以为，此联“绝”处有二。一是高度的敏感性。镇江为长江、大运河交汇处，距长江入海口已相当近，古来不知有多少人舟行经过此处，但都未写出这样的名句。而王湾一旦进入，感官的触须便异常活跃，捕捉住了这一刹那的感受。二是景物的独特性。平原、山区的人都要天亮以后才看到太阳升起，只有处于“江尾海头”这一特殊地理位置的人才能看到残夜未尽、日已升起的奇妙景观。人们只知江南春早，怎么早法？诗人到了北固山下才有了真真切切的感受。早到残冬未尽、大年还未过，春姑娘就已悄悄走近，江面和南岸已经弥漫着早春的气息。

胡应麟曾将此联与中晚唐名联作比较：“盛唐句如‘海日生残夜，江春入旧年’，中唐句如‘风兼残雪起，河带断冰流’，晚唐句如‘鸡声茅店月，人迹板桥霜’，皆形容景物，妙绝千古；而盛、中、晚界限斩然。”（《诗薮》内编卷四）诚然，王湾句描写的残夜未尽、旭日升起，岁暮腊残、春到人间的景象，给人生机盎然之感，而中晚唐的那两联便只有冰冷和凄清，感受不到生命节律的涌动。王湾之句对厘定三个时期名句的风骨，具有时代标杆的意义。

本句还得力于“锤炼之功”。沈德潜云:“江中日早,残冬立春,亦寻常意思,而王湾云‘海日生残夜,江春入旧年’,一经锤炼,便成警绝。”(《说诗晬语》)这里说的是“炼意”之功。而作者遣“日”“春”“生”“入”则是选择了最能象征新生、美好的事物,最能鼓舞和憧憬未来的词语来以景抒情,这是“炼字”之功。纪昀则说得更为简明、概括:“全是锻炼功夫。”(《纪晓岚指点唐诗》)

宰相兼文坛盟主张说将此联题在政事堂,“每示能文,令为楷式”(《河岳英灵集》)。晚唐诗人郑谷在自编诗集末题诗里赞此联说“一句能令万古传”。确实如此,王湾的名句视角独特、意蕴丰厚、字词警绝,不须任何宣传、包装、炒作便能不胫而走,流传千古。

作者小传

王湾,生卒年不详,洛阳(今属河南)人。先天进士,官洛阳尉,卒于开元年间。《全唐诗》存其诗十首。

黄鹤一去不复返　白云千载空悠悠

——音律不协亦风流

黄鹤楼　　崔颢

昔人已乘黄鹤去，此地空余黄鹤楼。
黄鹤一去不复返，白云千载空悠悠。
晴川历历汉阳树，芳草萋萋鹦鹉洲。
日暮乡关何处是？烟波江上使人愁。

崔颢的《黄鹤楼》知名度非常高，严羽《沧浪诗话》云："唐人七言律诗，当以崔颢《黄鹤楼》为第一。"此诗有三大特点。一是"黄鹤"为该诗染上了亦人亦仙、苍茫、幽远的神奇色彩；二是大诗人李白看到此诗后引发了一连串文学故事；三是好评如潮。

黄鹤楼在武昌黄鹤山。据《齐谐志》记载，仙人子安曾乘黄鹤途经此处。《太平寰宇记》引《图经》云，费文祎曾在此驾鹤登仙。楼建于三国吴黄武二年(223)。崔颢于开元十一年(723)进士及第游东西两京求官无成，遂南下游览，此诗当作于南行途中。

元代辛文房在《唐才子传》里说，大诗人李白登楼见崔颢此诗而敛手，说："眼前有景道不得，崔颢题诗在上头。"李白后来拟崔诗格调作《鹦鹉洲》和《登金陵凤凰台》，两诗首联"鹦鹉东过吴江水，江上洲传鹦鹉名”，“凤凰台上凤凰游，凤去台空江自流”，模仿崔诗的痕迹非常明显。对此，纪晓岚曾有评点，认为崔诗“偶而得之，自成绝调。然不可无一，不可有二。再一临摹，便成窠臼”（《纪晓岚批点唐诗》）。由是观之，李白的两首诗虽然写得很好，但终究未能达到原诗的高度。

诗的前四句围绕“黄鹤”展开，气韵流转，一以贯之。昔日的子安、费文祎早已驾鹤离去，此地只剩下一座空荡荡的黄鹤楼，供人凭吊追怀。传说毕竟虚幻莫测，黄鹤一去，杳无音讯，只有眼前的千年白云在空阔的天空飘浮，似乎在诉说着岁月不居，世事沧桑。诗的下半部由仙及人，由虚妄转向现实。透过晴空下的江面，汉阳葱茏的树木历历在目，江中的鹦鹉洲绿草如茵。诗人把目光转向鹦鹉洲，大有深意在。汉末狂士祢衡为世所不容，曾作《鹦鹉赋》，为黄祖所杀，卒葬于此。崔颢取象鹦鹉洲，安知无“世人皆欲杀，吾意独怜才”（杜甫《不见》）之感慨？诗人被目为“无行”，被权贵斥为“小子无礼”（《唐国史补》上），此时又求官不得，命运与祢衡何其相似。难怪他要在尾联抒发怀乡思亲的强烈感慨了。

全诗意脉清晰，由吊古而怀今，落实到思乡。浩歌一曲，愁绪渺茫，伤而不怨。前四句叠用拗句，置平仄虚实于不顾；后四句回归正常，格律严谨。故沈德潜评曰：“意得象先，神行语外，纵笔写去，遂擅千古之奇。”（《唐诗别裁集》卷十三）

此诗哪一联堪称名句？笔者翻了一下《唐诗鉴赏辞典》（上海辞书出版社 1983 年版）之名句索引，除了尾联，其他三联均赫然在目。本题姑以颔联为代表，分析时兼及其他两联。

“黄鹤一去不复返，白云千载空悠悠”，从意脉上看，与首联关系十分紧密。仙者或驾鹤路经此地，或在此飞升而去。他们后来怎样了呢？还发生了什么故事？诗人告诉我们：“黄鹤一去不复返，白云千载空悠悠。”黄鹤凭虚凌空，杳渺不知所之，只有这千年不变的白云在晴空飘浮不定。此联较上联更为“虚空”。上联虽然虚妄无凭，毕竟还有人物、故事、具体形象，此联给读者的就只有一个想象的空间。白云虽为具象，但也飘忽不定，不可捉摸。

吊古常离不开伤今。黄鹤去后，转眼就是千年，其中不无岁月易逝、世事苍茫之感慨。再想到自己，仕路不通，众口交毁，功不成，名不就，孑然一身，远在他乡，空虚感倍加强烈。

此句音律不协，却少有人诟病，缘于内容好、意全胜。《红楼梦》中一群女孩子论诗时说：“若是果有了奇句，连平仄虚实不对都使得的。”“黄鹤”“白云”句就是这样的“奇句”。崔颢非不谙格律，只是得了“奇句”便再也不肯以词害意罢了！

作者小传

崔颢（？—754），汴州（今河南开封）人。开元进士，官司勋员外郎。诗题材广泛，形式多样。《黄鹤楼》是其代表作。明人辑有《崔颢集》。

醉卧沙场君莫笑　古来征战几人回

——悟得一“笑”全诗解

凉州词　王翰

葡萄美酒夜光杯，欲饮琵琶马上催。
醉卧沙场君莫笑，古来征战几人回？

凉州词，即用《凉州曲》所作的歌词。此曲为开元中凉州都督郭知运所进。王翰是盛唐著名诗人。学士杜华母曾对杜华说：“吾闻孟母三迁。吾今欲卜居，使汝与王翰为邻，足矣！”（辛文房《唐才子传》）其盛名由此可见一斑。该诗与王昌龄的同题诗都是唐人七绝中之极品。明人王世贞曾推崇该诗为唐诗七绝之“压卷之作”。

开头两句直扑主题，描写军营盛宴豪饮的场面。酒是上等好酒葡萄美酒，杯是高级酒杯“夜光杯”。据《十洲记》载：“周穆王时，西域献夜光常满杯，杯容三升，是白玉之精，光明照彻夜。”用西域进献的珍品夜光杯盛琥珀色西域盛产的葡萄酒，配上马上演奏的琵琶曲，充满了边塞氛围和异域情调。句中“催”字向来有不同理解。要之，为“催出征”和“催饮酒”。赵昌平先生解为“唐时口语，饮酒时奏乐助兴叫催”，并引李白《襄阳歌》佐证：“车边倒挂一壶酒，凤笙龙管行相催。”（《唐诗三百首全解》）此解合乎情理，令人信服。

对后两句，多认为是豪饮者故作旷达，实为伤感、悲痛。清人施补华另有独到见解："作悲伤语读便浅，作谐谑读便妙，在学人领悟。"(《岘佣说诗》)此说甚是。

笔者以为，解读名句的锁钥，全在一"笑"字。弄清谁在笑，他笑谁，为何笑，怎么笑，全诗便能豁然而解。

谁在笑？诗人交代得清清楚楚，是"君"在笑。"君"是古人对对方的尊称，相当于现代汉语中的"您"。我这么醉醺醺地出征而战死沙场，您可别笑话我啊！称"君"，能用这种口气说话，应该是战友或同僚。当然，也可能是他的上司，但不可能是他的下属或身份地位比他低的人。

笑谁？愚以为笑的不是别人，正是本诗作者王翰。理由有三。一是王翰开元初曾在幽州大都督张说幕下任职，随军出征理所当然。二是《旧唐书·王翰传》载：王翰"少豪荡不羁登进士第，日以蒱酒为事"。爱喝葡萄酒，为人"豪荡不羁"，与诗中描写的场景、气氛完全一致。三是王翰生在盛唐，那是个崇尚军功、视死如归的年代。"健儿宁斗死，壮士耻为儒"(杜甫《送蔡希鲁都尉还陇右寄高三十五书记》)，是王翰所处时代边塞诗的主旋律，与本诗的意气、精神完全一致。

为何笑？毫无疑义，笑他酒喝多了，喝醉了！对战士而言，酒这东西，能壮胆，能提气，能抒发豪情，能爆发勇力。然而一旦喝醉，便双脚踉跄，步履蹒跚，乜斜着双眼，完全丧失战斗力。此时如果上阵对敌，与送死无异。王翰遭战友讪笑的原因，正在于此。

弄清以上三点，是什么样的笑便好理解了。不是恶意嘲笑，也不是冷眼旁观的奸笑，而是一种谐谑之笑，类似后世的戏谑、调笑、玩笑，无恶意的那一种。

明乎此，便可知，此两句抒发的不是伤感，但也不是那种义无反顾、“壮士一去兮不复还”式的豪情壮别。它呈现在我们面前的是这样一幅情景：在一次军中酒宴上，我们的诗人喝醉了。他的战友笑话他说：“嘻嘻！看你醉成这模样，还怎么上战场打仗？”诗人乜斜着双眼道：“呵呵！我就这么带着醉意去出征，横卧沙场，马革裹尸，您可别笑话我！”其实醉与不醉一个样，古来征战疆场的，有几个活着回来的？

一“催”一“笑”实为前后相承的统一体。“催”乃奏军中侑酒之乐，“笑”乃描酒后烂醉之态。所谓“醉卧沙场君莫笑”，原是壮士酒话醉语，并无面临敌情、立即出征之意。它所表现的是军中豪饮的场景，释放的是诗人豪放、张扬的个性。我们不妨将它看做是一首有关酒的歌，一首军中“饮酒歌”！

作者小传

王翰，生卒年不详，字子羽，晋阳(今山西太原)人。景云进士，为人恃才不羁，行为狂放。《凉州词》是其代表作，有集，已佚。

桃花尽日随流水　洞在清溪何处边

——无为有时有还无

桃花溪　　张旭

隐隐飞桥隔野烟，石矶西畔问渔船：
桃花尽日随流水，洞在清溪何处边？

张旭的成就首先在书法。玄宗曾下诏称李白的诗、裴旻的剑舞、张旭的草书为天下三绝。在文学艺术高度繁荣的唐代，张旭是一位站在云端里俯瞰下界的时代宠儿。

张旭因常观公孙大娘舞西河剑器，受到启发，草书大为长进。据说他常醉后落笔，人称“张颠”。韩愈评他的草书云：“观于物，见山水崖谷、鸟兽虫鱼、草木之花实、日月列星、风雨水火、雷霆霹雳、歌舞战斗、天地事物之变，可喜可愕，一寓于书。故旭之书，变动犹鬼神，不可端倪。”（《送高闲上人序》）张旭的草书吸纳天地万物之变化、凝聚精神魂魄，奔放大气，自成风格。

介绍他的草书，是因为艺术是相通的，诗、书都是个性化很强的文化创造，了解张旭的书法，有助于我们理解、欣赏他的诗的艺术特色。他的诗笔法散淡，意境婉曲灵动。他笔下的景物飘忽、悬浮，可远观而不可近求。这些特点均与草书之灵气、精华相贯通。

桃花溪在湖南桃源县西南，源出桃花山，溪畔有桃花洞，又名秦人洞。陶渊明《桃花源记》云："晋太元中，武陵人捕鱼为业，缘溪行，忘路之远近，忽逢桃花林，夹岸数百步，中无杂草，芳草鲜美，落英缤纷。"张旭以此为蓝本，结撰成朦胧缥缈、美不胜收的《桃花溪》诗。孙洙《唐诗三百首》中"四句抵得一篇《桃花源记》"的评论是对本诗的最高褒奖。

"隐隐飞桥隔野烟"，诗人一下子就把我们领进了一个恍若仙境的幻景中。一座凌空的飞桥忽隐忽现、若有若无，隔着一层野外烟尘，看上去有点虚无缥缈。"野烟""飞桥"，一动一静，相映成趣；分则为"桥""烟"，合则为一个完美的艺术整体。二者恰似草书中之连笔，上下勾连，浑成一气。

"石矶西畔问渔船"，作者笔锋一转，回到眼前近景。他仿佛是个"忘路之远近"的旅行者，要向渔人打探进入桃花源的路径。此时正值桃花汛期，落英缤纷，随波逐流，一叶扁舟，顺水而下，诗人赶紧拉开嗓门向船上的渔人打探："哎——请问老人家，桃花洞在哪里？在溪的哪一边哪？"句中"问"字是全诗的诗眼。"问"向清幽、神秘的桃花溪注入了人的活动的生机与活力，使"风景"更好看；"问"把诗意引向深处，反映了诗人向往桃源、欲尽快进入的急切心情；"问"把眼前的飞桥、野烟、桃花、溪水、岩洞连成一气，构成一幅完美的画面。

桃花源，一个乌托邦式的虚幻境界，同时也是社会动乱中苦难百姓所向往的精神乐园。那里"芳草鲜美，落英缤纷"，"黄发垂髫，并怡然自乐"，这个东方式的伊甸园和平、宁静，令人神往。

诗人不断变换观察点，将一篇记叙散文改写成一首诗，在惝恍迷离中完成了对主题的烘托。

孙洙说"四句抵得一篇《桃花源记》"，严格一点说，尽显桃源本色的是后两句。桃源的主要景观，一是桃林，一是溪水。当年武陵人“忽逢桃花林”正是“落英缤纷”的暮春。而诗人展现在我们面前的“桃花尽日随流水”，几乎是艺术地再现了《桃花源记》中的时令特征。但“桃花流水”的描写要比散文集中而富有诗意。

《桃花源记》是一篇有头有尾的记叙文，文章主体部分记桃源中人的安宁祥和的幸福生活。诗则到叩问渔者便戛然而止，渔人是怎么回答的，诗人有没有找到桃花洞，均成悬念。这正是诗人的聪明之处。一首绝句容量有限，容不得延伸，不如就此一问，留下想象空间。此联水实而洞虚，水流而洞静，溪近而洞远，一联中对比变化如此丰富，令人赞叹。然而归结起来也就是“清虚”二字。有道是“无为有时有还无”啊！

作者小传

张旭，生卒年不详，字伯高，吴（今苏州）人。“吴中四士”之一。擅草书。诗仅存六首，《桃花溪》《山中留客》是其代表作。

拜迎长官心欲碎　鞭挞黎庶令人悲

——悲悯黎庶亦自悲

封丘作　　高适

我本渔樵孟诸野，一生自是悠悠者。乍可狂歌草泽中，宁堪作吏风尘下？只言小邑无所为，公门百事皆有期。拜迎长官心欲碎，鞭挞黎庶令人悲。悲来向家问妻子，举家尽笑今如此。生事应须南亩田，世情尽付东流水。梦想旧山安在哉，为衔君命日迟回。乃知梅福徒为尔，转忆陶潜归去来。

唐代诗人中高适官做得最大。《旧唐书·本传》说："有唐以来，诗人之达者，唯适而已。"其实他大器晚成，前半生仕途蹭蹬，颇为困顿不得志。直至天宝八年(749)将近五十岁时才经宋州刺史张九皋推荐，举"有道科"，任从九品封丘尉。从九品比"七品芝麻官"还要低两个多品级，卑微得可怜，与"江州司马青衫湿"的白居易属同一级别。诗人五十三岁辞官为河西节度使哥舒翰幕府掌书记，后来才不断升官，封渤海县侯。

《封丘作》作于诗人任封丘尉期间。作者在诗里流露了对封丘尉官小事繁的厌恶，对拜迎长官、鞭挞黎庶的不满，想效陶渊明辞官归隐。对此我们当作具体分析。高适是个有雄心大志和真才实学的人,他“二十解书剑,西游长安城;举头望君门,屈指取公卿”(《别韦参军》)。年纪轻轻的,二十岁时便学成文武术,从他后来表现出的杰出的军政才干看,并非虚言;他认为凭自己的实力取得卿相之位指日可待。然而具有讽刺意味的是,现在只得了个从九品的封丘尉。他当然要牢骚满腹了。怎么发泄呢?就是表示要向陶潜学习:老子不干了,还不如像五柳先生一样,辞官归田,采菊东篱、锄豆南山呢!但高适始终没有迈出这一步,他一直在做官,而且做得很大,直至封侯。所以诗中的“梦想旧山安在哉”“转忆陶潜归去来”是牢骚愤激之语,当不得真的。

《封丘作》与《燕歌行》一样,依次四句为一意群。首段直书不堪为吏。诗人说自己是个“混迹渔樵”的“悠悠者”,只适合在“孟诸”这样的大泽中无拘无束、自由自在地生活,怎堪堕落尘世,做个卑微的小吏?第二段揭示不堪为吏的原因,分两层展开。一是错误地估计了小吏这份差使,原以为邑小官闲,哪知规章制度一大堆,事事都要克期完成;二是不堪忍受拜迎长官的人格屈辱和鞭挞黎庶的违心痛楚。第三段继续写不堪为吏的原因。诗人在衙门官小事繁,面临巨大的精神压力,没想到家里人根本不理解他,还要笑他迂阔。看来只有辞官归田这条路了。最后一段感情曲折回还。既然想归隐,为何不付诸行动呢?虽官品很低,但毕竟是朝廷命官,吃着皇粮,一时半会还卸不了职。那就继续好好干吧!不行!干下去至多也就像西汉梅福那样,身为南昌尉,责任心很强,最终还是没干出什么名堂,只得弃官归隐读书。看来我还得走陶潜归去来那条路。以上四段,段内先散后骈,四段回还往复,与诗意的曲折尽意相表里,经纬成文,气韵流动。

“拜迎长官心欲碎”的思想意义已超出“不堪为吏”的主旨范

围，成为封建社会清廉正直，追求人格独立，坚持操守骨气的知识分子的共同心声。“吏道缚人”。一方面，诚如诗中所描述的“公门百事皆有期”，事务繁杂，忙得你晕头转向；另一方面，就是拜迎长官的人格屈辱，简直是尊严丧尽，斯文扫地。明代袁宏道任吴县令，曾作过这样的刻画：官场“备极丑态，不可名状，大约遇上官则奴，候过客则妓，治钱谷则仓老人，谕百姓则保山婆。一日之间，百暖百寒，乍阴乍阳，人间恶趣，令一身尝尽矣”（《袁中郎小品》）。引文中的“奴”可作为“拜迎长官心欲碎”的注脚：相见点头哈腰，相迎跪倒在地，阿谀奉迎，丑态百出，实足一个奴才，哪里还有一点为官的尊严！

“鞭挞黎庶令人悲”。高适的职务是封丘县的尉，专司捕盗贼、察奸宄，类似后世的警察局局长。根据审讯条例，难免要对那些嫌疑犯动用刑罚。看到草民们被打得皮开肉绽、死去活来，诗人不由地动了恻隐之心，这可不是他的本意啊！在那样的时代，能有这样的人道精神和悲悯情怀，难能可贵。

值得注意的是，“拜迎长官”属礼仪常规，“鞭挞黎庶”属执法行为，诗人却“心欲碎”“令人悲”，可见诗人所揭露的是一种“制度性的黑暗”。

此联对仗工稳，严饬合辙，容易上口，便于流传。

作者小传

高适（约702—765），字达夫，渤海蓨县（今河北景县）人。历任淮南、西川节度使，终左散骑常侍，世称“高常侍”。与岑参齐名。有《高常侍集》。

战士军前半死生　美人帐下犹歌舞

——盛唐军歌中的反弹琵琶

燕歌行　　高适

开元二十六年，客有从御史大夫张公出塞而还者，作《燕歌行》以示适，感征戍之事，因而和焉。

汉家烟尘在东北，汉将辞家破残贼。男儿本自重横行，天子非常赐颜色。摐金伐鼓下榆关，旌旆逶迤碣石间。校尉羽书飞瀚海，单于猎火照狼山。山川萧条极边土，胡骑凭陵杂风雨。战士军前半死生，美人帐下犹歌舞！大漠穷秋塞草腓，孤城落日斗兵稀。身当恩遇恒轻敌，力尽关山未解围。铁衣远戍辛勤久，玉箸应啼别离后。少妇城南欲断肠，征人蓟北空回首。边庭飘飖那可度，绝域苍茫更何有！杀气三时作阵云，寒声一夜传刁斗。相看白刃血纷纷，死节从来岂顾勋？君不见沙场征战苦，至今犹忆李将军！

高适的这篇《燕歌行》一反盛唐边塞诗“功名只向马上取”（岑参《送李副使赴碛西官军》）、“纵死犹闻侠骨香”（王维《少年行》）的主旋律，将笔锋转向揭露和批判：揭露军营矛盾，批判将非其才。在《燕歌行》里我们既看不见“黄沙百战穿金甲,不破楼兰终不还”的豪气,也看不到“前军夜战洮河北,已报生擒吐谷浑”(王昌龄《从军行》)的所向披靡和斩截明快,呈现在读者面前的是一场惨不忍睹的溃败场面。但就是这首“败军之歌”却在盛唐诸多边塞诗中拔得头筹,成了高适的扛鼎之作。

《燕歌行》的成名跟高适的边塞生活经验有关。诗人曾于开元十五年(727)和开元二十二年(734)两次北上幽燕,对边塞情况和军中内幕有详尽的了解。所以当小序中的“客”将所作的《燕歌行》给他看时,他便有感而发,写下了这首和作。《燕歌行》的内容是一种艺术概括,非某一具体战例。

诗题是乐府《相和歌辞·平调曲》旧题,多表现东北边地的征戍。该诗反映张守珪主持对奚、契丹的军事行动时的两次败绩,张守珪即小序中的“张公”。他于开元二十二年(734)拜辅国大将军、左羽林大将军兼御史大夫。他的部将安禄山因恃勇轻进,为虏所败;又过两年,裨将赵堪、白真陀罗对奚作战,初胜而终败。有关史实《旧唐书》《资治通鉴》均有记载,此处不赘述。

《燕歌行》刚柔相济、虚实照应、骈散结合、对比鲜明,反映现实之深刻,手法技巧之娴熟,艺术造诣之精妙,几乎达到了完美的境界。

该诗每四句表达一层意思,仄声韵、平声韵交替使用。首四句写辞行。天子对主帅恩宠有加,汉将口中轻飘飘地称对手为“残贼”,为下文惨败作伏笔。接着四句写行军和接敌。前线传来紧急军事文书,敌人正在狼山举行大规模军演,火光照亮了山野,预示着此战不容乐观。第三个四句写胡骑凭借有利地形,不避风雨地与汉军交战。可就在战事紧张之时,大营里的将帅正在欣赏歌儿舞女的精彩表演。他们简直是把战争当儿戏,焉有不败之理!接下来四句写战况进一步恶化,汉军因轻敌而被围。

第五、六两个四句写被包围的惨状。“一夜征人尽望乡”(李益《夜上受降城闻笛》),战士们怀念起家乡玉泪轻弹的妻子,寒风中的刁斗声使身处绝境的征夫心境更加悲凉。最后四句写战士们白刀子进、红刀子出,以生命保节义,早就把建立军功、博取功名的念头置之度外了。末句“君不见沙场征战苦,至今犹忆李将军”,振聋发聩,直逼主题。李广是个体恤士卒的名将:“士卒不尽饮,广不近水;士卒不尽食,广不尝食;宽缓不苛,士以此爱乐为用。”(《史记·李广传》)这样的好统帅,千载而下,再也不会有了!

名句“战士军前半死生,美人帐下犹歌舞”作为反映全诗主旨的点睛之笔极为深刻。战争是综合实力的较量,其中统帅的决策、指挥至关重要。俗话说,“兵熊熊一个,将熊熊一窝”。诗中这个窝囊废除了像西汉樊哙那样,会说“给我十万军队,我就能‘横行匈奴中’”这样的牛皮大话外,其他一无所能,他只顾自己享乐,不管士卒的死活。朝廷任用这等人,怎能不误事?

此句的鲜明对比给人深刻印象。这里有两个层面的对比。一是联内对比:战士们浴血奋战,死伤惨重,大营里轻歌曼舞,一派承平景象;战事已到了生死存亡的紧急关头,将帅们却若无其事,欣赏歌舞的雅兴丝毫不减。另一层面是此联与前后联形成鲜明对比:战场上绝域萧条、衰草连天、风雨交加,苦战的士兵一个接一个倒在血泊里;大营里却暖意融融,舞女们的表演赏心悦目。“犹歌舞”,一个“犹”字,活画出他们的不知死活,对比意味强烈。

名句和“前方吃紧、后方紧吃”一样,属蒙太奇式的语言。两个画面组接所产生的批判力度胜过千言万语。如果“吃紧”“紧吃”还多少有调侃意味的话,那么这一联就只有沉重和锥心之痛了。

莫愁前路无知己　天下谁人不识君

——独树一帜的送别词

别董大　　高适

千里黄云白日曛，北风吹雁雪纷纷。
莫愁前路无知己，天下谁人不识君？

《别董大》共有两首，这里选的是第一首。题中的董大，当是唐玄宗时期的著名音乐家董庭兰。

高适在《别董大》之二里写道："六翮飘飖私自怜，一离京洛十余年。丈夫贫贱应未足，今日相逢无酒钱。"这四句诗提示我们两条重要信息。一是诗人当时还处在不得意的浪迹江湖时期。"今日相逢无酒钱"，为老友送行，连请他喝杯酒的钱都没有。二是"一离京洛十余年"。据他在《别韦参军》里说，"二十解书剑，西游长安城"，《别董大》作于离开京城的十余年后，那么写这首诗时该是三十多岁。这正是该轰轰烈烈干一番事业的年龄，诗人却困顿江湖，贫乏不能自存，在诗中流露愤懑之气便可以理解了。

诗的前两句浓墨重彩地渲染了送别场景。"千里黄云白日曛"。广袤的原野和无边天穹一片昏暗。"白日曛"景色奇特。日初升时为红色，西沉时则"'白日'依山尽"；而这里却是"白日曛”,“白日”已被染成昏黄。“曛”,日色昏黄之谓也。“黄云”“曛”,一句之中再致意,强调天昏地暗。“北风吹雁雪纷纷”,恶劣的天气还在后面。紧接着又刮起了凛冽的寒风,空中雁阵惊寒,鹅毛大雪纷纷扬扬。人们不禁要问:天昏地暗,日色无光,朔风劲吹,大雪纷飞,董大为何要在这时出行?他要到哪里去?诗里没有交代。但可以推断,这位才华出众的音乐家在这里已经无法待下去,或为生计,或为求得事业的发展,他必须远走他乡。高适客中送客,难免生“同是天涯沦落人”之慨。

然而出人意料的是,诗人笔锋一转,为我们推出了一联洒脱自然、宽慰人心的送别词——“莫愁前路无知己,天下谁人不识君?”

高适笔下的别情别开生面、独树一帜。名句需要通过比较方能显出它的妙处和特色。

南朝江淹将离别之令人心神沮丧、悲伤愁苦作了经典性的概括描写:“黯然销魂者,唯别而已矣!”(《别赋》)赋中的“送君南浦,伤如之何”,表达的是哀怨之情;杜甫的“感时花溅泪,恨别鸟惊心”(《春望》)作于国破家亡的安史动乱时期,感情极为沉痛;李商隐的“相见时难别亦难,东风无力百花残”(《无题》)语极凄怆,反映的是难分难舍的伤感场面;柳永的“执手相看泪眼,竟无语凝噎”(《雨霖铃》)缠绵悱恻,伤心惨目;韦庄的“更把玉鞭云外指,断肠春色在江南”(《古离别》)描写的是伤心欲断肠。还有一类并不伤感、悲凉。如王勃的“海内存知己,天涯若比邻”(《送杜少府之任蜀川》),意境阔大,格调开朗;白居易的“野火烧不尽,春风吹又生”(《赋得古原草送别》),歌颂生命的坚强;秦观的“两情若是久长时,又岂在朝朝暮暮”(《鹊桥仙》)歌颂牛郎织女一年一度的“潇洒走一回”。必欲用一个词来形容本题之名句,这个词应该是“旷达”。

《渭城曲》中的"劝君更尽一杯酒",描写偏向"主"方,劝他再喝一杯,西出阳关,便再也没有"我"这样的老朋友了,表达了一位知己老友热忱、恳挚的情意,拳拳之心,眷眷之意,溢于言表。王勃的"海内存知己,天涯若比邻。无为在歧路,儿女共沾巾",主客互动,既自戒,亦勉人。我们是知己朋友,纵是走到天涯海角,我们的心也永远连在一起。"莫愁前路无知己,天下谁人不识君",则完全着眼于对方。诗人对董大说:凭你的才华、品德,走到哪里都能交到知心朋友,何况您声望这么高,天下谁人不知您董庭兰的大名?没有凄凉,没有忧愁,没有悲伤,转眼就化凛冽、阴霾为温馨的祝福。

好诗、名句总是以真情动人。此句不讲客套,毫不矫情,把真心掏给对方看。董大看了这两句,肯定心里暖烘烘的,带着希望和祝福,在风雪中踏上前程。

三 千汇万状

——正是江南好风景　落花时节又逢君

会当凌绝顶　一览众山小

——山登极顶　气骨峥嵘

望　岳　杜甫

岱宗夫如何？齐鲁青未了。
造化钟神秀，阴阳割昏晓。
荡胸生层云，决眦入归鸟。
会当凌绝顶，一览众山小。

《望岳》当作于杜甫举进士不第、漫游齐鲁之时，约在737—740年之间。杜甫以《望岳》为题的诗计有三首，分别咏西岳华山、南岳衡山、东岳泰山。泰山在山东泰安东南，海拔一千五百四十五米，在齐鲁平原拔地而起，气势雄伟，被誉为"五岳独尊"（另两岳为北岳恒山、中岳嵩山）。该诗是现存杜诗中最早的一首。全诗洋溢着青春的朝气和诗圣特有的襟抱气质，浦起龙在《读杜心解》中赞道："杜子心胸，于斯可观。取为压卷，屹然作镇。"

《望岳》劈头便是一问："岱宗夫如何？齐鲁青未了。""岱"是泰山的别称；"宗"是对泰山的尊称。"夫"虽是无实义虚词，却有传神写照的作用，少它不得。泰山巍峨雄伟，绵亘于齐鲁之间，古迹遗存无数，是一部活的历史教科书。要写这样一座大山，从何入手？故诗人起首便设一问句：五岳独尊的泰山啊，你是什么样子的？答案是“齐鲁青未了”。它满目青翠，绵延在齐鲁大地上，一眼望不到尽头。大凡写山，如李白的《蜀道难》，开头便感叹它的高峻和气象峥嵘。老杜却别出机杼，着眼于它的“广”，描摹它的“青”。施补华《岘佣说诗》称此句“囊括数千里，可谓雄阔”；刘辰翁在《集千家注杜诗》里则赞此句为“雄盖一世”，评价都非常高。

颔联虽转为具体描写，但仍从大处着眼。“造化钟神秀，阴阳割昏晓。”钟，萃集。诗人语含感叹与赞美：造化万物的大自然啊，你太钟爱泰山了，把天下的神奇秀丽都萃集在它身上了。泰山高耸入云，把齐鲁大地一劈为二，山南朝阳，明朗如清晨；山北背阴，晦暗如黄昏。此联概括性较强，不言美而自美，不称大而独大。

颈联“荡胸生层云，决眦入归鸟”中的“胸”字既可理解为“山腰”，亦可理解为诗人之“心胸”，将二者统一起来，似乎更完美：那山腰里升腾起的烟云使我心胸激荡。下句写薄暮诗人仍穷尽目力远送那归巢的飞鸟，看着它渐飞渐远，直至隐没在深山暮霭中。

尾联表达了登泰山的强烈愿望：将来我一定要登上泰山极顶，那时再看看山下，群山尽收眼底，小得不足道了。

全诗围绕“望”字展开。前两联写望中所见，颈联写望中所感，尾联写望中所想。大处落墨，遣词峻刻，尾联振起全篇。虽为早期作品，但已显出“诗圣”的非凡功力。

登上“五岳独尊”的泰山极顶会有怎样的感受呢？有副泰山对联可帮我们理解：“海到尽头天做岸，山登绝顶我为峰。”那个感觉便是，“我乃天下第一高人”。以故诗人决心要爬山登顶，亲身体验一下群山匍匐脚下的感受。“会当”系唐人口语，意谓“一定要"的意思。王勃《春思赋》中的"会当一举绝风尘,翠盖朱轩临上春"之"会当"便属此种用法,程度要比"应该""该当"重得多。会当,表达了诗人誓登泰山的决心和愿望。

"一览众山小"用了《孟子·尽心》中的典故,文中引了孔子的"登泰山而小天下"。诗人用这个典,表现了自己落第不失志、一如既往奋发向上的豪情,并将这种豪情融于泰山的神秀磅礴之气中,从而与《尽心》所谓的尽其心与天道相通对接。"天行健,君子以自强不息",这该是青年杜甫望岳时的健康心态和精神风貌。

人是需要有点精神的。特别是面临挫折、失败,跌入低谷时,更应有"会当凌绝顶"的勇攀高峰的精神和"一览众山小"的豪情。千百年来,此联广为传诵,像一盏明灯照亮和鼓舞了无数人的心,指引着人们振奋精神,勇于攀登,成了真正的人生座右铭。

名句的另一特点是含而不露。了解孔子的话及《尽心》的含义固然可加深对诗句的理解,不了解也不影响阅读。其次是"落第不失志"的含蓄。"凌绝顶"中还包含了科场失意后的振作。含而不露可以给读者更多的涵咏空间。

作者小传

杜甫(712—770),字子美,原籍襄阳(今属湖北),迁居巩县(今属河南)。剑南节度使严武表为检校工部员外郎,世称杜工部。其诗被称为"诗史"。与李白齐名。有《杜工部集》。

朝扣富儿门　暮随肥马尘
残杯与冷炙　到处潜悲辛
——误身受辱倍凄凉

奉赠韦左丞丈二十二韵　　杜甫

纨袴不饿死，儒冠多误身。丈人试静听，贱子请具陈：甫昔少年日，早充观国宾。读书破万卷，下笔如有神。赋料扬雄敌，诗看子建亲。李邕求识面，王翰愿卜邻。自谓颇挺出，立登要路津。致君尧舜上，再使风俗淳。此意竟萧条，行歌非隐沦。骑驴十三载，旅食京华春。朝扣富儿门，暮随肥马尘。残杯与冷炙，到处潜悲辛。主上顷见征，欻然欲求伸。青冥却垂翅，蹭蹬无纵鳞。甚愧丈人厚，甚知丈人真。每于百僚上，猥诵佳句新。窃效贡公喜，难甘原宪贫。焉能心怏怏？只是走踆踆。今欲东入海，即将西去秦。尚怜终南山，回首清渭滨。常拟报一饭，况怀辞大臣。白鸥没浩荡，万里谁能驯！

有些诗人，翻遍他的诗集，也难见让人眼睛一亮的堪称名句的诗句，而杜甫的《奉赠韦左丞丈二十二韵》，一首中便有许多名句。反映世道不公、贤愚不分的有“纨袴不饿死，儒冠多误身”；描绘自己学养深厚、文才出众的有“读书破万卷，下笔如有神”；展示雄图大略、实现政治理想的有“致君尧舜上，再使风俗淳”；袒露高洁情怀、曲终高唱入云的有“白鸥没浩荡，万里谁能驯”。至于题中的“朝扣富儿门，暮随肥马尘”“残杯与冷炙，到处潜悲辛”，更是脍炙人口。一代诗圣，文章“光焰万丈长”，却过着流浪汉般的生活，残杯冷炙，形近乞丐，让人感叹唏嘘。

诗中的“韦左丞”即当时新任尚书左丞的韦济。他很赏识杜甫的才华，于诗人曾有一饭之恩。杜甫曾写过两首诗赠他，希望他举荐，但没有结果。这次韦济升官了，对他伸以援手的条件更好了，杜甫便写了这首二十二韵的长诗赠给他，希望能得到他实质性的帮助。诗中对有关问题描述得非常透彻，结尾态度也很明朗，“白鸥没浩荡，万里谁能驯”，这次再不行，我就要远离京城，浪迹江湖了。

诗的主体部分用了整整二十四句将理想与现实、今与昔进行强烈鲜明的对比。在这组对比中，诗人夸耀自己书读得多，文章写得好，说赋只有汉朝的大辞赋家扬雄可以跟我比，诗只有“才高八斗”的曹子建可以跟我平起平坐，那个当代颇有诗名的李邕想见我一面都不容易，写“葡萄美酒夜光杯”的大诗人王翰都想搬来跟我做邻居。我一旦做了官，就要“致君尧舜上，再使风俗淳”，给皇上上书，让他改变天下的民风。但理想与现实落差太大，“此意竟萧条”。十三年来，他策蹇京华，遭人白眼，在残杯冷炙中讨生活。末了还被奸相李林甫大大“忽悠”了一下，参加朝廷举行的一场特考，结果以“野无遗贤”为遁词，全场考试无一录取。诗的后半部分感谢韦济对他的照应并心存希望，说自己实在受不了贫困和失意的煎熬，想离开京城但又因未能报答他的一饭之恩而于心不安,写得思深意曲,曲折感人。

“朝扣富儿门,暮随肥马尘。残杯与冷炙,到处潜悲辛”,具有深刻的社会意义。杜甫的遭遇,不是孤立的个案。他生活的时代,李唐王朝已趋于衰败,玄宗怠于政事,李林甫等一批小人把持朝纲,种种社会矛盾潜伏待发。武则天时代开启的较为开明的选人用人机制已告结束。李林甫最是忌才,最怕民间选拔的才俊入朝后威胁到自己的地位,特科考试居然玩了一出“野无遗贤”、一个不取的把戏。李白早就看透了这一点,劝杜甫不要参加这次考试,考了也不会取,杜甫未听。果不其然,不光杜甫不取,所有的人都不取。杜甫的诗才,除了“双子座”的李白,在朝的,在野的,无与伦比。才高如杜甫者命运尚且如此,遑论其他?杜甫不过是这个时代不幸知识分子的典型代表罢了。

这段时间诗人的日子是怎么过的呢?名句作了艺术概括:“朝扣富儿门,暮随肥马尘。”一早就去敲纨袴官僚的门,遭人白眼甚或斥责,直到黄昏才骑着瘦驴,跟在别人膘肥体壮的高头大马后面往家赶。这一整天在干什么呢?在写诗送人,毛遂自荐,拉关系,托人帮忙。这在当时叫“干谒”。杜甫不光赠诗韦济,他还赠诗张垍、鲜于仲通、哥舒翰、韦见素等达官要人,均未达到目的。那么整天在外,饮食是如何解决的呢?诗人毫不隐讳地道:“残杯与冷炙,到处潜悲辛。”或者是达官贵人留他吃便饭,下人便用残羹剩饭打发他;或者给他面子,邀他一同进餐,他这么个寒酸的布衣,筷子哪里敢乱拨先搛,还是吃别人吃剩的残羹冷炙。一个“潜”字,辛酸得让人眼睛湿润。悲苦只能往肚里咽,脸上还得挂着笑,要谢谢人家。或以为,杜甫有点夸大其词,窃以为乃是真实写照。贫困且人格、尊严受损,诗风自然沉郁顿挫,故而读来如泣如诉。

朱门酒肉臭 路有冻死骨

——入木三分的史诗名句

自京赴奉先县咏怀五百字　　杜甫

杜陵有布衣，老大意转拙。许身一何愚，窃比稷与契。居然成濩落，白首甘契阔。盖棺事则已，此志常觊豁。穷年忧黎元，叹息肠内热。取笑同学翁，浩歌弥激烈。非无江海志，潇洒送日月。生逢尧舜君，不忍便永诀。当今廊庙具，构厦岂云缺？葵藿倾太阳，物性固难夺。顾惟蝼蚁辈，但自求其穴。胡为慕大鲸，辄拟偃溟渤？以兹误生理，独耻事干谒。兀兀遂至今，忍为尘埃没。终愧巢与由，未能易其节。沈饮聊自遣，放歌破愁绝。岁暮百草零，疾风高冈裂。天衢阴峥嵘，客子中夜发。霜严衣带断，指直不得结。凌晨过骊山，御榻在嵽嵲。蚩尤塞寒空，蹴踏崖谷滑。瑶池气郁律，羽林相摩戛。君臣留欢娱，乐动殷胶葛。赐浴皆长缨，与宴非短褐。彤庭所分帛，本自寒女出。鞭挞其夫家，聚敛贡城阙。圣人筐篚恩，实欲邦国活。臣如忽至理，君岂弃此物？多士盈朝廷，仁者宜战栗。况闻内金盘，尽在卫霍室。中堂有神仙，烟雾蒙玉质。煖客貂鼠裘，悲管逐清瑟。劝客驼蹄羹，霜橙压香橘。朱门酒肉臭，路有冻死骨。荣枯咫尺异，惆怅难再述。北辕就泾渭，官渡又改辙。群冰从西下，极目高崒兀。疑是崆峒来，恐触天柱折。河梁幸未坼，枝撑声窸窣。行李相攀援，川广不可越。老妻寄异县，十口隔风雪。谁能久不顾，庶往共饥渴。入门闻号咷，幼子饿已卒。吾宁舍一哀，里巷亦呜咽。所愧为人父，无食致夭折。岂知秋禾登，贫窭有仓卒。生常免租税，名不隶征伐。抚迹犹酸辛，平人固骚屑。默思失业徒，因念远戍卒。忧端齐终南，澒洞不可掇。

长篇叙事诗《自京赴奉先县咏怀五百字》作于天宝十四载(755)十月至十一月之间。奉先县，今陕西蒲城县。当时杜甫的家属寄居在那里，诗人自京城往奉先探望妻儿。此诗是诗人对他困守长安十年的总结和回顾。

其时恰逢玄宗携杨贵妃并一干高官在骊山华清宫避寒。诗人沿途亲历了民生凋敝、黎民啼饥号寒的情景，目睹骊山上君臣的穷奢极欲、纵情享乐，写下了震撼人心的千古名句。

诗的基本思想有两个层面。一是诗人就自己的政治理想进行总结；二是用大量的文字揭露统治集团的荒淫腐化、横征暴敛，不顾百姓死活，这与野有饿殍、路有倒尸形成鲜明对照。

开头诗人便感叹自己“老大意转拙”。当年志向很大，自比稷、契这两位尧舜的贤臣，志向大而无当，难免要落空。但即便如此，趁此尚未盖棺之时仍要继续勤奋努力。开元、天宝虽称盛世,但民生多艰,诗人"穷年忧黎元"。既然政治理想无法实现,为何不退隐归田呢?诗人说,"终愧巢与由,未能易其节"。他很敬仰大隐士巢父、许由的人品,但他不能效仿他们。何以如此?"葵藿倾太阳,物性固难夺",这是人的本性决定的。诗人反复申述一点:尽管政治理想未能实现,但不改初衷。

第二个层面,笔锋直指华清宫。唐明皇君臣正在那里纵情享乐。一曰音乐之乐。"君臣留欢娱,乐动殷胶葛。"皇家乐队传出来的美妙音乐广大深远,震动山岳。二曰饮食之乐。"劝客驼蹄羹,霜橙压香橘。"菜肴中有唐时名菜"驼蹄羹",主人很殷勤,劝大家不必拘礼,尽量多吃点。餐桌上还有高档水果——经霜的橙子和散发芳香的橘子,可以自由取食。大家穿着轻暖的貂皮狐裘,一边大快朵颐,一边欣赏着感情不断变换的音乐。三曰赏赐之乐。皇上一高兴,还让抬出了一筐筐丝帛赏赐臣下。诗人感叹道:"彤庭所分帛,本自寒女出。鞭挞其夫家,聚敛贡城阙。"这"大礼包"原是贫寒之女所织,是通过鞭打她的丈夫强行搜刮来的。这世道是多么不平、不公。你看,红漆大门里的酒饮不完、肉食不尽,任其腐烂发臭,可院墙外的大路上却横卧着饿死、冻死的僵尸。

"朱门酒肉臭,路有冻死骨。"诗人困守十年又一路走来,已经触摸到了大唐由盛转衰的脉搏。杜甫凭他诗人特有的敏感和洞察幽微的睿智,已经察觉到了一触即发的社会危机,表现了深深的隐忧。玄宗是十月份到华清宫的,十一月即爆发了安史之乱。此时他正在享受"仙乐风飘处处闻"的快乐,没想到"渔阳鼙鼓动地来,惊破霓裳羽衣曲"(白居易《长恨歌》)。他的好日子算是过到头了。"山雨欲来风满楼",衮衮诸公,浑不觉察,而杜甫从"朱门酒肉臭,路有冻死骨"中感知到了。

名句的思想性还在于它深刻的社会意义。一个社会如果失去了最起码的公平与正义，统治阶级如果只顾自己一味享乐，置底层百姓的死活于不顾，王朝的覆灭也就为期不远了。故俞平伯先生在评论此诗时说，“以文而论，固是一代之史诗，即论事，亦千秋之殷鉴矣”（《唐诗鉴赏辞典》，上海辞书出版社 1983 年版）。“殷鉴”，语出《诗·大雅·荡》：“殷鉴不远，在夏后之世。”意思是：殷人灭夏，殷人的子孙，应该以夏的灭亡作为鉴戒。俞先生这里的意思是后人应该引以为戒。

对比是常见的修辞手法，但如此鲜明、如此深刻、如此让人过目不忘，却极为罕见。“酒肉臭”，“冻死骨”，同样是人，死活、荣枯不啻天壤，一边是神仙般逍遥自在，一边是饥寒交迫，毙死荒野，还有比这个世道还黑暗的吗？

20 世纪曾有学者提出，句中的“臭”应该读 xiù（音秀），即“无色无臭”的“臭”。理由是肉可以臭，酒不会臭，只会愈陈愈香。何况那么冷的天，肉就像贮在冰窖里一样，怎么会“臭”呢？意思是“朱红大门里飘出了酒肉的香味”。此解有理有据，非常科学。只怕读者已经习惯了旧解，不知能否为大家所接受。

香雾云鬟湿　清辉玉臂寒

——患难之中见深情

月　夜　　杜甫

今夜鄜州月，闺中只独看。
遥怜小儿女，未解忆长安。
香雾云鬟湿，清辉玉臂寒。
何时倚虚幌，双照泪痕干？

天宝十五载(756)六月，安史叛军攻破潼关，杜甫偕家眷逃至鄜州(今陕西富县)，寄居羌村。闻肃宗在灵武即位，诗人于八月往灵武，途中为叛军所掳，送至长安。《月夜》即作于此时。元人方回以为此诗作于收复长安之后："少陵自贼中间道至凤翔，拜左拾遗。既收京，从驾入长安。时寄家鄜州。"(转引自《纪晓岚指点唐诗》)两说孰是，尚可探讨，不影响我们对诗的总体把握。

"今夜鄜州月，闺中只独看"，紧扣一"月"字，但不写"长安月"而写"鄜州月"，不写自己思亲怀远，而写闺中"独看"，这是本篇一大特色。清人吴瞻泰对此有很精辟的分析："我忆彼一层，彼忆我二层，遥揣彼忆我三层。"(出处同上)大凡怀远，"我忆彼"是俗套，"彼忆我"便有了新意，本篇"遥揣彼忆我"，层层开掘，进入深矣！“闺中只独看”，“独”字意思已很显豁，为何再用一“只”字加以修饰？意在加强语气，突显孤独。或曰，夫人身边不是有儿有女吗？怎么会“独看”呢？诗人随即告诉我们：“遥怜小儿女，未解忆长安。”孩子们还小，他们还不懂挂念远在长安的父亲，更不用说爸妈间的深情思念了。“遥怜”二字写出了诗人对儿女的深情挚爱，慈然蔼然，可亲可近。但此联与上联并非是并列的关系，写孩子们尚小，还不懂事，还不会替妈妈分忧，是申足上联“独看”之意。

颈联具体描写夫人思念他的情景。夜雾愈来愈浓，萦绕着闺中人，渐渐地润湿了她乌云似的发髻；夜深了，月亮的清辉映照着她白皙细腻、温润似玉的臂膀，诗人担心夫人受寒着凉。诗的尾联，诗人发出感叹，企盼夫妻能早日团圆。闺中独看，香雾云鬟、清辉玉臂云云，毕竟是梦幻般的想象。冷酷的现实是，他们仍分居两地。诗人企盼着温馨的重逢：什么时候我们才能双双斜倚在轻柔的窗幔上？只有到那时，美丽的月色才能照干我俩的泪痕。

全诗从立意构思、谋篇布局到遣词炼字、首尾照应，处处显示“圣手”的超凡功力。思亲怀远撇开自身而遥揣对方如何怀念自己；“月夜”笼罩全篇，情、景皆由月色照出；结句“双照”，“照”应首联“月”字，“双”应首联“独”字，语意玲珑，章法绵密；“遥怜”“未解”“虚幌”“何时”等词语的设置，将人引入超现实的清空、虚幻，表达的感情却十分真切、恳挚。浦起龙评论本诗曰：“心已驰，神到彼，诗从对面飞来，悲婉微至，精妙绝伦。又妙在无一字不从月照出也。”（《读杜心解》）评价句句切当，十分到位。

清代黄生说得更妙：“五律至此，无忝称圣矣。”（转引自《纪晓岚指点唐诗》）大意是：五言律诗能写到这份上，子美先生您再也不必谦虚,您就是当之无愧的“诗圣”!

元人方回说这首诗八句皆思家之言。家者,人也。羌村本非诗人家,只因妻子暂住在那里,故而才成了家。与其说八句皆思家,毋宁说八句皆思妻。名句“香雾”“云鬟”“玉臂”,词艳句丽,俨然情诗。杜甫时年四十四,诗中常用“老妻”“瘦妻”称呼夫人,《月夜》中为何要把夫人写得如此美艳?曰:距离产生美。朝夕相处易生审美疲劳,分别后才发觉夫人的秀发、玉臂,乃至身上散发的气息是那样具有诱人的魅力。何况月夜遥想,带点梦幻般的浪漫情调和月色柔情有何不可!

但杜甫不是简单地欣赏妻子,说她是个大美人,而是赞美中含深情、露悲情。兵荒马乱,丈夫存亡未卜,日夜牵挂,担惊受怕;一个单身妇女还要拉扯两个孩子,真是难为她了。“清辉玉臂寒”,体贴入微,流露了诗人丝丝离愁别恨。

此联意境也非常优美。月色朦胧,香雾萦绕,如梦如幻。置身其中的人物,一头秀发美如乌云,双臂洁白如玉。白居易笔下的“云髻半偏新睡觉”“温泉水滑洗凝脂”的贵妃娘娘的发、肤不也就是这形状么?

感时花溅泪　恨别鸟惊心

——一等名句不忍读

春　望　杜甫

国破山河在，城春草木深。
感时花溅泪，恨别鸟惊心。
烽火连三月，家书抵万金。
白头搔更短，浑欲不胜簪。

此诗作于肃宗至德二载(757)，其时诗人被安史叛军所掳，困在长安。杜甫官卑职微，没有被关押，故能写诗表达爱国情怀和对妻儿的思念。这是一首作于社会动荡时期，抒发个人独特感受、充满悲剧色彩的诗篇，感情沉郁顿挫，意脉回环往复，名句迭出，且句句传“望”字之神，是杜甫的代表作。纪晓岚评此诗道：“语语沉重，无一毫做作，而自然深至。”(《纪晓岚批点唐诗》)

史载，叛军破城后，曾“大索”三日，将民间资财洗劫一空，并纵火焚城。首联“国破山河在，城春草木深”，即写长安沦陷后的景象。一个“破”字触目惊心。国都被攻破了，长安沦陷了。接着诗人出人意料地以“山河在”反接，昔日壮丽的长安城现在城池倾圮、一片荒芜，山河虽在，国已不国。“城春”，长安的春天本是鸟语花香、游人如织的美好季节，诗人却以“草木深”反接，使人油然而生黍离之悲。司马光在评此联时曰：“山河在，明无余物矣；草木深，明无人矣。”（《温公读诗话》）曾几何时，长安竟成一片废墟！以故此联向来被认为是亡国名句的经典。

颔联顺理成章地过渡到诗人的感受——“感时花溅泪，恨别鸟惊心。”

颈联诗意再进一层，由忧国进而思家。“烽火连三月”，有两种理解。一是整个三月战事不断；二是从上个三月到眼前这个三月，一年来战事不断。总之，局势还不明朗，诗人忧心忡忡。“家书抵万金”，言兵荒马乱，家书弥足珍贵，一封平安家信，抵得上千金万银。诗人用这种方式来表达他对羌村家人的思念。其实此时烽火连天，交通阻隔，根本不可能有人给他捎来平安家信，“家书抵万金”只是诗人无法获得家书的一种感慨。

“白头搔更短，浑欲不胜簪。”国都已破，烽火连天，身陷贼手，家无音讯。诗人感时伤事，忧国思家，痛苦而又无奈，不时地拉扯白发，长发渐渐脱落，只剩下稀疏的短发，快要不能插簪子了。

《春望》以“望”字总领全篇。望国破而哀草木丛生，望花鸟而益增亡国之思，望烽火而忧时局动荡，望家书而恨家人离散。纵观全诗，前三联皆对而无板滞之感，且三联皆为千古名句。感情由隐转显，由弱而强，直至“白头搔更短，浑欲不胜簪”。

下面我们重点来欣赏“感时花溅泪，恨别鸟惊心”。

对句意有两种理解。一种是写诗人见到花鸟的主观感受。花、鸟本是赏心悦目之物，如今国破家亡，感时恨别，见到花也要溅泪，闻到鸟鸣也要心惊。另一种理解是诗人用了拟人手法。无知的花、鸟见了这种惨象也要落泪、心惊。窃以为后一种理解更为深沉，物犹如此，人何以堪！

“感时”联在意脉上与上、下联勾连,形成承上启下的呼应之势。“花”“鸟”承上联之“春”。“感时”承上联句意,时者,国破城荒之谓也。由此形成首联与颔联间的因果链接。“恨别”启下联之“家书抵万金”。恨者,家人全无音讯也。由此形成了颔联与颈联间的内在逻辑联系。三联互相呼应,不可分割。此所谓大匠之巧,存乎一心,非常人可企及也。

以乐景反衬哀情是其又一特点。“两个黄鹂鸣翠柳,一行白鹭上青天”,“万紫千红总是春”,没有花、鸟的点缀,春季将是何等煞风景!可是现在,这两种春季美好的事物却与诗人的伤感、悲情相联系,成了后者的陪衬。反衬的特点是落差大,惟其如此,才能产生迥异常态的艺术效果。此联之所以成为名句,亦得益于此种手法之运用。

元人方回在《瀛奎律髓》中评论此诗道:“此第一等好诗。想天宝至德以至大历之乱,不忍读也。”如果说诗是“第一等好诗”,那么“感时”一联便是诗中第一等好句;“花溅泪”“鸟惊心”,令人尤“不忍读也”!

夜雨剪春韭　新炊间黄粱

——战乱中一顿温馨的晚餐

赠卫八处士　　杜甫

人生不相见，动如参与商。今夕复何夕，共此灯烛光。少壮能几时？鬓发各已苍！访旧半为鬼，惊呼热中肠。焉知二十载，重上君子堂。昔别君未婚，儿女忽成行。怡然敬父执，问我来何方。问答乃未已，驱儿罗酒浆。夜雨剪春韭，新炊间黄粱。主称会面难，一举累十觞。十觞亦不醉，感子故意长。明日隔山岳，世事两茫茫。

这首五言古诗大概作于乾元二年(759)春杜甫任华州司功时。卫八处士生平不详。处士是隐居不仕的人。

该诗有两个重要背景。一是战争与乱离。诗人作此诗时安史之乱已爆发三年多，虽两京收复，但局势动荡，仍不明朗。连年烽火，令百姓骨肉分离，老弱死于非命。本诗“访旧半为鬼，惊呼热中肠”从一个侧面反映了这种社会苦难。这时老朋友相见，自然感慨万千。二是久别重逢。诗人与卫八分别已二十年，当年卫八还没有结婚成家，现在已双鬓斑白，儿女成行了。久别重逢，又惊又喜；乍逢又别，世事茫茫，一夕相聚便显得弥足珍贵。

以上两点决定了诗人与卫八聚首的复杂感情，惊喜、感喟、欢欣、惜别，百味杂糅。“沧桑之感”“别易会难”是常人共有的体验，故特别容易引起共鸣。

全诗按表达方式可分为两部分，前十句抒情，后十四句叙事。一开头便感叹人生相见难，犹如参、商二星，彼出此没，永不相见。“动如”，是动不动就这样的意思。主客二十年一聚首，面对幽幽的烛光，恍若隔世，不知今夕何夕，难免要感叹岁月如流，两鬓染霜了。“访旧半为鬼，惊呼热中肠”一联最是震撼人心。访问亲朋故旧，已有一半离开人世，便情不自禁地惊叫起来，心中火辣辣地难受。诗人这年也只四十八岁，与他年龄相仿的已有一半谢世，怎不感慨万千？

叙事部分按卫八儿女热情、亲切、有礼的接待，准备简单而又充满人情味的晚餐，主客畅饮等层次展开。其中“问答乃未已，驱儿罗酒浆”，写得生动、形象而饶有生活情趣。孩子正彬彬有礼地问客人从何而来。诗人还未来得及回答，卫八就打断他们的问答，驱赶孩子去张罗晚饭，说：“快，快去拿酒，把筷子、酒杯放好！”老朋友间的真挚感人的情意跃然纸上。末两句“明日隔山岳，世事两茫茫”，呼应开头，感叹明日一别，世事茫茫，不知相逢相聚又在何年。

下面来说“夜雨剪春韭，新炊间黄粱”。

诗人大驾一到，卫八一家人便忙活开了。他们手忙脚乱，热情接待这位远来的客人，其中最重要的内容就是准备晚饭。诗人是不速之客，卫家没啥准备，便冒着雨摸黑到园里去剪几把韭菜。主食也要生火现做起来。食材有两种，一种是“黄粱”，即黄米；另一种是什么呢？诗中没有交代。从“间黄粱”，即掺和一些黄米的情况看，黄粱成分不多，另一种恐怕还不如黄粱。烽火连天的战乱岁月，能吃上一顿热乎乎的掺和着黄米的晚饭已属不易，看来主人已竭尽全力，倾其所有。

这顿饭与孟浩然的《过故人庄》里的那顿饭颇相似。主客双方都是老朋友；主人殷勤，客不拘礼；用的是平常的具有田园风味的农家餐；一边饮酒，一边拉呱叙旧。但“故人具鸡黍”，招待孟浩然的那顿饭是早有准备，菜肴也较丰盛，至少是杀了一只鸡。主食也是单一的“黍”，不似卫八家那般窘迫。飨老杜之餐，虽然绿色环保，但不见荤腥，佐酒唯韭菜而已！

然而人世间的感情是不能用饭菜规格来衡量的。以情意论，卫八家的那碟韭菜要胜过满桌珍馐，多少冷盆、热炒、大菜、汤羹、点心、水果都赶不上它，那里包含着主人的诚挚的真情和战乱中的一夕温馨，个中所体现的生活美和人情美是狂呼大叫的觥筹交错所无法比拟的。

古来不知有多少写美酒佳肴的句子人们都未能记住，杜甫的这句写炒韭菜、黄米饭的句子却成了津津乐道的名句。原因在于：特定情境中的氛围让人如临其境，难以忘怀；杜诗不管写什么题材都不易摆脱的沉郁、伤感气息为饭菜笼罩着强烈的感情色彩，让人过目难忘；句式工整，易记易诵，闭眼背诵这两句诗时，能让你嗅到春夜从一座茅屋中飘溢出来的新鲜韭菜的清香和新炊黄米饭的喷喷香。

文章憎命达　魑魅喜人过

——天下文士当同声一恸

天末怀李白　　杜甫

凉风起天末，君子意如何？
鸿雁几时到，江湖秋水多。
文章憎命达，魑魅喜人过。
应共冤魂语，投诗赠汨罗。

诗仙李白与诗圣杜甫间的真挚友情，令人钦羡，受人称道，感人至深。杜甫小李白十一岁，然而他对命途多舛的李白的关心、同情，对他人生安危的关注，对他的牵挂和生命呵护，更像一位仁厚、慈善的兄长。杜甫诗作中有十多首怀念李白的诗，且名句颇多。如“死别已吞声，生别常恻恻”；“冠盖满京华，斯人独憔悴”；“三夜频梦君，情亲见君意”（均见《梦李白二首》）。在生死关头，他坚定地站在李白一边，单枪匹马地向统治集团抗争，高唱“世人皆欲杀，吾意独怜才”（《不见》），至于“匡山读书处，头白好归来”（《不见》），则更是一声深情呼唤，希望他远离凶险的政治漩涡，叶落归根，回到读书人的生命原点上来。

“文章憎命达，魑魅喜人过”，从内容到风格，有别于上述名句，它是一曲名士不遇的生命悲歌。

上述名句出自杜甫的《天末怀李白》。李白于至德二载(757),因参加永王璘幕府入狱,乾元二年(759)流放夜郎(今贵州桐梓县一带)。次年行至白帝城遇赦。杜甫此时正流寓秦州(今甘肃天水),对李白流放的具体情况极为关切,作了这首五律。

首句“凉风起天末”,起得凄凉。时李、杜二人一在江南,一在北疆,俱属“天末”;秋风吹过,寒气袭人。“君子意如何”,文字虽平淡,却充满了深情与关切。意谓远方的老友啊,在这人生萧瑟的秋天里,你正在想些什么呢?颔联以急切口吻轻轻一问,希望尽快得到李白的有关消息,担心江湖水深波浪阔,故人不能平安抵达夜郎。颈联从感叹李白的身世上升到深沉的理性认识。尾联想象李白所在之处正是屈大夫自沉之地,两位天才诗人虽然异代不同时,但千载同冤,李白一定会投诗凭吊,以抒胸臆。

“文章憎命达,魑魅喜人过”采用对比手法进行议论,饱含人生哲理。名句告诉我们,文才出众者均命途多舛,文章写得好命必不好,文益工而命益穷。这个悖论似乎又从反面提示我们,人穷然后文工。杰出的文人学富才高、卓尔不群,总是遭小人嫉恨,他们就像妖魔一样张开大口,一俟才人经过,便一口吞下。

中国文学史上的巨擘、明星、奇才、大师级的人物,命运都不是很好。屈大夫“明于治乱,娴于辞令”,不朽的《离骚》光耀千古,与《诗经》并称“风骚”,但“信而见疑,忠而被谤”(均见《史记·屈原贾生列传》),两次被逐,行吟泽畔,终于自沉汨罗。太史公的《史记》被鲁迅先生誉为“史家之绝唱,无韵之离骚”(《汉文学史纲要》),但他本人却遭腐刑,受垢辱,在生死抉择的激烈思想斗争中差一点选择轻生。曹子建才高八斗,七步成诗,却命悬一线,他的老兄曹丕只要把攥在手里的这根线轻轻一抖,随时都可以要他的小命。初唐后生王勃以《滕王阁序》名世,晚唐李贺人称“鬼才”，独创“长吉体”，二人不幸命短，二十来岁便命归黄泉。《红楼梦》享誉海内外，问世后渐红渐火，研究者众，终成显学；我们很难想象，雪芹先生当年竟是在“蓬牖茅椽，绳床瓦灶”，“举家食粥酒常赊”的艰苦困顿中写作这部不朽巨著的。再说本诗作者杜甫，他转益多师，诗作浑涵汪洋，世称“诗圣”，然而这位“圣人”却养活不了家小，“入门闻号咷，幼子饿已卒”（《自京赴奉先县咏怀五百字》），他晚年漂泊江湖，死在一条破船上，遗体停厝，几十年后才得魂归故里。

“木秀于林，风必摧之；堆出于岸，流必湍之；行高于人，众必非之”（三国魏李康《运命论》），这是世俗的社会原因，深层原因是在封建皇权的专制制度下，根本不可能建立一套公平、公正、科学、合理的用人机制。普天下的怀才不遇之士、命途多舛之文人读老杜此句，当同声一恸！

出师未捷身先死　长使英雄泪满襟

——英雄伤人亦伤己

蜀　相　　　杜甫

丞相祠堂何处寻？锦官城外柏森森。
映阶碧草自春色，隔叶黄鹂空好音。
三顾频烦天下计，两朝开济老臣心。
出师未捷身先死，长使英雄泪满襟。

历史上的诸葛亮、《出师表》中的诸葛亮、《三国演义》中的诸葛亮，“脸谱”差异很大。

据说桓温灭蜀时曾遇一诸葛亮麾下的老兵，桓温问他说：“当今谁能与诸葛丞相比？”老兵回答说：“当年诸葛丞相在世时，也没觉得他有什么特别之处，可自从他逝世后，就没见过有人能比得上他了。”老兵的话意味深长。在世时“没有什么特别之处”，是说诸葛亮是人不是神，普普通通，与常人没有区别，不像《三国演义》中的诸葛亮，演借东风、玩空城计，嘱人刻个木头像，死后还能吓退司马懿，如鲁迅所言：“状诸葛之多智而近妖。”（《中国小说史略》）而逝世后，“就没有人能比得上他了”，这是说诸葛亮是杰出的、无与伦比的。老兵不是历史学家，但评价诸葛亮却非常辩证。他功业、德操举世无双，是一位一提起来便让人潸然泪下的“失败了的英雄”。

《蜀相》作于上元元年(760)春杜甫初至蜀中游诸葛武侯祠时。武侯祠在锦官城,城在古成都南十里。

首联“丞相祠堂何处寻?锦官城外柏森森”,以问答形式写祠外景象,缘物及人。祠前有柏,据说系诸葛亮手植,象征其不朽功业和崇高精神。颔联“映阶碧草自春色,隔叶黄鹂空好音”,写祠庙的空寂、荒凉。碧草自顾自地掩映在一片春色中,黄鹂呖呖,空自鸣啭,它们根本不管人事的代谢和世事沧桑。仇兆鳌有言:“草自春色,鸟空好音,此写祠庙荒凉,而感物思人之意,即在言外。”(《杜诗详注》卷九)颈联“三顾频烦天下计,两朝开济老臣心”,概写诸葛亮的君臣际遇、千秋功业、品德节操。仇兆鳌在评价此联时说:“‘天下计’见匡时雄略;‘老臣心’见报国苦衷。有此两句之沉挚悲壮,结作痛心酸鼻语,方有精神。”(《杜诗详注》卷九)尾联“出师未捷身先死,长使英雄泪满襟”,写诸葛亮未能完成统一大业,遂成千古之恨,“英雄泪满襟”云云,渗透了作者个人失落的伤感。

名联上句着眼于对诸葛亮平生抱负未能实现的历史事实进行总结。魏、蜀、吴三国中,蜀国力最弱。诸葛亮明知不可为而为之,于建兴十二年(234)春出兵伐魏。在渭水五丈原与司马懿对峙百余日,八月病死军中。(《三国志·诸葛亮传》)下联“长使英雄泪满襟”,“长使”,涵盖极广,言曾使无数英雄泪湿襟衫。

这里有个问题,什么样的人才算得上是“英雄”?中国传统的英雄观与西方不同,英雄必须文武兼备,出将入相,文采风流。只会跃马横刀、舞枪弄棍、格斗厮杀者称不上英雄。但这里的英雄外延还应更宽泛些。大智大勇、有远大理想抱负、许身国家、志在社稷、拨乱世反正、挽狂澜于既倒、为民族和苍生而奋不顾身者,都可以目为英雄。按这个标准,诗圣杜甫也算得上是个

“英雄”。诗人曾经自我期望成契和稷那样的圣贤。契相传是商代的祖先；稷相传是周代的祖先，教民播种五谷。自比稷、契，诗人之志可谓大矣！杜甫有“致君尧舜上，再使风俗淳”（《奉赠韦左丞丈二十二韵》）的抱负，但时运不济，险遭杀身。毫无疑义，杜甫一到成都就关注武侯祠，怀念这位“出师未捷身先死”的前贤，我想他在悲怆地吟诵这首诗的结句时，肯定是把自己列入“长使英雄泪满襟”中的“英雄”的。

怀诸葛亮，吊武侯祠，英雄们便要“泪满襟”，何也？“出师未捷身先死”，一也；感刘氏知遇之恩，鞠躬尽瘁，死而后已，二也；才学非凡却十分谦虚，三也；居高位而能荐拔法正等人才，四也；权倾朝野而能严于责己，五也；为官清廉，生活俭朴，六也；教育后代无比严格，《诫子书》至今读来意味深长，七也。要之，他的智慧、忠诚、节操、人格，无不具有迷人的魅力。一个近乎完美的人却未能迎来圆满的人生结局，能不让人挥泪感叹吗？

随风潜入夜　润物细无声
——体物入微见功力

春夜喜雨　　杜甫

好雨知时节，当春乃发生。
随风潜入夜，润物细无声。
野径云俱黑，江船火独明。
晓看红湿处，花重锦官城。

杜甫是位平民诗人，唐代诗人中，很少有像他这样关注民生和民间疾苦的。他的“穷年忧黎元，叹息肠内热”（《自京赴奉先县咏怀五百字》），读了让人眼睛湿润。他的“三吏”“三别”、《兵车行》等诗，几乎是用血和泪写就的。这类诗深刻反映战乱中人民所遭受的苦难，被称为“诗史”。他的揭露贫富不均、严重阶级对立的名句“朱门酒肉臭，路有冻死骨”，让人触目惊心。寓居成都草堂时，西邻有位无儿无女、无衣无食、孤苦伶仃的老妇人，常到杜甫门前的枣树下来打枣，杜甫非但不阻止，还不时接济她一些钱米。后来房子让给吴姓亲戚住，吴氏阻止老妇打枣充饥，杜甫便写诗劝那位吴郎：“堂前扑枣任西邻，无衣无食一妇人。”（《又呈吴郎》）这是何等博大的悲悯情怀啊！

《春夜喜雨》也属这类题材，表达的却是喜悦心情。寻常一场雨，诗人为何这等高兴？因为它关系到农事，关系到民生。

诗题开宗明义，着一“喜”字。诗人长年忧国忧民、感时伤事，难得有个好心情。这下喜事来了，夜来下了一场好雨，诗人高兴得彻夜不寐，写诗表达喜悦之情，企盼着雨后清晨迎来花团锦簇的锦官城。

首联“好雨知时节，当春乃发生”，紧扣诗题中的“喜”字，为何见雨而喜？因为它是一场好雨。这场好雨甚是可人意，就在播种百谷、万物复苏，最需要雨水的时候，这场“知时节”的春雨便如期而至。“乃”字虽为虚词，却极传神。俗话说，“春雨贵如油”，就在人们希望它下一场透旱的春雨时，还真的心想事成，果真“就”下了呢！颔联“随风潜入夜，润物细无声”，进一步写春雨的好处，那是一场夜间随和风而至的细雨，最宜滋润万物。颈联由上联之“听雨”转至“看雨”，“野径云俱黑”，点明这场好雨不仅及时，而且雨量充沛，下了一夜，足以解除旱象。尾联不是“听”也不是“看”，而是想象天明百花受到这场春雨的滋润，红艳艳，水灵灵，沉甸甸的，整个锦官城成了一片花的海洋。

诗中的“随风潜入夜，润物细无声”是神来之笔。

先说出句。特点之一，这雨是夜里下的。春天是农事繁忙的季节，一方面要春耕春种，另一方面越冬农作物要进行田间管理。夜里下雨，白天放晴，不影响户外农事活动，这雨下得及时而可人意。特点之二，这是一场和风细雨，它随着和煦的春风悄然降临人间。“春天孩儿脸，一日变三变”，急风、骤雨，可不利农事，冻雨更是灾害性的天气。“潜”字拟人化，炼字精准。夜来这场雨细密绵长，雨丝如缕，借助夜幕的掩护，悄无声息，不知不觉地就下了起来，没有一点恼人的滴答声。

再说对句“润物细无声”。此句写这场雨润物的细密与持久。“细无声”与“潜入夜”相呼应，相配合，完整地写出了这场雨的特点，它不仅是一场遂人心、从人愿的及时雨，而且润物“细无声”，效果忒好。它滋润了地面的花、茎、叶，也慢慢地渗入到植物的根部。最妙的这一切都是在暗中进行的，就像一个做了好事不留名的人，既不张扬，也不表功。

浦起龙以为，写春雨“切夜易”“切春难”，即写出“夜雨”的特色容易，写出“春雨”的特色难。如上所述，下得及时、悄然而至、滋润万物、不求人知，这些都是春雨的特色，其中最重要的是“润物细无声”。由此可以见得诗圣感觉之敏锐、体察之细微、遣词之精当。用梅尧臣语“状难写之景，如在目前，含不尽之意，见于言外，作者得于心，览者会其意”（欧阳修《六一诗话》）来形容非常确切。

名句现在已被广泛应用于政治思想工作和学校的德育工作。在这些领域，特别需要细致、体贴、入微，注重发挥情商春风化雨的熏陶、感染作用，在潜移默化中转化矛盾，提升人的精神品位。这叫“润物细无声”。

吾庐独破受冻死亦足

——天下苍生是他永远的挂念

茅屋为秋风所破歌　　杜甫

八月秋高风怒号，卷我屋上三重茅。茅飞渡江洒江郊，高者挂罥长林梢，下者飘转沉塘坳。南村群童欺我老无力，忍能对面为盗贼。公然抱茅入竹去，唇焦口燥呼不得，归来倚仗自叹息。俄顷风定云墨色，秋天漠漠向昏黑。布衾多年冷似铁，娇儿恶卧踏里裂。床头屋漏无干处，雨脚如麻未断绝。自经丧乱少睡眠，长夜沾湿何由彻！安得广厦千万间，大庇天下寒士俱欢颜，风雨不动安如山！呜呼，何时眼前突兀见此屋？吾庐独破受冻死亦足！

本诗的最后两个长句是诗人在茅屋被秋风所破后的深沉感叹。分两层意思。一是诗人解决“天下寒士”住房问题的理想目标。他希望有朝一日能眼前突然出现千万间如现代大都市中高楼大厦般的建筑，让普天下的穷苦人“居者有其屋”，人人喜笑颜开，任它什么风雨也休想撼动。二是诗人由理想状态回到现实，假设真的有那么一天，即使茅庐破了，自己被冻死也在所不惜。

写“吾庐独破受冻死亦足”这个题目，即便是专家学者、语言大师恐怕都会感到棘手:怎么描绘诗圣的博大胸怀?如何定位杜甫的崇高精神?到哪里去找一个堪与杜甫相比的参照人物?用什么样的语言礼赞这位大诗人的道德风范?很难。杜甫不光站在中国古代诗人从未达到的高度反映人民所受的压迫和苦难,还将自己置身其中,宁愿用自己的受苦受难、庐破挨冻,去换取普天下"寒士"的"风雨不动"的"广厦"。名句之所以能震古烁今,之所以难能可贵,是由于它不是出自虔诚的佛教徒之口,也不是出自现代职业革命家之口,而是出于千余年前一位大诗人之口。

杜甫一生,几乎从未能过上安定、富足的生活。上元二年(761),诗人求亲告友,在成都浣花溪边盖了一座茅草房,总算有了个栖身之所。不料秋日一场大风卷走了他屋上的茅草。茅草被狂风吹过江去,"高者挂罥长林梢,下者飘转沉塘坳"。看来隔着一条江的茅草,不论高处、低处都无法收回了。更有甚者,南村的一群儿童当着诗人的面抱着茅草跑进竹林去了,收回茅草是彻底无望了。接下来,诗人经受了屋破雨漏的煎熬,多年的布被又冷又硬,孩子睡相不好,把被里都蹬破了。这一夜"床头屋漏无干处,雨脚如麻未断绝",又是一个艰难困苦中的不眠之夜。

杜甫老了,他无力收拾那些被大风刮走的茅草,眼睁睁地看着孩子们把茅草抱走,喊得唇焦口燥也没有用,只得"归来倚杖自叹息"。我们千万不能忘记,"吾庐独破受冻死亦足",就是这么一位干瘦、羸弱、"老无力"的老人在屋漏又遭连夜雨的风雨如晦的黑夜里写下的啊!

大唐正由极盛转向大衰。战争、兵役、租税、政治腐败、内乱外患、天灾交相蹂躏,百姓生活在水深火热之中。"人烟断绝,千里萧条",诗人用他如椽之笔记下了一幅幅惨象:"君不见青海头,古来白骨无人收,新鬼烦冤旧鬼哭,天阴雨湿声啾啾"(《兵车行》)，“路衢唯见哭，城市不闻歌”(《征夫》)，“积尸草木腥，流血川原丹”(《垂老别》)。诗人家的情况也好不到哪儿去，儿女有的活活被饿死，有的穿着用旧官服改的“百衲衣”，官服上的“海图”“波涛”“天吴”“紫凤”都七颠八倒(见《北征》)。

所以，这首诗的最后两句是深沉的千古一问和充满人文关怀的千古一叹。叹自己，也叹天下寒士；叹时代苦难，也叹社会苦难。但两相比较，个人的苦难微不足道，百姓的苦难却重如泰山。《茅屋为秋风所破歌》中对自己困窘生活的描写是为了烘托比自己更加贫寒困苦的“寒士”，诗的深刻的思想意义和名句不朽的光华正在于此。

儒者主张“穷则独善其身，达则兼济天下”。杜甫一生，可以说从来就未“达”过，“穷”了就别管那么多了吧！不，杜甫“穷”了也要“兼济天下”，首先想到的是那些与自己境遇差不多的以及还不如自己的“无房户”。推己及人，兼济天下苍生，他永远把百姓装在心里，为民生疾苦呐喊。这一点要远远高于儒者的政治理想和处世哲学。

“仁者莫大于爱人”(《大戴礼记·主言》)，杜甫瘦小的身躯里却拥有无比博大的胸怀，他那热烘烘的胸脯永远散发着悲天悯人的光和热。诗人的理想虽近于虚幻的“乌托邦”，但丝毫也掩不住“吾庐独破受冻死亦足”的万丈光焰！

此曲只应天上有 人间能得几回闻

——赞扬音乐的绝妙好辞

赠花卿 杜甫

锦城丝管日纷纷，半入江风半入云。
此曲只应天上有，人间能得几回闻？

题中“花卿”，叫花敬定，成都尹崔旰的部将，曾平定段子璋之乱。卿是当时对地位、年辈较低的人的一种客气称呼。胡应麟以为“花卿”指的是歌妓，此说缺乏确凿证据，为诸家所不取。杜甫另有《戏作花卿歌》，中有“成都猛将有花卿，学语小儿知姓名”，指的就是这个花卿。笔者这里再补充一点。从诗中描写的“锦城丝管日纷纷，半入江风半入云”看，显然是一个规模相当大的管弦丝竹乐队，一个歌妓的演奏，能有这样大的气魄和巨大声响吗？

前两句是说，花卿的宅第里，竟日弦管之声不绝，那美妙的乐声一半落入滔滔滚滚的锦江，一半随风飘入云端。“纷纷”一词颇耐寻味。该词原意为“杂乱”“接二连三”，多用以形容有形之物，此处用来形容无形的音乐，使无形的乐声具体化、形象化。单一的乐器演奏不出“纷纷”的效果，多种乐器一起演奏，不同的音色、音质融为一体，才会产生“纷纷”的感觉。这里显然已失去

"杂乱"这一贬义色彩,含有"丰富""繁复""多姿多彩"之义。这说明花卿家拥有一支相当规模、演技精湛的专业乐队。后两句用夸张手法描写乐曲的优美动听,说这曲子如同天上的仙曲,人间是很难听到的。那感觉大约跟白居易的"如听仙乐耳暂明"(《琵琶行》)差不多吧!如痴如醉,如梦如幻,飘飘欲仙,忘乎所以。

说到这首诗的主旨,问题就复杂了。

明代著名学者杨慎在《升庵诗话》里说:"花卿在蜀颇僭用天子礼乐,子美作此讽之,而意在言外,最得诗人之旨。"杨慎认为此诗婉讽花卿冒用皇家礼仪,写得很得体。清代学者沈德潜也说,"诗贵牵意,有言在此而意在彼者,杜少陵刺花敬定之僭窃,则想新曲于天上"(《说诗晬语》),进一步肯定这是一首讽刺诗。

诚然,古代封建礼仪制度中,音乐是有严格等级的。如周代乐舞就有严格规定:天子的舞队人数有六十四人,纵横每排都是八人,称"八佾";诸侯三十六人;大夫十六人。鲁国季氏是诸侯等级,在家用"八佾"之舞,引得孔老夫子大动肝火,说"八佾舞于庭,是可忍也,孰不可忍也"(《论语·八佾》)。唐代制定大唐雅乐,规定"皇帝临轩,奏太和;王公出入,奏舒和……皇太子轩悬出入,奏承和"(《旧唐书》)。上述学者大概就是根据诗中的"天上"断定,花卿违反了国家的严格规定,僭用天子音乐,破坏礼制,因此杜甫在诗里讽刺他。

持反对意见的以清人黄生、胡应麟为代表。他们认为讽刺花卿僭用天子音乐系附会之说,理由主要有两点。第一,史书上只记载花敬定纵士卒掠东蜀一事,未见有逾制僭拟朝廷的记载,杨、沈之说缺乏根据。第二,当时宫中梨园弟子流入民间者甚多,并以梨园弟子李仙奴曾在民间演唱宫中之曲为例证明,说《寄李(之芳)百韵诗》中就有"南内开元曲,当时弟子传"之句。

黄生认为杜诗中“天上有”也属这一类。当代著名学者萧涤非先生在《杜甫诗选注》中支持黄生观点，说“黄生说近是”，并引刘禹锡《田顺郎歌》中“清歌不是世间音，玉殿常开君主心”佐证。

笔者赞同黄生、胡应麟、萧涤非先生的观点，这里再补充一点。双方似乎忽略了一个很重要的细节。宫廷音乐不光是礼仪制度方面的音乐，还应包括大量的欣赏音乐，如著名的《霓裳羽衣曲》，本为西凉节度使杨敬述所献，后经玄宗润色，一度走红；玄宗教授梨园弟子的应该也是这类乐曲。这样看来，诗中的“天上”之乐应该就是这类乐曲，根本不存在僭越的问题。再说花敬定不过一介武夫，纵然斗胆，也不至跋扈到冒用天子礼仪，奏“太和”之乐！由此观之，此诗主旨单纯，就是赞美音乐。

即从巴峡穿巫峡　便下襄阳向洛阳

——气韵流转绝千古

闻官军收复河南河北　杜甫

剑外忽传收蓟北，初闻涕泪满衣裳。
却看妻子愁何在，漫卷诗书喜欲狂。
白首放歌须纵酒，青春作伴好还乡。
即从巴峡穿巫峡，便下襄阳向洛阳。

宝应元年(762)，唐王朝各路大军在陕州发起对叛军的总攻，先收复洛阳、平定河南；第二年叛军头目史朝义兵败自杀，延续七年多的安史之乱至此结束。杜甫在梓州闻此喜讯，写下了这首平生"第一快诗"。

所谓"快诗"，其实也是泪痕斑斑的。是悲喜交集，是"含泪的微笑"；是悲极而后的惊喜，是惊定而爆发的狂喜。是战乱结束、政局大定的欣慰，是将要踏上重返故乡之路的轻松。百感交集，复杂得很。

当然，"喜"是主旋律。首句"剑外忽传收蓟北"以叙事缘起。在剑阁以南的蜀地突然传来了收复蓟北的好消息。蓟北在河北北部范阳一带，是叛军的老巢。诗人自注"余田园在东京(洛阳)"。收复蓟北，对诗人而言，可说是双喜临门。一则戡定大乱，天下太平，这是天大的喜事；二则洛阳再度收复，自己可以结束流离转徙的漂泊生活，重返家园了。

以下五句从不同方面抒发喜悦之情。“初闻涕泪满衣裳”写得极具特色。诗人刚听到这一特大喜讯，不是鸣放鞭炮、欢呼雀跃，而是老泪纵横。杜甫这年五十多岁，这些年来他经历了太多的苦难，听到这一消息感情一下子还转不过弯来。痛定思痛，悲喜交集，由悲而喜，喜极而泣，此其一。第三句“却看妻子愁何在”，本应承接却转折。夫人不像诗人，她喜形于色，一扫往日愁容，满脸春光灿烂，此其二。第四句再转到自己，“漫卷诗书喜欲狂”。可能是已经完成了情感的“急转弯”，抑或是受了妻子情绪的感染，诗人也进入了狂喜阶段。平日无比珍惜的诗、书就那么随手一卷，放到一边，他要狂欢一番，并且做返乡的准备，此其三。“白日放歌须纵酒”正面写狂喜，诗人要在明媚的春光里引吭高歌，开怀痛饮。我们还从未见过诗圣这么豪放、开朗过，此其四。“青春作伴好还乡”，诗人将在美丽春色陪伴下返回故乡，此其五。收笔再转到还乡上，“即从巴峡穿巫峡，便下襄阳向洛阳”，筹划返乡旅程，已经具体到取哪条线路了。此其六也。浦起龙在点评该诗时说：“八句诗，其疾如飞。题事只一句，余俱写情，生平第一首快诗也。”（《读杜心解》）浦氏之说精辟、剀切，乃中肯之论。

尾联“即从巴峡穿巫峡，便下襄阳向洛阳”，连用四个地名，与李白的《峨眉山月歌》异曲同工。李诗曰：“峨眉山月半轮秋，影入平羌江水流。夜发清溪向三峡，思君不见下渝州。”四句各有一地名，依次为峨眉山、平羌江、三峡、渝州。其中平羌江在峨眉山东北，即今之青衣江，源出四川芦山县，流至乐山市入岷江。一对照，便可发现，杜甫在两句中连用四个地名，要比《峨眉山月歌》更为密集。

句中的巴峡，有两说。一为巴县一带江峡的总称，古巴县即今之重庆一带。《华阳国志》载："今东突峡……其郡东枳有明月峡、广德屿，故巴亦有三峡。"二是阆、白二水合流后经峻峡一段称巴峡。《太平御览》卷六十五引《三巴记》云："阆、白二水合流，自汉中至始宁城下，入武陵，曲折三曲，有如巴字，亦曰巴江，经峻峡中，谓之巴峡。"两说可作参考。但有一点须明确，句中之巴峡绝非长江中巴东三峡中之巴峡，此巴峡在巫峡之东，诗人顺流东下，岂可曰"即从巴峡穿巫峡"？

出句"巴峡""巫峡"系句中对，对句中"襄阳""洛阳"亦是句中对，而出句中的两地名又与对句中的两地名形成前后工整的地名对。此等流水、地名巧对，常人玩不来，唯诗圣能之。

联中的动词"穿""向"用得非常贴切。从巴峡到巫峡，江面狭窄，水流湍急，舟行似箭，故遣一"穿"字；由襄阳弃舟登陆，转一九十度大弯，直奔洛阳而去，故用一标明动向和方位的词"向"。"即从""便下"绾合前后，以虚带实，形成动感。故清人张谦宜在论及此联时道："一气如注，并异日归程一齐算出，神理如出，古今绝唱也。"（《絸斋诗谈》）

新松恨不高千尺　恶竹应须斩万竿

——扶善疾恶寓意深

将赴成都草堂途中有作先寄严郑公

杜甫

常苦沙崩损药栏，也从江槛落风湍。
新松恨不高千尺，恶竹应须斩万竿！
生理只凭黄阁老，衰颜欲付紫金丹。
三年奔走空皮骨，信有人间行路难。

安史之乱期间，杜甫在友人的帮助下，于未遭兵燹的成都建了一座草堂，在那里经营药圃，栽种芋栗，与农民交往。和平宁静的生活使诗人迎来了又一个创作高峰。

严武是他这一时期的重要依靠。宝应元年（762），成都少尹徐知道的一场叛乱，使诗人在梓州、阆州一带又经历了一番流亡生活，正当他准备买舟东下，出峡谋生时，得到了严武以成都尹兼剑南节度使的身份再度镇蜀的消息，并接到严武的邀请信，诗人便决定重返成都。

此诗系重返成都途中所作的五首诗中的第四首。宝应二年（763），严武受封为郑国公，故称其为“严郑公”。

本诗可从三方面解读。前四句是回成都后重整草堂的设想。诗人担心沙岸崩塌，损坏了他的药栏；一段时间无人照应，恐怕连江槛都一起落到湍急的江水中去了。诗人想象草堂已荒芜杂乱不堪，新栽的松树没长多高，苦竹却到处蔓延疯长，他下决心要将它们尽皆芟除。

颈联自诉穷老，希望能得到严武的照顾。黄阁老，指严武。严武当时以黄门侍郎的身份任成都尹，故称“黄阁老”。唐时中书省和门下省的官员相呼为阁老。严武不仅生活上照顾诗人，还让他在幕中任职，二人友情深厚，故杜甫直言相求，说“生理只凭黄阁老”——至于生计，我老杜在成都别无所依，只能靠您黄阁老了。此联对句承上而来，说自己日渐衰老，怕只有神药仙丹才能挽救。意思是有了严武的帮助，生活安定，自己也可以颐养、调理，抗拒衰老了。该联是寄诗的本意，坦率、直白却无告苦乞怜之态。

尾联补写漂泊梓州、阆州之备尝艰辛，前后三年，已瘦得皮包骨头。自以为过去就了解行路难，其实只停留在书面、口头上，如今有了切身感受，方真正知道人生坎坷，世路难行啊！

颔联“新松恨不高千尺，恶竹应须斩万竿”，乃千古名联，寓意深刻，语言精警，历久弥新。

松是中国传统文化里与人品、人格、节操紧密关联的艺术形象。“岁寒，然后知松柏之后凋也”（《论语·子罕》），言其节操也；“霜皮溜雨四十围，黛色参天二千尺”（杜甫《古柏行》），称其伟岸也；“松柏本孤直，难为桃李颜”（李白《古风》），誉其孤高也；“流而不返者，水也；不以时迁者，松柏也”（苏轼《送杭州进士诗叙》），颂其坚定也。诗人喜松、爱松，曾于草堂前手植四棵小松，寓意深矣！

竹瘦劲孤高，虚心有节，枝枝傲雪，豪迈凌云，乃“岁寒三友”之一。但竹品类繁多，苦竹却让人不敢恭维。《齐民要术》载：

"竹之丑有四:有青苦者、白苦者、紫苦者、黄苦者。"白居易"住近湓江地低湿,黄芦苦竹绕宅生"(《琵琶行》)中的"苦竹",应该就是这类不受人欢迎的竹。这等竹味苦、色恶,无节制地蔓生,一无是处,诗人斥为"恶竹",厌恶之情溢于言表。

杨伦在《杜诗镜铨》旁注曰:此联"兼寓扶善疾恶意"。我们在理解、欣赏这一名联时重点应放在"兼寓"上。"新松恨不高千尺",诗人希望代表正义、正气的新生力量快快茁壮成长,长成千寻大树,威风凛凛地傲立天地间。"恨不",表达了真诚、热切的企盼之情。而对那些"恶竹",则一律芟除,斩竹除根,毫不留情。政治黑暗、世道混乱之时,各种邪恶势力纷纷登场表演。怀有野心、把持朝纲的奸臣,排除异己、党同伐异的贼臣,谄媚阿谀、花言巧语的佞臣,皆属"恶竹",诗人态度坚定——"恶竹应须斩万竿",有多没少,尽皆斩除,毫不手软!名句表明了诗人的社会理想,感情强烈而有分寸。

任何时代,任何社会,都有正、邪的斗争,善、恶的较量,美、丑的区分。名句将永远被人鉴赏、引用,从中汲取力量,直至永远。

一去紫台连朔漠　独留青冢向黄昏
——怀古亦自怨也

咏怀古迹　　杜甫

群山万壑赴荆门，生长明妃尚有村。
一去紫台连朔漠，独留青冢向黄昏。
画图省识春风面，环佩空归月夜魂。
千载琵琶作胡语，分明怨恨曲中论。

《咏怀古迹》共五首，本诗为第三首，大历元年（766）作于夔州。《杜诗详注》卷十七引王嗣奭之语云："中间昭君一章，盖入宫见妒，与入朝见妒者千古有同感焉。"王氏认为昭君有国色，而入宫见妒；诗人亦国士，而入朝见妒，二者非常相似。简言之，怨恨是本诗的主骨，悲昭君时诗人也在发泄自身的愤懑。

《咏怀古迹五首》与《诸将五首》是杜诗七律中内容最深刻、最见功力的作品，故欣赏本诗时须"养气涤肠，方能领略"（《杜诗详注》）。

诗的首联便不同凡响，说"群山万壑赴荆门"，言荆门以西，江峡两岸，群山相连，略无阙处，随江流奔腾，群山亦似奔赴急行。"赴"字用拟人手法，极其生动。起句突兀，接着一跌，以"生长明妃尚有村"承之，意谓山水逶迤、钟灵毓秀，方得出一明妃。

清·华喦　明妃出塞图

明妃，即王昭君，晋人为避司马昭讳，改为王明君。昭君为归州（今湖北秭归）人，昭君村在荆门山附近。根据崔涂《过昭君故宅》“不堪逢旧宅，寥落对江渍”判断，唐时村中尚有昭君故居。

以下三联写昭君一生悲剧。颔联“一去紫台连朔漠，独留青冢向黄昏”，描写昭君身世，远嫁匈奴，终老朔漠。颈联“画图省识春风面，环佩空归月夜魂”中之上句追叙远嫁之故。据《西江杂记》载：汉元帝后宫佳丽太多，让画工一一描形，按图召幸。王昭君自恃貌美，不肯贿赂画工，画工便把她画得很丑，于是王昭君不得召幸。竟宁元年（前33），匈奴入朝求美人和亲，元帝根据画图选了昭君。“及去，召见，貌为后宫第一……帝悔之。”为取信匈奴，终遣昭君远行。省，辨识、觉察之意。此事穷根究底，不止画工毛延寿有罪，元帝亦难辞其咎，怎能凭画图来识别后宫佳丽之妍媸呢？下一句写昭君死犹不忘故国，言其环佩叮咚，月夜魂归，然空虚幽独，已是徒然、枉然。尾联写昭君之怨绵延千年，那琵琶声中发出的胡语胡音，分明是在与你对话，传递着她的千年遗恨。相传昭君出塞时戎装骑马，怀抱琵琶，作思归之曲。又传昭君在匈奴时，曾作琵琶曲，名《昭君怨》。《乐府诗集》卷二十九《相和歌辞·吟叹曲》中有《王明君》《王昭君》《明君词》《明君叹》等，足见后人对昭君悲剧的感叹与同情。

“一去紫台连朔漠，独留青冢向黄昏”，是昭君一生悲剧的高度艺术概括。作者选取了两个最有代表性的场景。一是出塞，“一去紫台连朔漠”，从“紫台”到“朔漠”，不仅空间跨度大，而且是自然环境与社会文明的质的反向飞跃。紫台，即紫宫或紫禁，是汉天子之所居，发达的农业文明的象征；朔漠，北方荒凉的沙漠，指匈奴，一个相对落后的沙漠游牧民族。二是结局，昭君终老荒漠，葬身异域，留下一座孤独的青冢，黄昏时显得格外凄凉。昭君墓亦名“青冢”，在今内蒙古呼和浩特市城南二十里。《太平寰宇记》说，“其上草色常青，故曰青冢”。清人宋荦《筠廊偶笔》则说，“墓无草木，远而望之，冥濛作黛色，故云青冢”。为纪念这位美丽而不幸的女性，毋宁采信前说。

“一去紫台”与“独留青冢”对举，揭示了昭君悲苦、凄惨的命运。“一去”两字预设人物的不祥结局——一去不返。果不其然，“独留青冢向黄昏”，她竟死在了异国他乡！从紫台、朔漠的对比，到黄昏对青冢的反衬，反复渲染，浓重的悲剧气氛不断被强化。

此联在结构上也处于中心地位。上句承上联第一句，灵山秀水哺育出来的绝代佳人，命运却如此不济，被遣往蛮荒绝域。第四句呼应上联第二句，由明妃村写到黄昏冢。下联“画图”句追叙“一去”的原因，“环佩”句则承“独留”句，写昭君虽死仍不忘故国。

从政治大局和民族关系看，昭君出塞也许不无某种积极意义，然对昭君而言，“独留青冢向黄昏”，不亦悲夫！

万里悲秋常作客　百年多病独登台

——庾信文章　渐老渐熟

登　高　杜甫

风急天高猿啸哀，渚清沙白鸟飞回。
无边落木萧萧下，不尽长江滚滚来。
万里悲秋常作客，百年多病独登台。
艰难苦恨繁霜鬓，潦倒新停浊酒杯。

“庾信文章老更成”（杜甫《戏为六绝句》）。诗圣写这首诗时五十五岁，人老了，诗歌也渐老渐熟。他以丰富的人生阅历，崇高的艺术追求，每饭不忘君国苍生的悲悯情怀，严谨的创作态度，精益求精的诗歌技巧，把诗篇推向了顶峰，挥洒到了极致。《登高》就是他拔山扛鼎的“老更成”之作。该篇功夫老到，诗艺炉火纯青，让世人景仰，让评家五体投地。杨伦称它是“杜集七言律诗第一”（《杜诗镜铨》），胡应麟则称其为“旷代之作”。他在《诗薮》内编卷五中说：“一章五十六字，如海底珊瑚，瘦劲难名，沉深莫测，而精光万丈，力量万钧。通章章法、句法、字法，前无昔人，后无来学。微有说者，是杜诗，非唐诗耳。然此当为古今七言律第一，不必为唐人七言律第一也。”胡氏这一评价的措辞、定位已到了无以复加的地步，“此当为古今七言律第一”更是被人广泛引用。

《登高》作于诗人寄寓夔州时，即大历二年(767)，有学者以为是九九重阳之日。该诗写秋日登高所见所闻，抒身世之苦，兴悲秋之叹，意境深邃，风格沉郁。

诗人一生饱经忧患，晚年漂泊西南天地间，生活艰辛，疾病缠身；重阳登高，更觉悲凉。再过几年，诗圣的生命之火就要熄灭了，因而这悲天悯人的《登高》便带有浓重的总结人生的意味。

首联便将流传千古的名句推到读者面前。诗人在俯仰之间由“风急”统摄全联，勾画了一幅精美的秋日立体画卷。从高空“风急”到低空“鸟飞回”，到江面“渚清沙白”，形成立体画面；猿在高山“啸哀”，鸟在低空“飞回”，皆因风急之故也。此联不光上下句对，而且句中“天”与“风”、“高”与“急”、“沙”与“渚”、“白”与“清”自对，形成整齐的节奏感与韵律美。首句末字打破常规，用平声押韵，声音舒缓绵长，无形中增强了秋天的悲凉气氛。颔联从广度上展开，给人以无穷无尽的时空感。出句写山，对句写水，气象壮阔，感情深沉。落叶萧萧，象征诗人不知所归的飘零身世；江水滚滚，莫非是感叹韶光已逝，壮志难酬？颈联由写景过渡到抒怀，是又一精心锤炼、让人感叹唏嘘的篇中警策。尾联自悲自叹。艰难困苦，两鬓染霜，重阳饮酒，或可浇愁；然身染肺病，连杯浊酒也不能喝了。胡应麟说此联“软冷收之，而无限悲凉之意，溢于言表”(《诗薮》)，点评得非常到位。

下面来讨论“万里悲秋常作客，百年多病独登台”。

首先是此联容量惊人，历来为人所推崇。宋人罗大经在《鹤林玉露》中曾有精辟的分析：“万里，地之远也；秋，时之惨凄也；作客，羁旅也；常作客，久旅也；百年，齿暮也；多病，衰疾也；台，高迥处也；独登台，无亲朋也。十四字之间含八意，而对偶又精确。”短短一联十四字，竟能围绕悲秋写出“八意”。没有丰富的生活积累和人生阅历,是万万做不到的。

其次是本联有很强的写实性。从某种意义上说,此联就是安史之乱以来诗人漂泊生涯的再现和眼前现实的概括,没有半点虚饰和夸张。长安沦陷后,诗人便开始了他的流浪生涯。由长安而天水,由天水而成都,由成都而三台,由三台而云阳,由云阳而夔州。"万里悲秋常作客"几乎就是这十年漂泊生涯的小结。再看"百年多病独登台"。诗人此时可谓百病缠身,虽然在诗里透露了"新停浊酒杯"的肺病消息,实际上他还身患疟疾、糖尿病、风痹、耳聋等病,这就是"多病"的注脚。"百年",暮年也;"独登台",登台无侣,生活孤苦无依也。杜甫差不多是用诗的语言在写日记。

第三是此联的"万里""百年"与上联的"无边""不尽"相呼应,悲秋与自悲交互渗透,使衰年、多病、作客、孤独之愁苦更见深沉。还是胡应麟说得好,"皆古今人必不敢道,决不能道者"(《诗薮》)也。

正是江南好风景　落花时节又逢君

——梦幻般的伤感与忧思

江南逢李龟年　　杜甫

岐王宅里寻常见，崔九堂前几度闻。
正是江南好风景，落花时节又逢君。

题中的江南是指江、湘一带，李、杜二人相逢的具体地点是潭州，即今之湖南长沙。李龟年是盛唐著名歌手，能歌善舞，红极一时。李端在《赠李龟年》中，说他“遍识才人字，多知旧曲名。风流随故事，语笑合新声。”看来是一位音乐造诣极高而又风流倜傥的艺术家。据《明皇杂录》载：“唐开元中……龟年能歌，尤妙制《渭川》，特承顾遇，于东都（洛阳）大起第宅……其后龟年流落江南，每逢良辰胜赏，为人歌数阕，座中闻之，莫不掩泣罢酒。则杜甫尝赠诗。”这里说他曾受玄宗优宠，豪华第宅逾王侯。另有记载说，他流落江南后常唱王维“红豆生南国”等曲子，每次都唱得很伤感。杜甫与他重逢，就在这一时期，引文中说“杜甫尝赠诗”，赠的就是这首《江南逢李龟年》。

杜甫才情过人，早有诗名，十四岁便结识李龟年，遂成好友。在乱离中阔别多年，一旦暮春在异地重逢会是什么情景、什么滋味？是梦幻般的伤感，还是对社会、人生巨变的沧桑感？值得好好品味。

唐人绝句在王昌龄、李白等人的艺术实践中已趋成熟、定型。杜甫另辟蹊径，扩展内容，注重诗的品质，形式上多用偶句、拗体，喜发议论，不避俗语，走出了一条自己的新路。这首七绝是杜诗中最晚的、最有代表性的作品，被称为他七绝中的“压卷之作”。黄生在《杜工部诗说》中称赞说：“今昔盛衰之感，言外黯然欲绝。见风韵于行间，寓感慨于字里。即使龙标（王昌龄）、供奉（李白）操笔，亦无以过。”评价非常之高。

前两句追忆往昔。“岐王宅里寻常见”，是说在岐王宅里能经常见到李龟年。岐王李范是唐睿宗的第四子，好学工书，雅爱文士，无贵无贱，皆尽礼接待，此处可能是指李范之子李珍。“寻常见”，犹言平常见、经常见。你能隔三差五地在岐王府里见到李龟年。“崔九堂前几度闻”，犹言曾多次在崔九堂前听到他美妙的歌喉。“崔九即殿中监崔涤，中书令湜之弟。”这位崔九不光官位高，而且还是玄宗的宠臣。一个普通艺人能受到皇帝恩宠，可以随意进入王侯、宠臣的府第，这只有在承平的盛唐时期才有可能。李龟年可以说是一个符号，他的音乐代表了盛唐的繁荣昌盛。

此两句暗藏一个“歌”字。李龟年经常出入“岐王宅”“崔九堂”，不是去玩的，他是去演出的，去唱歌的。

后两句高度概括，寓无穷感慨。“正是江南好风景，落花时节又逢君。”前句泛说“江南好风景”，后一句申足“好风景”的时令特点，这是个暮春的“落花时节”。江南一年四季风景如画，暮春杂花生树，群莺乱飞，在这个美好的季节两位老朋友重逢了，高兴是自然的，但更多的恐怕是伤怀与感慨。

风景虽好，但地点却变成了江南，离京都已有千里之遥；人物虽然依旧，但已都是凄凉流落之身；当年俱是少壮之时，今日已是皤然一翁；国号仍称大唐，但兴衰替变，那个歌舞升平的时代已一去不返。国家由治而乱，王朝由盛而衰，黎民由安居而流离，这一切表明这个时代正如春花凋零一样不可避免地在滑向下坡，诗人对此忧心忡忡。这样的重逢注定其感情基调不可能是喜悦、欣慰，只能是伤感、无奈和恍若隔世的沧桑感，还有对历史与现状的深沉忧思。

上文李端《赠李龟年》一诗中有“青春事汉主，白首入秦城”之句，看来李龟年于衰暮之年又回到了京城；而诗圣杜甫则在这次相逢的八九个月后，凄凉地在一条破船上离开了人世。如此看来，此次相逢，竟成诀别。

孙洙《唐诗三百首》评此诗云：“世运之治乱，年华之盛衰，彼此之凄凉流落，俱在其中。”但从表面看来，诗人只说在什么什么地方经常见到他，又在什么地点什么时节与他相逢。用平淡、轻松的文字表达深刻、沉重的内容，正是此诗能“压卷”的原因。

忽如一夜春风来　千树万树梨花开

——奇才奇气奇句

白雪歌送武判官归京　　岑参

北风卷地白草折，胡天八月即飞雪。忽如一夜春风来，千树万树梨花开。散入珠帘湿罗幕，狐裘不暖锦衾薄。将军角弓不得控，都护铁衣冷难着。瀚海阑干百丈冰，愁云惨淡万里凝。中军置酒饮归客，胡琴琵琶与羌笛。纷纷暮雪下辕门，风掣红旗冻不翻。轮台东门送君去，去时雪满天山路。山回路转不见君，雪上空留马行处。

此篇系诗人任安西北庭判官期间所作。天宝十三年(754)，北庭都护、伊西都护、瀚海军使封常清奏调岑参为安西北庭节度判官。判官是节度幕府佐理军务的属员。题中的武判官可能是岑参的前任。歌是一种诗体，《文体明辨》云："其放情长言，杂而无方者曰歌。""歌"是一种无绳墨规矩可言、适宜于抒情的长篇诗体。

本篇明明是送别，但雪景却是全诗的重头戏。这在命题作文中属"跑题"。然而唐代诗歌中这类现象并不罕见，诗人们仿佛是有意而为之，如李白的《西岳云台歌送丹丘子》，与本篇简直如出一辙，大概是诗人们太钟情于山水自然了吧。好在玩这类把戏的都是高手，“喧宾夺主”却能让人浑然不觉。“山回路转不见君，雪上空留马行处”，没有雪的描写，能有这么好的结句么？没有这种貌似偏离主题、其实仍“兵随将转”的写景，我们能欣赏到“忽如一夜春风来，千树万树梨花开”吗？

《白雪歌》可分为两个层次。第一层写大雪苦寒，第二层写雪中送别。

第一层可用四个字概括其内容。第一个字叫“早”。“胡天八月即飞雪”，八月正是内地秋高气爽的季节，可胡地已朔风凛冽，把坚韧的白草都吹断了，雪借风势，漫天飞舞。第二个字叫“美”，“忽如一夜春风来，千树万树梨花开”，雪景美不胜收。第三个字叫“冷”，诗人连用四句写大雪带来的透心彻骨的寒。它散入珠帘，使得帐内温度大降，狐裘不觉暖和，锦被还嫌单薄。这些能征惯战的钢铁硬汉有的冻得吹不响号角，有的没法穿上冰冷铁硬的铠甲。第四个字叫“壮”，“瀚海阑干百丈冰，愁云惨淡万里凝”，陡峭的山崖上挂满一片片冰凌，高天愁云万里，惨淡聚集，景象蔚为壮观。

第二层八句写饯行送别，作者用了六句直接或间接地写雪。“纷纷暮雪下辕门”，傍晚时雪下得愈发大了；“风掣红旗冻不翻”，平时猎猎作响的红旗也冻成了冰片，翻不转身了。武判官要上路了——“去时雪满天山路”；山回路转，已经望不见人影了——“雪上空留马行处”。总之是白茫茫，雪皑皑，雪笼盖了天地万物。这就是岑参笔下的送别，从头到尾唱着《白雪歌》的送别。

将《白雪歌》唱到极致的是“忽如一夜春风来，千树万树梨花开”。

名句用了比喻的修辞手法。本体是雪，喻体是梨花。以花喻雪，非岑参独创。如东方虬《春雪》中即有“春雪满空来，触处似花开”之句，但这一比喻只说“似花”，不如岑句“梨花开”新颖、贴切。雪花、梨花洁白无尘，挂满枝头，这是两者极具个性的相似点。但雪花与梨花毕竟不是一回事，梨花春天开放，从初放到大面积盛开也要有个过程；而雪花挂满枝头则是寒冬的景象，它一夜之间便可成景，且千树万树，连成一片。作者巧用“忽如”“千树万树”等词语，消弭了两者的相异处，扩大了两者的相似点，让人真切地感受到，那千树万树上挂着的就是梨花而不是积雪。

生活里处处有美。岑参热爱边塞生活，欣赏异域苦寒中的大雪，在他的笔下，平凡的常见的景象，一下子就变成了极富美感的艺术形象。

名句传递出的是惊喜、浪漫、以苦为乐，还是有几分说不清、道不明的悲凉？这要从作者的诗风、盛唐边塞诗的基调、作品本身特别是名句所透露出来的情感信息来综合考虑。其实名句本身已回答了这个问题。雪花已幻化成梨花，严冬苦寒已转化为烂漫春光，艰苦的边地生活已切换成战士的浪漫。诗人的感情应该是积极的、健康的，甚至可以说是豪迈的、乐观的。

前人喜用“奇才”“奇气”“奇情”“语奇”“意奇”等形容岑参及其作品，名句奇不奇？当然奇，是奇中之奇。

作者小传

岑参（约715—770），南阳（今属河南）人，天宝进士。官至嘉州刺史。长于七言歌行，诗多以边塞、战争为题材，与高适齐名。有《岑嘉州诗集》。

功名只向马上取　真是英雄一丈夫

——博取功名的时代最强音

送李副使赴碛西官军　岑参

火山六月应更热，赤亭道口行人绝。
知君惯度祁连城，岂能愁见轮台月。
脱鞍暂入酒家垆，送君万里西击胡。
功名只向马上取，真是英雄一丈夫。

岑参曾在封疆大吏高仙芝、封常清等人幕府中任职。久佐戎幕的经历，对塞外风光的长期观察和深刻认识，使他的边塞诗具有题材丰富、广阔的特点，形成了急促、高亢而俊丽的艺术风格。他是唐代最卓越的边塞诗人，《送李副使赴碛西官军》是他的代表作之一。诗中的“功名只向马上取，真是英雄一丈夫”，曾经被一代又一代热血男儿传唱，从中汲取巨大的精神动力。

此诗作于凉州，凉州治所在今甘肃凉州。题中李副使名不详。天宝十年(751)六月，李副使将离凉州，赴安西都护府，安西都护府治所在今新疆库车附近。“碛”是沙漠的意思，因安西在大漠之西，故云。岑参在诗中勉励这位友人此去努力事戎，取功名于马上，字里行间充满激昂慷慨的豪情壮志。

这首诗无一般饯行诗的依依惜别之态，开头就灌注了一股英雄气。“火山六月应更热”，“火山”就是火焰山，是世界上最热的地方，《西游记》中唐僧师徒曾在此受阻。李副使此去必经火焰山，又值盛夏六月，更加酷暑难当，“赤亭道口行人绝”，眼下行人断绝，飞鸟不渡，没有人敢在这个季节冒险去翻越火焰山。以下两句是激励李副使要不畏艰险，意思是，你是多次到边疆去的，经常要路过祁连城，这次到轮台去当然也不会有什么忧愁。你是能征惯战的将军，别人可能视为畏途，对你只是小菜一碟。“脱鞍暂入酒家垆，送君万里西击胡”，笔锋又转到饯行。将军你下马来，进酒店我们喝上一杯，为了你迢迢万里去“西击胡”，我一定要送一送你，临别我要赠你两句话：“功名只向马上取，真是英雄一丈夫。”祝你马到成功，建功立业，你是真正的大英雄，你是真正的伟丈夫。岑参的两句临别赠言，李副使最受用，顶得上“景阳冈酒店”的三大碗酒。

在众多的唐人边塞名句中，“功名只向马上取，真是英雄一丈夫”，极具个性，很有特色。不妨先来看看其他一些边塞名句。王昌龄的“黄沙百战穿金甲，不破楼兰终不还”（《从军行》），表达了将士有我无敌、不获全胜决不收兵的英雄气概。李颀的“赌胜马蹄下，由来轻七尺”（《古意》），王维的“孰知不向边庭苦，纵死犹闻侠骨香”（《少年行》），杜甫的“健儿宁斗死，壮士耻为儒”（《送蔡希鲁都尉还陇右寄高三十五书记》）等，从不同侧面反映了唐人重功名、重气节、轻生死、“耻为儒”的人生价值取向。他们不怕流血，不怕牺牲，追求的是“侠骨香”，即英名永垂后世，形象千古流芳。高适的“相看白刃血纷纷，死节从来岂顾勋”（《燕歌行》），思想境界更高，为了保卫祖国而死，哪里是为了功名？

本题名句不落窠臼，属于另类。在这里，没有与敌血战到底的决心，看不见“死”“侠骨香”“血纷纷”等字眼，只有驰骋沙场、建功立业的英雄气概。“只”，表示舍此无他，别无选择。功名只能在马上获取，其他如运筹帷幄、治国理政、皓首穷经等都不能建立功名。马上取得功名的人才是真正的英雄，才是大丈夫。

名句有指引方向、揭示规律的意味，这正是它的深刻性之所在。李贺在《南园》里道："男儿何不带吴钩，收取关山五十州。请君暂上凌烟阁，若个书生万户侯。"太宗贞观十七年(643)，在凌烟阁画开国功臣二十四人画像。李贺发问道：当年拜侯封相、绘像凌烟阁的，有哪个是书生？所以岑参勉励好友说，不要犹豫彷徨，不要心生他念，此去正是意气风发、跃马挥刀、建功立业的好时机。

有唐一代，东北、西北、西南，边境民族战争不断，这种乱局客观上为好男儿立功边陲、扬名天下提供了一个舞台，诗人们也借助这个舞台吟唱出了许多名句。城市有标志性建筑，盛唐边塞诗亦有标志性名句，非他，"功名只向马上取"也！

马上相逢无纸笔　凭君传语报平安

——边塞诗人的另一面

逢入京使　　岑参

故园东望路漫漫，双袖龙钟泪不干。
马上相逢无纸笔，凭君传语报平安。

天宝八年(749)，安西四镇节度使高仙芝奏调岑参为右威卫录事参军，充节度使府掌书记。本诗为岑参赴安西任上途中所作，表达了思念亲人、依恋故园的真挚感情。

诗题"逢入京使"，谓路遇一位返京述职的使者。以常理揆之，当是诗人的一位熟人。

诗的开头"故园东望路漫漫"，写诗人在西行路上不时回首眺望东方的家园，但道路悠远漫长，望不见亲人与家乡。据《唐才子传》云，诗人的别业在长安杜陵山中。"双袖龙钟泪不干"，承上而来，望不见而又归思难收，哭得像个泪人儿似的。龙钟，方以智《通雅》释为"涕泪流溢貌"，这里是淋漓沾湿的意思。三、四句诗意一转，就在他伤心之时，路上巧遇一位回京的使者，便托他捎个平安口信。四句诗娓娓道来，言简而意丰：

回顾东方的家园，再也无法望见；唯有长路漫漫，我已渐行渐远。思乡念亲的泪水濡湿了我的双袖，可两眼犹自泪水涟涟。

路遇返京熟人想托他捎封信，可马上没纸笔，让我干瞪眼。只得劳驾您带个口信——就说我晓行夜宿，一路平安。

此诗看似简明却内蕴丰富，看似平易却韵味十足。不用成语典故，不用比兴手法，轻描淡写，脱口而出；无惨淡经营之工巧，无精心雕琢之痕迹；如清水芙蓉，自然天成。

人们把它视为绝唱，是因为它通俗又能脱俗。诗人的经历，常人都有过，诗中的感情也属人之常情。岑参的功力不在于“能通俗”，而在于“能脱俗”。钟惺云：“人人有此事，从来不曾说出，后人蹈袭不得，所以可久。”(《唐诗归》)说的就是这种情形。这是知识、学养、经历、技巧、诗风之综合反映，后生辈以为只要通俗便是好诗，那就错了。

“马上相逢无纸笔，凭君传语报平安”，是全诗跌宕起伏的重要环节。诗人此时正在西行路上，虽然思乡，有时要回头望望，但并未停下前进的步伐。马蹄嘚嘚，有节奏地往前走，“行行重行行”，一步又一步。可是忽然迎面遇见一位返乡的熟人，前进的步伐便停下了，便有了寒暄、捎信、传语的情节，也使前两句思亲怀乡的情结稍有缓解。一行一顿，是其构思的妙处。倘无此一顿，只一路哭去，便索然寡味了。

这一“顿”也使诗人的感情起了微妙变化。前两句很单一，说白了就是想家，一路哭得很伤心。但路遇入京使时就复杂多了。寂寞的旅途上能遇上一个可以说说话的熟人，诗人惊喜不已；熟人可以为诗人捎封家书，悲凉的心感到了一丝温暖和欣慰；可无纸无笔又让人沮丧；托他传个口信，实在是无奈之举。

前篇“功名只向马上取”是何等意气昂扬，此篇同是在马上，却有点窝囊。同一作者，同一题材，感情判若云泥，怎么回事？这是个值得深入探讨的很复杂的文学现象。以笔者粗浅之见，大体有以下两方面原因。首先，人的感情世界是极其复杂的，往往随着时间、地点、条件、对象、心情的不同而变化。上篇是送客，要多激励，调门不妨拔高点；此篇事到临头，而且离开的是家园、亲人，情形就大不一样了。俗话说得好，人非草木，孰能无情？岑参如果继续唱高调，便有矫情之嫌了。其次，作为边塞题材，岑参的作品也是多元的，感情十分丰富。有描写边塞战士忠勇精神的，也有抒散淡情怀的应酬娱乐之作。如“幕下人无事，军中政已成”（《奉陪封大夫宴》），帐中无事，就陪主帅饮酒作乐。又如“美人舞如莲花旋，世人有眼应未见”（《田使君美人如莲花北鋋歌》），闲来无事就欣赏欣赏美女的舞姿。他有时因不得封赏，还要发泄怨望之情，说“两度皆破胡，朝廷轻战功。十年只一命，万里如飘蓬”（《北庭贻宗学士道别》），明乎此，岑参之“双袖龙钟泪不干”便不足为奇了。

看似矛盾、对立、互不相容的东西，却发生在同一个人身上，这就是生活的辩证法。

姑苏城外寒山寺　夜半钟声到客船

——夜半钟里的禅意与诗韵

枫桥夜泊　　张继

月落乌啼霜满天，江枫渔火对愁眠。
姑苏城外寒山寺，夜半钟声到客船。

张继的这首《枫桥夜泊》按唐诗的知名度，应属最高级。不仅神州大地，海外华人世界，就是日本也世代传诵，至今还有许多日本友人来寒山寺撞钟祈福，游览名诗的诞生地。

肃宗至道年间，诗人流寓江南，一日傍晚舟泊姑苏城外枫桥。张继此时科考落第，本已彷徨无主，孤寂飘零的旅愁，姑苏秋夜的朦胧景色，寒山寺夜半的悠扬钟声，给了这位彻夜不眠的愁苦人以灵感，写下了这首不朽的名篇。

诗的前两句撷取典型夜景，描绘了一幅清幽、孤寂、空旷的江南水乡夜景图。作者连用“月落”“乌啼”“江枫”“渔火”“霜满天”“对愁眠”六个短语，将声、光、色巧妙组合，从自然景物写到舟上睡而不眠的落魄书生，借清幽夜色，抒不尽愁思。“月落”是所见，“乌啼”是所闻；“江枫”模糊朦胧，“渔火”闪烁不定；“霜满天”写舱外霜华寒气逼人；“对愁眠”写诗人羁旅孤寂，唯有江枫、渔火伴其度此不眠之夜。

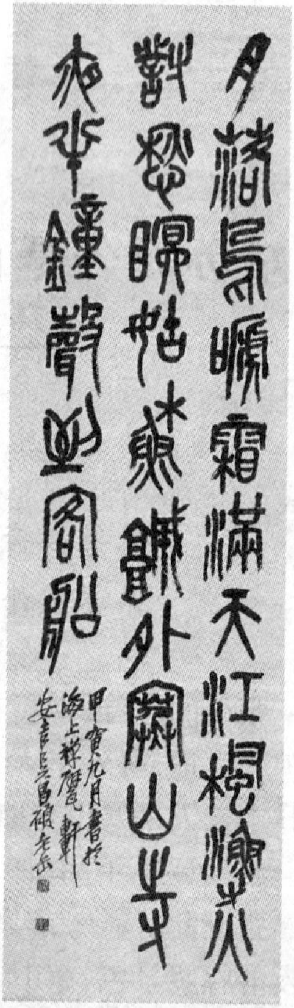

清·吴昌硕 书

与前两句“六景”不一样，“姑苏城外寒山寺，夜半钟声到客船”，只写一件事。这两句的神髓全在“夜半”两字上。试想，去了这两字，就剩下了“某处传来了钟声”这点意思，还有什么意味？一加上这两字，全句便飞舞灵动起来。夜深人静，忽然传来寒山寺悠扬、深沉的钟声，这钟声惊醒了梦中人，也使不眠中的人儿心情陡然舒畅起来。这钟声如雄鸡唱晓，报告漫漫长夜已过去了一半，零点钟声敲响了。

钟声来自寒山寺，不同凡响。寒山寺坐落在姑苏城枫桥镇，始建于南朝梁天监元年(502)，原名“妙利普明塔院”，唐初因诗僧寒山、拾得居于此而得名。这两位佛门弟子与诗大有缘。文化上的双重积淀使寒山寺的钟声厚重而深沉。

然而也有人出来质疑。欧阳修道：“句则佳矣，其如三更不是打钟时。”(《六一诗话》)一代宗师欧阳公认为句子确实好，但违背生活常识，半夜哪有打钟的？此言一出，人们便纷纷从不同方面进行驳斥。北宋彭乘在《续默客挥犀》里说，他曾到姑苏住过一夜，夜半确实听到了钟声，并询问寺僧，寺僧回答说：这叫“分夜钟”，有什么好奇怪的？吴聿则求诸史实，说《南史》上记载道：南朝有个叫邱仲孚的喜欢读书，“常以中宵钟鸣为限”(《观林诗话》)。更有寻章摘句者，从诗歌中找到了证据。如唐人于邺《褒中即事》“远钟来半夜，明月入千家”，皇甫冉《秋夜宿会稽严维宅》“秋深临水月，夜半隔山钟”，这说明将夜半钟声入诗的不光是张继一人。宋代大家中颇有迂腐、泥而不化者，王安石是其代表，这里的欧阳修也算得上一个。

那么这后两句中是否只有“夜半钟声到客船”吸人眼球，“姑苏城外寒山寺”便无足轻重呢？非也。姑苏是苏州的别称，因城西南有姑苏山而得名。姑苏是江南历史文化名城，留有许多吴、越兴亡的史迹，文化积淀丰厚。寒山寺是南朝古刹，寒山、拾得的诗名又使这座名刹的宗教祥光中增添了中华文化的因子。从姑苏城外的这座古刹所传出的钟声是历史的回声，有宗教的庄严和肃穆，也有诗的旋律和声韵。它发人遐想，启人神思。

万籁俱寂时的夜半钟声洋溢着诗情禅韵，还夹有几分神秘。《枫桥夜泊》已成为一种文化符号被传承。有诗为证：“白首重来一梦中，青山不改旧时容。乌啼月落桥边寺，欹枕犹闻夜半钟。”（孙仲益《过枫桥寺》）。

一首诗成就了一座寺，一座桥，也成就了诗人张继。至今我们还能听到“月落乌啼总是千年的风霜”那唐韵十足的歌唱。

据说张继在听到夜半钟声时如醍醐灌顶，精神为之一振，第二天便返京求取功名去了。他终在天宝年间考中进士，这是后话。

作者小传

张继（？—约779），字懿孙。天宝进士。官检校祠部郎中、洪州盐铁判官。《枫桥夜泊》是其代表作。有《张祠部诗集》。

曲终人不见　江上数峰青

——如有神助的绝唱

省试湘灵鼓瑟　　钱起

善鼓云和瑟，常闻帝子灵。
冯夷空自舞，楚客不堪听。
苦调凄金石，清音入杳冥。
苍梧来怨慕，白芷动芳馨。
流水传湘浦，悲风过洞庭。
曲终人不见，江上数峰青。

名句出自中唐钱起的试帖诗《省试湘灵鼓瑟》。唐代进士考试由尚书省礼部在京师组织实施。考试内容除经、策外，还有诗、赋各一。诗的限制极多，命题、用韵、体制均有严格规定。《湘灵鼓瑟》是天宝十载（751）的省试诗题，内容取自《楚辞·远游》中"使湘灵鼓瑟兮，令海若舞冯夷"一句。全诗十二句，中间四联每联必须两两相对，平仄和谐，粘对无误。钱起在诸多限制和严格的规矩中将题旨和情感发挥得淋漓尽致，该诗被视为试帖诗的楷模。特别是结句"曲终人不见，江上数峰青"更是使无数人倾仰，奉为神来之笔。

根据试帖诗的要求，开头两句对全诗内容作了概括。"善鼓云和瑟，常闻帝子灵"，这是个倒装句，意思是常听说帝子湘灵善奏用云和山桐木制成的瑟，句中的"帝子"即"湘灵"。相传尧之女娥皇、女英下嫁于舜，是为二妃。舜南巡崩于苍梧，二妃从之不及，乃溺于湘江，成为湘江女神。又传云和山产优质桐木，制成琴瑟发音清亮。人灵、瑟灵，奏出的曲子自然是清丽高雅，能感动人的心灵了。

中四联竭力描摹湘灵鼓瑟的奇妙艺术效果。"冯夷空自舞，楚客不堪听"，水神冯夷闻讯也来跳舞凑热闹，但大家专注于湘灵鼓瑟，没人欣赏他的舞姿；贬谪或客居楚地的游子，听了瑟曲的哀怨之音，感情上实在不能忍受。句中的"楚客"或以为即指自沉汨罗的屈大夫。"苦调凄金石，清音入杳冥"，正面描写瑟音的感天动地，说愁苦的音调使金石凄然动情（或理解为"超过钟磬"），清音雅韵穿过青云，直抵杳渺深邃的天空。"苍梧来怨慕，白芷动芳馨"，点明幽怨之因。苍梧山的帝舜之灵听到二妃幽恨怨情也来到了湘江之滨，领略那瑟音的真谛；无情的白芷受到感动，也散发出馥郁的香气。此联较上两联又进一层：神灵也被感动，草木为之动容。"流水传湘浦，悲风过洞庭"，写瑟音悠扬远逝，传到湘浦两岸，随着高空悲风传到了八百里洞庭。古人形容琴声有"声振林木""余音绕梁"之说，比起湘灵瑟音的余风流韵，简直就算不得是夸张。

此四联只闻其声，不见其人；只赞瑟音的奇妙效果，不写弹奏表演。冯夷与白芷共赏，苍梧并楚客同悲。诗人心骛天地，神驰八荒；想象奇特，极度夸张。这一切看似荒谬，却十分合理。湘灵是神，神在人之上，她无所不能。

下面重点来欣赏结句"曲终人不见，江上数峰青"。

有一个广为流传的故事。传说这一名句并非钱起原创。诗人住在京口（今江苏镇江）旅店，月夜闲步，忽听得户外有人吟诗道："曲终人不见，江上数峰青。"诗人十分惊讶，忙跑出去看，却不见踪影。钱起得此妙句，便默记在心，没想到此次应试正好派上用场，便把它拿来作结语。主考官阅后以为有神助之，遂将此句判为"绝唱"。

此句之绝，在于收束之功。"曲终"应题中之"鼓瑟"，"人不见"点题中之"湘灵"，"江上数峰青"落实一"湘"字。点睛传神，可谓滴水不漏，天衣无缝。

同为描写感人之音乐，《琵琶行》的结尾是"座中泣下谁最多？江州司马青衫湿"，作者以泪湿青衫抒"天涯沦落之恨"。这个结尾没有悬念，不留尾巴，当止则止。本诗结句正相反，留下了大段空白，供读者驰骋想象，咀嚼回味。我们始终未得一睹湘灵的仙容，她可像曹子建笔下"翩若惊鸿，婉若游龙"（《洛神赋》）的洛水女神？《琵琶行》中的琵琶女"犹抱琵琶半遮面"，"低眉信手续续弹"，那么湘灵奏瑟是什么情景？"曲终人不见"，仙踪逝往何方？只见"江上数峰青"，刚才该不是在做梦吧？

淡雅清空，扑朔迷离，如诗如画，亦真亦幻。这个结尾真是太神奇了，笔者啰嗦了半天，也许根本就没有说到点子上。它的好处、妙处原是难以言传的，要不主考官怎么会说他是"如有神助"呢？

作者小传

钱起（约710—约780），字仲文，吴兴（今属浙江）人。天宝进士。官尚书考功郎中、翰林学士，"大历十才子"之一。诗多唱和酬答之作。有《钱考功集》。

四 繁声竞奏

——别有幽愁暗恨生　此时无声胜有声

身多疾病思田里　邑有流亡愧俸钱

——“仁者之言”振诗魂

寄李儋元锡　　韦应物

去年花里逢君别，今日花开已一年。
世事茫茫难自料，春愁黯黯独成眠。
身多疾病思田里，邑有流亡愧俸钱。
闻道欲来相问讯，西楼望月几回圆。

一提起韦应物，人们便会自然而然地想到他的《滁州西涧》：“独怜幽草涧边生，上有黄鹂深树鸣。春潮带雨晚来急，野渡无人舟自横。”暮雨渡头，一幅饶有春的气息却又清幽僻静的滁州西涧风景画，声、色、景、物和谐搭配，让人赏心悦目。许多画家情不自禁地要为它作一幅诗意画。“野渡无人舟自横”，不用水墨丹青来表现，那就太可惜了。

本题介绍的是他的另一充满人文情怀的名句——“身多疾病思田里，邑有流亡愧俸钱。”此句出自他的七律《寄李儋元锡》。该诗就题材而论并不新鲜，无非是思归不得、怀友不至，但诗中名句却如一道灵光，烛照全篇，振起诗魂。南宋理学家、诗人朱熹阅后，用两字评论说：“贤矣。”

此诗当作于诗人滁州刺史任上。一说作于贞元初年(785)

苏州刺史任上，恐非。诗题是《寄李儋元锡》，作者同一时期还有一首《寄别李儋》："远郡卧残疾，凉气满西楼。想子临长路，时当淮海秋。"从诗中提到的"西楼""淮海"等词语看，"远郡"应该就是滁州。诗人于建中四年（783）夏离长安赴滁州刺史任，至兴元元年（784）春，已经一年。离开京城时，诗人的心情固然不好，深感此去前途茫茫，但并未绝望，还想振作精神，有所作为。可是到滁州一考察，他的心便凉了半截。战乱不息，军阀跋扈，大局固已很难收拾；地方州县，则赋税日重，徭役不断，民不堪命。这种时代和制度层面所形成的乱局，让清廉正直的官员很难有所作为，他深感无力回天。就在这种情况下，作者怀念长安的友人，写下了这首名诗。李儋，字元锡，是韦应物的好友，时任殿中侍御史。他与韦应物在长安分别后，曾托人问候诗人，次年春天，韦应物便写了这首诗酬答。诗中反映了作者感时伤事的愁苦，对苦难人民的同情，表达了对友人的怀念和企盼重逢的心情。

首联平平而起，写去年他与李儋分别时正是春暖花开之时，现在又见花开，转瞬已经一年了。颔联"世事茫茫难自料，春愁黯黯独成眠"，表达自己对时局的担忧。"难自料"指局势走向尚不明朗。这年冬天，长安发生了朱泚叛乱，朱泚称帝，国号秦，唐德宗仓皇逃出长安。作者曾派人前往打探消息，但到写这首诗时还没回来，故云"世事茫茫难自料"。这个春天失去了往常的明媚，黯黯然，昏昏然，似欲睡去，让人满怀愁绪。颈联写他的思想矛盾，身患多种疾病，想返乡归隐；看看自己治下的滁州，百姓逃荒乞食，便面有愧色，心有不忍。尾联"闻道欲来相问讯，西楼望月几回圆"，感谢李儋殷切问候，盼望他早日南来，重叙友情。

"身多疾病思田里，邑有流亡愧俸钱"，是作者当时思想极度矛盾的反映。上句写身多疾病，值此政治昏暗、时局混乱之时，不如学陶潜归隐田园。下句自省自责，看到百姓不能安居乐业，四处流亡，自己觉得很惭愧。上对不起朝廷，下对不起黎民百姓。为官如此，还要照领俸禄，岂不汗颜！诗人正处于两难境地。挂冠而去，一走了之吧，自己是朝廷命官，肩负一份责任，很难实行；继续留任吧，这种局面真是神仙难下手，他有心有志，但无力回天。两难的处境非常折磨人，让诗人内心无比痛苦。

北宋名臣、文学家范仲淹看了此联后，叹为“仁者之言”。“仁者爱万物”（《史记·赵世家》），仁者更爱人。诗人展示的是博大的仁爱之心。他在无奈中想引咎自责，鞭挞自己的道德良心。他始终关注底层最贫苦的百姓。对家无隔宿之粮还要不停服徭役的农夫寄予深切同情，作诗叹道，“仓廪无宿储，徭役犹未已”（《观田家》）。好官的标准有好多条，但不关心民瘼，不顾百姓死活的官便绝对不是好官。

“进亦忧”，“退亦忧”。范仲淹的“先天下之忧而忧，后天下之乐而乐”（《岳阳楼记》）的千古名言，该是韦应物的“仁者之言”的血脉传承吧！

作者小传

韦应物（737—约792），京兆长安（今陕西西安）人。少时以三卫郎事玄宗，后于滁州、苏州等地任刺史。诗以写田园风光著称。有《韦苏州集》。

欲将轻骑逐　大雪满弓刀

——言有尽而意无穷

塞下曲　　　卢纶

月黑雁飞高，单于夜遁逃。
欲将轻骑逐，大雪满弓刀。

卢纶曾在河中元帅府任判官，对军旅生活很熟悉。组诗《塞下曲》就是这一时期的作品，共六首。本篇系组诗之三。

唐王朝步入中唐时期，国力贫弱，宦官专权，民生凋敝。但诗歌却并未随之式微，反而迎来了一个兴盛繁荣的小高潮。其诗人之众，作品之多，堪与盛唐相比。虽缺乏一流大诗人，但诗作玲珑优雅，颇多名句，有些名句甚至比诗人声名还大。卢纶的“欲将轻骑逐，大雪满弓刀”就是其代表。

诗人举重若轻，短短二十字就完整地描述了一次军事行动。在一个漆黑的夜晚，栖息的大雁突然被惊起，向高处飞去，被围困的敌酋在暮色的掩护下悄悄地逃跑了。这是敌情的最新变化，来得很突然。指挥官迅速决策，当机立断：追！怎么追？组织一支快速机动的骑兵分队去追。就在战士们列队准备出发时，雪下得更大了，刹那间就积满了弓刀。但大家求战心切，斗志很旺。

边塞诗发展到中唐,已很难见到“功名只向马上取”“不破楼兰终不还”那样壮志凌云、豪情万丈的名句,卢纶的这首诗是个例外,其英雄气概、昂扬斗志、乐观主义精神,比起盛唐气象毫不逊色。这在卢纶的边塞诗中也属罕见。他的同类题材的作品中不乏低调凄苦之作。如《逢病军人》:“行多有病住无粮,万里还乡未到乡。蓬鬓哀吟古城下,不堪秋气入金疮。”这里写的是一位伤病还乡的退伍老兵。他拖着疲病之躯每天要走很多路,晚上投宿无可炊之粮,家在万里之外,不知何时才能返回故乡。他蓬头垢面,在古城脚下呻吟,肃杀的秋气浸淫他的创口,使他痛苦不堪。这首诗底色灰暗,凄凉悲苦,全无《塞下曲》的亮色和战士的精神风貌。

前两句“月黑雁飞高,单于夜遁逃”包含着一系列的暗示和潜台词。天黑了,飞行了一天的大雁也落地栖息,准备好好恢复一下体力。是什么使它们受惊高高飞起?是“夜遁逃”的单于惊动了警觉性很高的大雁。我方将士从大雁的惊飞获知了敌情。按军事常规,雪夜正是偷营劫寨的大好时机,可单于却选择了悄悄地逃跑,这说明白天的那场激战已使他元气大伤,目下残兵败将,人心涣散,只有遁逃一条路。单于为何选在夜间逃走?一有夜色掩护,二仗地形熟悉,逃之夭夭,此其时也。

如果说前两句是靠暗示引人的话,那么后两句便是以含蓄见长。“欲将轻骑逐,大雪满弓刀”,行动已经开始,但结果未作交代。有没有追上逃兵?有没有生擒单于?读者自己想象去吧!卢纶可能觉得再写下去就是狗尾续貂,没有诗味了。

战争无论是正义的还是非正义的,都是残酷的。刀光剑影、血肉横飞,尸积如山,血流成河等,是正面描写战争的常用语。即便是用诗的语言来表达也掩不住它的血腥。如“万箭千刀一夜杀,平明流血浸空城”(岑参《献封大夫破播仙凯歌》),这里写的也是一场夜战，经一夜厮杀，天亮时只剩下一座空城，整个城池都浸泡在血泊中。卢纶笔下的这场战事却一反常态，没有壮阔的战争场面，没有正面厮杀的描写，不见一滴血，未死一个人。诗人“避重就轻”、运用“小中见大”的手法，选择一次军事行动前转瞬即逝的生活场景进行描写，用典型的细节来表现主题，用“大雪满弓刀”来烘托战地气氛。意境幽雅深邃，如诗如画；笔调轻松洒脱，如同乡民们在清晨结伴去赶节场一般。

最耐人寻味的是“欲将轻骑逐”的“欲”字。“欲”这里是“想要”的意思，语境中有三方面的意思可供玩味。一是刻画了决策者一度曾犹豫、踌躇的微妙心理，最后他下了追的决心；二是“欲”又准确地反映了战士们整装待发时急切求战的神情，个个摩拳擦掌，跃跃欲试；三是“欲”字带出了后面的大雪，正是这轻微转折，使全句境界全出。从容优雅，言有尽而意无穷，真神来之笔。

作者小传

卢纶（？—约798），字允言，河中蒲（今山西永济）人。“大历十才子”之一。诗多送别、酬答之作。有明人所辑《卢纶集》。

不知何处吹芦管 一夜征人尽望乡

——盛唐气象的历史回响

夜上受降城闻笛 李益

回乐烽前沙似雪，受降城外月如霜。

不知何处吹芦管，一夜征人尽望乡。

李益于德宗贞元元年(785)起在灵州大都督杜希全帐下任职，达四五年之久，此诗当作于这一时期。题中的受降城注者多以为系张仁愿所筑之三城中某一城。该三城为防御突厥所筑，散布于今内蒙古中、东、西部。但诗中的受降城指的是灵州(今宁夏回族自治区灵武市西南)治所回乐县。贞观年间，太宗皇帝曾亲至灵州接受突厥一部投降，故史家称回乐县为受降城。题中"笛"非西域传入之羌笛，而是胡人用芦叶卷制成的一种吹奏乐器，即胡笳，亦即诗中的"芦管"。胡笳发声悲凉，适宜演奏缠绵悱恻、哀怨动人之曲。

《旧唐书·李益传》和《唐国史补》记载，说李益的诗"唱为乐曲""以为歌词"，说明这首反映征人闻笛怀乡、久戍思归的小诗当时已流传天下。王世贞在《艺苑卮言》里说："绝句李益为胜……'回乐烽'一章，何必王龙标、李供奉？"大意是李益绝句写得最好，看看"回乐烽前"这一首就知道了，何必要标榜王昌龄、李白？清人沈德潜则更是将此篇推为“绝唱”。

前两句“回乐烽前沙似雪，受降城外月如霜”，描写边地月夜的惨白、迷茫景象。在月色的映照下，沙、月、霜、雪已足以促发征人的思乡情怀，何况地点是“回乐烽”和“受降城”呢？“回乐烽”这名字起得多好啊，大概是出自赞美孔子大弟子颜回的“回也不改其乐”吧！戍卒没那么斯文，他们就理解为“回乡真快乐”。“受降城”名字也好，敌人投降了，受降仪式都完成了，从此可以解甲归田，回家与亲人团聚了。然而二者都名不副实，如今这里正是防御吐蕃的前线。一提这两个名字，征人怀乡思妇之情便更深一层。“回乐烽”“受降城”实在具有讽刺意味，诗人用来写诗，是一副极好的地名对，可是对久戍思归的士卒来说不是雪上加霜、伤上撒盐吗？

历史跟现实开了个大玩笑。回乐烽前现在烽火连天，受降城外冥顽不化的敌人气焰十分嚣张，诗人只得作首诗来自我解嘲：“烽火高飞百尺台，黄昏遥自碛南来。昔时征战回应乐，今日从军乐未回。”(《暮过回乐烽》)诗人利用词序颠倒自我调侃，你看我们，把从军回不了家看成快乐了呢！开开玩笑罢了，说说反话罢了。“一夜征人尽望乡”才是真情的流露，征人中也包括小吏李益。

“不知何处吹芦管，一夜征人尽望乡。”芦管之声发自何处，何人所吹，详情不明。征人最关心的是那激起乡愁的凄冷、哀怨的旋律，他们由共鸣而思乡怀亲，彻夜不眠。“尽望乡”，语带夸张，全都不眠不休，一齐远眺故乡。

这是一组芦管背景音乐烘托下的人物群雕像，他们一起踮脚、展臂、身体前倾，目光凝望故乡的方向，面有忧戚之色。此一刻空气凝固，沙石含悲。

这两句放到全诗中看，有两层结构关系。第一层是此两句之间的关系，前句是因，后句是果；果揭示全诗主旨，画龙点睛，激活全篇。前一句写声，后一句写情，声落实到情，情缘声而生，二者不可分割。第二层是结句与前三句的关系。前三句调动光、声、色充分铺垫、渲染，如舞台上人物出场前的紧锣密鼓，引出“一夜征人尽望乡”。短短二十余字，写尽所闻、所见、所思，诗情画意中还展示了胡笳的特殊音乐魅力。

名篇虽饮誉千古，但难与盛唐边塞诗等量齐观。唐经安史祸乱，国力大损，伤筋动骨；民气锐减，不复当年赳赳武夫气概；诗人的感情也变得较为理性和复杂、细腻。细味王昌龄的同类题材诗便能发现其间的微妙变化。“琵琶起舞换新声，总是关山旧别情。撩乱边愁听不尽，高高秋月照长城。”（王昌龄《从军行》）对照本诗，热烈、急促的琵琶声变成了萧索、凄凉的芦管之音；月光映照下的固若金汤的万里长城被代之以如雪的沙、似霜的地。二者气骨已不可同日而语，李诗毕竟多了一份衰飒的况味。或以为本诗比盛唐悲，比晚唐壮，此说比较接近事实。

作者小传

李益（748—829），字君虞，陇西姑臧（今甘肃武威）人。大历进士，官至礼部尚书。长于七绝，有《李益集》。

谁言寸草心　报得三春晖

——献给母亲的颂歌

游子吟　孟郊

慈母手中线，游子身上衣。
临行密密缝，意恐迟迟归。
谁言寸草心，报得三春晖？

人世间有一种最伟大、最深沉、最无私的爱，有一种不求回报、无微不至、始终不渝的爱，这就是伟大的母爱。孟郊的《游子吟》就是一首古代诗歌中最为成功的歌颂母爱之作。作者“用常而得奇”——用平常的生活场景把慈母对游子的爱表现得淋漓尽致。

语曰：“寒门出孝子。”纨袴子弟写不出“谁言寸草心，报得三春晖”这样的名句。

孟郊出身贫寒，父早卒，母裴氏千辛万苦将其兄弟三人抚养成人。孟郊两次进士考试落第，贞元十二年(796)奉母命第三次进京应试，考取进士，写下了“春风得意马蹄疾，一日看尽长安花”(《登科后》)的名句。他五十多岁才被授予溧阳尉的卑微官职。上任后决定将老母接至任所奉养。在他迎养老母时，以往辞家别母的种种情景便一一浮现眼前，情不自禁地写下了这首

《游子吟》。孟诗向以奇崛著称，但这首诗却写得晓畅明白、语言质朴，以真情感人。苏东坡《读孟郊诗》赞曰“诗从肺腑出，出辄愁肺腑”，说明肺腑之言足以感动人心。

题中的“游子”，指客游在外的人。“吟”是一种诗体。《文体明辨》称：“吁嗟慨歌，悲忧深思，以呻其郁者曰吟。”前人以为，唐代诗人的古乐府作品中，能得汉魏古乐府神韵的，首推孟郊。

诗的前两句分别是两个短语，两句无一动词，用语法衡量便不成其为句子。但是且慢，读到下一句动词便出现了，乃一“缝”字。慈母手拈针线在干什么？在为游子缝制衣服。两个词组紧密联系，体现的是母慈子孝，母子相依为命。慈母在一针一线缝制衣服时，这位游子就侍立在侧。我们仿佛听到慈母对游子说：“儿啊，为娘听说你又将离家远行，特意再为你缝一件衣服，尺寸大小就照你身上穿的这件可行？”游子看到满头银发、老眼昏花的老母还要为他在灯下缝衣，不禁热泪滚滚，哽咽道：“娘，孩儿今生今世难以报答您的大恩大德！”慈母道：“孩子，别说傻话，为娘这些年来含辛茹苦就是巴望你们长大成人，何尝指望你们兄弟报答？”

“临行密密缝”，将慈母对即将远行的孩儿的爱抚、不舍、温情刻画得非常精当。按理说，游子快要起程了，慈母为赶进度，针脚应该粗大些才是，可越是时间紧她却越要“密密缝”，显示出了慈母的良苦用心。此句与上两句彼此呼应，“临行”承“游子”，“缝”承“衣”和“线”，“密密”补足“缝”字，生动地描写了慈母手眼相应、动作连贯的神态。“意恐迟迟归”，交代“密密缝”的原因，“密密缝”与“迟迟归”工整对应，形成因果链。“意”字表现了慈母复杂的内心活动。她生怕孩子迟迟不回来，担心他有旅途劳顿之累、风餐露宿之苦、饥饿寒冷之虞、孤独寂寞之悲。在家千日好，有为娘照顾你；出门一时难，谁来关心你的冷暖饥饱？

儿是娘身上的一块肉，儿行千里母担忧啊！可眼下娘能做的只有缝好这件衣服，把它缝得厚厚实实、密密麻麻，让你穿多久也磨不破。

“谁言寸草心，报得三春晖？”结句用反诘语气，强化感情，突出主旨，有震撼人心的感人力量。《历代诗评注读本》写道：“读至此，欲令普天下游子，同声一哭。”

此句用比喻和“悬绝”对比。“寸草心”，细草的嫩心，极言其小；“三春晖”，正月、二月、三月的阳光，博大而温暖。寸草心，喻赤子炽热的心；三春晖，喻深厚、浩大的母爱。谁说如区区小草般的赤子之心能报答得了春天太阳光辉似的深厚、浩大的母爱呢？句中只现喻体，不见本体，读者详之，吟诵当更加有味。

结句抒情，用的是喷迸之法。前四句以叙为主，感情平稳，于细微处见真情。此句闸门大开，直抒胸臆，如涧溪奔涌，如泉水喷射，让人震撼，让人感动，让普天下的为人子者刻骨铭心，身颤耳鸣！

该诗已浓缩为成语，“春晖寸草”将与《游子吟》一起，双璧互映，万古长传。

作者小传

孟郊（751—814），字东野，湖州武康（今属浙江）人。五十左右方举进士。与韩愈交好，与贾岛齐名。有《孟东野诗集》。

人面不知何处去 桃花依旧笑春风

——美丽的瞬间化为永恒的魅力

题都城南庄 崔护

去年今日此门中,人面桃花相映红。

人面不知何处去,桃花依旧笑春风。

哲人有云,最有魅力的艺术品往往都是挽歌;又云,永恒的美中都含有某种不幸。崔护的《题都城南庄》是个例外。“人面桃花”情境妩媚,故事离奇,诗味隽永,具有经久不衰的艺术魅力,其结局充其量也只是有点遗憾,谈不上是“不幸”。

诗的大意是,一个桃花盛开的季节,作者邂逅一位面若桃花的妙龄少女,二人郎有意来妾有情。第二年又当桃花盛开之时,诗人故地重游,唯见桃花依旧,少女已杳然不知所之。

唐人孟棨在《本事诗·情感》里详细地记载了这则故事,其中不乏生动的细节描写。故事说崔护清明郊外寻春,酒渴求饮,叩一农户门,接待他的少女“独倚小桃斜柯伫立,而意属殊厚,妖姿媚态,绰有余妍”,分别时她送崔护到门口,“如不胜情而入,崔亦睠眄而归”。崔护不能忘情,第二年清明重往,只见门户紧锁,不见人影,于是便在左门扉上题了这首诗。“本事”,《辞海》释为“真实的事迹”。孟棨在书里说得很清楚,“崔护……举进士下第，清明日，独游都城南……”那么这首诗写的就是真事。艺术的生命在于真实，真人真事当然更感动人，我们姑且相信孟棨的话全是真的。

该诗可分为两个场景。第一个场景写游春艳遇。“去年今日此门中，人面桃花相映红”，突出少女含情脉脉地久久伫立桃枝旁的特写镜头。“相映红”三字妙不可言。清明时节，“桃之夭夭，灼灼其华”（《诗经·周南·桃夭》），枝上盛开的桃花映红了姑娘的脸庞；姑娘正值二八芳龄，春风吹拂下，脸色本就红润，加上此时与一异性儒雅青年独处，正怦然心动，脸蛋儿红扑扑的，更显可爱。

第二个场景是再寻不遇。当诗人翌年清明故地重游时，片刻邂逅的情景已成美丽的往事。时间仍是清明佳节时，地点仍是都城南庄，景物仍是桃花春风，可是那“典型环境中的典型人物”——美丽的少女，却不见了。

第一景与第二景孰轻孰重显而易见。前两句离开了后两句，还称不上诗，至少说没有多少诗味。桃花盛开时，玉人伫立花枝前，倘在今日，咔嚓一声便能留下“人面桃花相映红”的美丽倩影，不足为奇。而后一场景便不同了，“人面不知何处去，桃花依旧笑春风”，带给人们的是诗意、禅味和巨大的审美想象空间。

短短四句诗，“人面”“桃花”重复了两次，作者刻骨铭心，念念不忘“人面桃花”。美好的事物总是可遇不可求，美丽的瞬间也绝对无法复制，“人面”不见了，“桃花”只能让人徒增怅惘、失落之感。诗之为诗，应该有可供发掘的内容，可资品味的意境，可以欣赏的审美空间。此三者本句兼而有之。其他名句宜朗诵、交流，此两句宜闭目遐想，把它深深地珍藏在记忆里。

故事性、戏剧性、传奇性都是本诗亮点，但都是浅表的东西。名句的深刻之处在于道出了人生遭际中的某种禅味。生活中经常会遇到一个场景、一段故事、一个人物、一个细节，让人感动，也十分美丽，但转瞬即逝。它多少年后还让人追忆，让人牵挂，让人清晰地再现和复述。这种对美好瞬间的回味和留恋，便是一种不大容易说得清楚的“禅味”。男女老少都喜欢这首诗，倒不是都有或都希望有崔护式的艳遇经历，而是欣赏这种人类共通的情感体验。诚如伟大诗人普希金所言：“一切都是瞬间，一切都将过去，而那过去了的，就会成为亲切的怀念。”（《假如生活欺骗了你》）

在这个美好的季节，姑娘家为何铁将军把门？踏青上坟，探亲访友，抑或竟是父母之命，把她嫁人了？想象丰富的人还可把它演绎成传奇故事，改编成剧本。还真有人这么做了，剧本的名字就叫《人面桃花》。

作者小传

崔护（？—831），字殷功，博陵（今河北定州）人。贞元进士。曾官京兆尹、御史大夫、岭南节度使。《全唐诗》存其诗六首。

云横秦岭家何在　雪拥蓝关马不前

——“关山难越，谁悲失路之人？”

左迁至蓝关示侄孙湘　　韩愈

一封朝奏九重天，夕贬潮州路八千。
欲为圣明除弊事，肯将衰朽惜残年！
云横秦岭家何在？雪拥蓝关马不前。
知汝远来应有意，好收吾骨瘴江边。

元和十四年(819)正月，宪宗命宦官将凤翔法门寺护国真身塔内的释迦牟尼佛指骨一节迎入宫中供奉。韩愈上《论佛骨表》谏阻。他在表中力陈奉佛骨的弊害，指出宋、齐、梁、陈、北魏诸朝信奉佛教但都政权不永。百姓如果上行下效，必有“断臂脔身，以为供养者”，认为此举伤风败俗，传笑四方，不是一件小事。国君应该“敬鬼神而远之”(《论语·雍也》)，将“此骨付之有司，投诸水火，永绝根本”。并扬言，如佛有灵能降祸祟，就让他降到我身上，我决不怨悔。以文而论，《论佛骨表》堪称是高扬唯物主义大旗、针砭时弊、直抒己见的一篇漂亮的“时评”，可惜锋芒太露，刺痛了宪宗李纯的神经。皇上震怒之下，差点将韩愈处死。幸得宰相裴度说情，才免于一死，以戴罪之身贬为潮州刺史。了解这一背景，我们就不难理解作者在诗中表现出的进退失据、悲愤难抑、近乎绝望的思想感情。

此诗系作者前往贬所行至蓝关时所作。题中的"左迁",即贬谪、降职之意。蓝关,蓝田关,又名峣关,位于蓝田县南,秦岭之上。侄孙湘,韩湘,韩愈侄儿韩老成的长子,长庆三年(823)进士,任大理丞。此时他赶至蓝关,与韩愈同行,故诗中有"好收吾骨瘴江边"之句。

首联"一封朝奏九重天,夕贬潮州路八千",概括叙述事情经过。说早上刚呈上谏迎佛骨的奏章,晚上,贬到八千里路外的潮州的处罚决定就下达了。"朝奏"而"夕贬",何其速也!看似比较客观的叙述,其实已暗含怨愤之情。紧接着颔联将这种情绪申足,表明自己心迹。"欲为圣明除弊事,肯将衰朽惜残年。"我上表谏迎佛骨,是为皇上铲除弊端,绝无私心杂念,我可以完全不顾惜自己这一大把年纪。大有孤注一掷之概。颈联大气磅礴,在写景中把感情推向高潮。尾联感情降至冰点,写得极为沉痛。韩愈上表时已经清醒地认识到后果严重,可能有生命之虞。现在虽然得免一死,可是潮州远在八千里外,大雪封山拥路,能在限定时间里到达吗?看来此去凶多吉少。他悲怆地对侄孙说:我已知道你远道赶来送我的用心了,你是要到那迷漫着瘴气的江边来收我的尸骨啊!

这首七律大气磅礴,感情激荡,风格沉郁顿挫,苍茫悲凉。诗人为了"除弊事"而不计残年,即使暴尸瘴江边也在所不惜,大有屈大夫"亦余心之所善兮,虽九死其犹未悔"(《离骚》)之风骨。全诗对比强烈,情景交融,与以说理为主的《论佛骨表》形成鲜明对照,一诗一文,珠联璧合。

"云横秦岭家何在?雪拥蓝关马不前",境界开阔,感情悲壮,读之有身临其境之感,遂成千古名句。

此句虽是第三联,却紧扣诗题。题为《左迁至蓝关示侄孙湘》,行至蓝关,是什么景象?“云横秦岭”,“雪拥蓝关”。秦岭横亘关中,东西长八百里,东起河南陕县,西至甘肃天水,主峰在长安县南。八百里秦岭上空浓云密布,如同秦岭之横亘,“横”字道出了浓云之高且长,欲阻挡去路。蓝关在秦岭之上,此时被大雪封堵。拥,状积雪之厚。行人至此,方知行路难,路难行;道路难行,世路更难行,瞻前顾后,难免要放声一恸!诗人回望长安,浓云、积雪连成一片,不知乡关在何处。贬谪的命令急如星火,限时限刻,只身赶路,也不知家中老小现在怎样。积雪太深,连老马也踟蹰畏途,不肯前行。英雄失路,进退失据,好不惨然!

此联承上两联而来,形成一副极为自然的流水对,且联内含情于景,对仗工整而妥帖。“雪拥”与“云横”系主谓结构相对,“蓝关”与“秦岭”系地名对,“马不前”与“家何在”又是主谓结构对。出句后顾,对句前瞻,有浑然天成之妙。

韩湘后来被附会为八仙之一的韩湘子,此诗或画为图,或演绎为小说,名句更加不胫而走。

作者小传

韩愈(768—824),字退之,河南河阳(今河南孟州)人。贞元进士。曾任国子博士、吏部侍郎、京兆尹等职。倡导古文运动,居唐宋八大家之首。有《昌黎先生集》。

蚍蜉撼大树　可笑不自量

——廓清诗坛的一声断喝

调张籍　　韩愈

李杜文章在，光焰万丈长。不知群儿愚，那用故谤伤！蚍蜉撼大树，可笑不自量。伊我生其后，举颈遥相望。夜梦多见之，昼思反微茫。徒观斧凿痕，不瞩治水航。想当施手时，巨刃磨天扬。垠崖划崩豁，乾坤摆雷硠。惟此两夫子，家居率荒凉。帝欲长吟哦，故遣起且僵。剪翎送笼中，使看百鸟翔。平生千万篇，金薤垂琳琅。仙官敕六丁，雷电下取将。流落人间者，太山一毫芒。我愿生两翅，捕逐出八荒。精诚忽交通，百怪入我肠。刺手拔鲸牙，举瓢酌天浆。腾身跨汗漫，不着织女襄。顾语地上友：经营无太忙！乞君飞霞佩，与我高颉颃。

中唐诗坛，思想颇有些乱，表现之一是贬抑前辈大诗人李白、杜甫。其中元稹、白居易等著名诗人，在阐明自己诗学观时，对李、杜也颇有微词。这种现象若不及时制止，不仅影响对李、杜诗歌的正确评价，也难以端正未来诗歌的发展方向。就在这时候，一代文学巨匠、一位大师级的人物出来说话了，他用毋庸置疑的口气歌颂李杜诗歌“光焰万丈”，讥斥晚生后辈的无知。大师用诗歌形式阐明自己的主张，他的观点为后世所公认，从而确立了李杜在灿若星河的唐代诗歌中的炫目的双子星座地位。这个人就是韩愈。

张籍是韩愈的门生，诗学观接近元、白，抓住张籍来说事，便于把道理说透，文章比较好做。调，调侃、戏谑之意。这可能指诗的表现手法有某些调侃特色，而论及的内容却是一个十分严肃的问题。

《调张籍》有三方面的特点。其一，它是一首论诗诗，或者叫以诗论诗的诗，即用一首诗来评价两位前辈大诗人的诗，形式是诗，内容却属文艺批评范畴。其二是诗风雄奇险怪。作者驰骋想象，上天着地、思接千载。该诗形象恢奇怪诞，风格奇崛雄深，语言瑰奇精警。这种求新求异、以奇险怪异为目标的创作实践，对转变盛唐诗风有一定影响。其三，这是一首怎么评价都不为过高的成功之作。一言以蔽之，是一首评不朽之作的不朽之作。李杜之诗固不朽，韩愈之评诗亦不朽矣！

全诗可分三段。开头六句为第一段。诗人开篇便重锤击鼓，一锤定音。歌颂李杜文章“光焰万丈长”，明确其成就不容置疑。作者以“蚍蜉撼大树”为喻，痛斥无知的晚生后辈竟然不自量力，妄图动摇李杜的泰斗地位。中间十二句，表达对李杜的敬仰，并赞扬他们诗歌的伟大成就。形容他们的创作惊天动地时，说他们像大禹治水时一样，挥动巨斧将河岸与山脚劈裂，从而露出豁口，发出震动天地的崩裂巨响。言其作品神奇、美妙时，说引得天神也命六丁到下界将其诗取将去欣赏，所以留在人间的只是“太山一毫芒”。后十二句劝导张籍随自己一起去追随李杜，好好向他们学习。作者描述自己学习李杜后，各种奇妙的文思接踵而至。可以反手拔掉巨鲸的利牙，可以举瓢酌饮天上的琼浆，自由自在，连织女制成的仙衣也不屑穿。一句话，达到了从心所欲的境界。他劝张籍，不要只顾埋头苦心经营，应该跟他一起去追随李杜，在诗歌王国里翱翔九天。

诗题虽为《调张籍》，其实处处属意李杜。批评群儿愚，是为李杜正面树立光辉形象，确立其地位；写二人创作特色，言其作品不同凡响，惊天地而泣鬼神；写其生活困顿、起伏动荡，那也是天帝的安排，让他们体验生活，写出更多更好的诗篇；写自己虚心向他们学习并得益匪浅，乃是由衷地赞扬二人作品的光、热无穷，泽被后人。形象在变、角度在变、结构在变、表达在变，但"兵随将转"，万变不离其宗——一切服从于歌颂李杜的伟大。

现在回过头来再说说"蚍蜉撼大树，可笑不自量"。

这个比喻句非常准确。蚍蜉就是大蚂蚁，"蚍蜉撼大树"，蚂蚁能撼动大树吗？连一片树叶都撼不动！小小蚂蚁竟想撼动大树，把人大牙都要笑掉了，你也太自不量力了吧？这话当然是说给那些想撼动李杜诗坛地位的无知小儿听的。李杜诗名光耀日月，李杜地位重于泰山，你们想压低他们，贬损他们，毁谤他们，恰如蚍蜉撼树，谈何容易！

跟群儿们理论，搬概念、讲道理、枯燥地进行说教，未必能奏效。作者用"蚍蜉撼大树"作比喻，五个字就解决了问题，既形象、生动，又管用。

韩愈为人直截不讳，两次遭贬均与此有关。"蚍蜉"一联既是直言，又有一种居高临下的不屑。

不朽的名句往往被提炼为成语，"蚍蜉撼树"即一例。

沉舟侧畔千帆过　病树前头万木春

——此中真意耐寻味

酬乐天扬州初逢席上见赠　　刘禹锡

巴山楚水凄凉地，二十三年弃置身。
怀旧空吟闻笛赋，到乡翻似烂柯人。
沉舟侧畔千帆过，病树前头万木春。
今日听君歌一曲，暂凭杯酒长精神。

这是一篇优秀的酬赠诗。刘与白居易齐名，且是好友。此次诗酒往还，使二人进一步增进了友谊，从此成为生死之交。

敬宗宝历二年(826)，作者罢和州刺史任返洛阳，在扬州与由苏州返洛的白居易重逢。席上白居易作了一首《醉赠刘二十八使君》，对刘禹锡长期被贬荒远州郡表示愤慨不平。诗曰："为我行杯添酒饮，与君把箸击盘歌。诗称国手徒为尔，命压人头不奈何。举眼风光长寂寞，满朝官职独蹉跎。亦知合被才名折，二十三年折太多。"大意是：给我斟满一杯酒吧，我要和着筷子击盘的节奏为你唱一首不平的歌。你在诗歌方面堪称国手，但你命运不济，霉气压得你抬不起头；作为朋友我也只能徒唤奈何。放眼望去，人们无限风光，而你却长期寂寞；同辈人个个官运亨通，唯有你虚掷年华，岁月蹉跎。我也知道，才名太盛容易遭人嫉妒，可这二十三年的贬谪实在是太多又太过。

被白居易称为“诗豪”的刘禹锡即席做了酬答，写下了这首著名的《酬乐天扬州初逢席上见赠》。诗人以回顾被贬、思念亡友、正视现实、酬谢赠诗的思路对白诗作了回应。酬诗不似白诗一味叹苦嗟悲，而是平静、理性地对待自己的不平遭遇，表示要振作精神，迎接未来。

首联接过白诗“二十三年”的话头，概括自己巴山楚水的凄凉生活。诗人曾被贬至夔州、朗州，二地古时分属巴、楚。实贬二十二年，加上返京途中时间恰为二十三年。“凄凉”与“弃置”前后呼应，渲染贬谪的悲苦心情。颔联“怀旧空吟闻笛赋，到乡翻似烂柯人”，上句承首联“凄凉”而来，抒发对已经去世的亡友的怀念，其中包括王叔文、柳宗元等政坛、文坛重要人物。此句用了向秀《思旧赋》之典。向秀于好友嵇康、吕安无罪而遭司马氏杀害后，经其山阳旧居，闻邻人笛声凄然，乃作《思旧赋》。下句言返乡后同龄人多已亡故，乡里人都不认识他了。作者用“烂柯人”来形容这种隔世之感。《述异记》说王质入山观两位仙人对弈，仙人刚下完一盘棋，斧柄(柯)就烂了，到家一看，人世间已过了一百年。颈联以“沉舟”“病树”作比，表明心迹，此联下文将作专门讨论。尾联点题，对白居易赠诗表示酬谢，说读了你的诗不胜感慨，姑且喝上一杯酒来振奋精神吧！

两相对照，我们便不难看出白、刘两首诗的基本区别。白诗愤慨，为刘抱不平，悲叹他命运不好，才高遭嫉，处罚太重，时间太长。但仅此而已，诗的立意算不得高。刘诗尽管也自伤自叹，但目光转向未来，唱“咏叹调”的同时还要“长精神”。

最能体现刘禹锡坚持、不屈、振作精神的是名句“沉舟侧畔千帆过，病树前头万木春”。这是一个准确而又内涵丰富的比喻句。作者将自己比作“沉舟”“病树”。一贬就是二十三年，这跟

“沉舟”有什么区别？如此堪当重任的大才却被弃置荒远州郡，不就是荒凉、贫瘠土地上的一棵“病树”吗？可贵的是作者并不自暴自弃，自甘沉沦，他坚信，即使自己成了“沉舟”“病树”，世界也还是美好的，事物的前进和发展是阻挡不住的。“千帆过”“万木春”就是最好的写照。

此两句由白诗颈联翻出。白句伤感、低沉，叹息重于歌唱。刘句尽管也有惆怅，但言明事理，抛却个人恩怨得失，对世事变迁、宦海沉浮表现得相当豁达。

名句的深刻性在于它的哲理意味。人生不可能没有挫折，事业也不可能一帆风顺。遇到挫折、不顺，不能老是以个人荣辱得失为怀，应该放眼未来，就高处立，向宽处行。至于后人注入新的含义，喻新生事物不可战胜，旧事物必然灭亡，那是远离本义的另一种哲理妙喻了。

此联体现诗的主旨，白居易深服其妙，说“在在处处应当有灵物护之，岂惟两家子侄秘藏而已？”（《刘白唱和集解》）称名句必当有灵物守护，评价已到了无以复加的高度。

作者小传

刘禹锡（772—842），字梦得，洛阳（今属河南）人。贞元进士。因参加王叔文集团改革，长期被贬。诗通俗清新。有《刘梦得文集》。

东边日出西边雨　道是无晴还有晴

——刘三姐式的民歌风味

竹枝词　刘禹锡

杨柳青青江水平，闻郎江上唱歌声。
东边日出西边雨，道是无晴还有晴。

受儒家思想影响和封建礼教束缚，秦汉以降的中国古代诗人很少有大胆正面描写男女爱情的。到了中唐，一位自称"刘郎"、很有个性的诗人走出了"禁区"，以一曲"东边日出西边雨，道是无晴还有晴"，唱响了中国情诗的新篇章。

穆宗长庆二年(822)，刘禹锡调任夔州刺史。川东本是民歌《竹枝词》的故乡。《竹枝词》是巴、渝民歌的一种，唱时以鼓和短笛伴奏，歌声婉转动人。诗人放下身段，虚心向民歌学习，创作了《竹枝词二首》和《竹枝词九首》。组诗描绘了巴山蜀水的美丽景色，记录了当地人民的生活情景，同时也用清新、明朗的民歌来表现永恒的主题——爱情。著名的如："山桃红花满上头，蜀江春水拍山流。花红易衰似郎意，水流无限似侬愁。"诗中的川妹子担心，郎的爱情会不会像山桃红花一样，开得热烈，凋谢得也快。如果真是这样的话，这浩浩荡荡、无穷无尽的江水就像是我的愁。这真是绝妙的构思。又如："清江一曲柳千条，二十年前旧板桥。曾与美人桥上别,恨无消息到今朝。”这是一段美好的感情回忆。板桥一别,杳如黄鹤,二十年间没有一点她的消息,牵挂与怀念之情溢于言表。

刘郎原本是情郎,难怪有人要戏谑地称他为“情歌王子”哩!

组诗中流传最广、影响最大的还要数题中这一首。诗的一开头就勾画出一个如诗如画的情歌意境。两岸杨柳青青,柳条参差披拂;春江水涨,波澜不惊。就在这时,江上传来了他高亢、清亮的歌声,江边妹子的心随之便闪电似的轻轻颤了一下。每次听到他的歌声总是两腮红晕,心跳加剧。虽然从未有过感情交流,但她从心底里已经爱上了“郎”。她乍惊乍喜,凝神谛听,听着听着,嘴角边渐渐挂起了笑。歌是唱给她听的,歌声中已明确传递出爱的信息。就在这时,太阳从东方天空的云层里露出了笑脸,而西面的江上却洒落下一阵小雨。妹子受到启发,便轻轻吟诵道:“东边日出西边雨,道是无晴还有晴。”

如果将刘禹锡的诗还原为生活,它应该就是这样子的;如果要将它搬上舞台,则最好用小歌剧表演。

本诗之所以成名,之所以脍炙人口,之所以雅俗共赏,全在这后两句。

这是美好季节里生活中一段美丽的爱情小插曲。万物复苏,花香鸟鸣,最宜户外活动,也是繁忙的劳动季节。青年男女在这样的环境里接触,最易擦出爱情的火花。诗中的这个爱情小插曲惟妙惟肖地刻画了一个初恋的生活场景。二人尚未有语言交流,更谈不上肢体接触,是标准的“初级阶段”。妹子在等待,她心神不定、忐忑不安,充满憧憬而又腼腆害羞。起始的朦胧的爱微妙而脆弱,倘一方无意,底下就没戏了。感谢上帝,小伙子今天明确表态了,姑娘悬着的一颗心终于落下了。美中不足的是我们没有听到妹子的美妙歌喉,倘演上一出江上唱来岸边和的刘三姐式的对歌，岂不更美！

名句成功地运用了谐音双关。谐音是汉语中特有的利用发音相同而将不相干的事物统一在一个意境里的特殊修辞手法。此种修辞手法先秦诗歌里就已出现。如《楚辞》中就有“山有木兮木有枝，心悦君兮君不知”之句，句中“枝”“知”谐音，木都有知(枝)的感情，君竟然不知。谐音到了南朝民歌中更是常见，如以蚕丝之“丝”谐相思之“思”，以莲子之“莲”谐怜爱之“怜”。《子夜歌》写一位少女爱上一个青年便搬家与他为邻，说“桐树生门前，出入见梧子”，“梧子”就是“吾子”，译成现代话就是“我心中的你”。刘禹锡的这个名句比起上述谐音更有特色，运用得也最为成功。作者先设置一个“东边日出西边雨”的语境，使下句水到渠成；同时又将“晴”“情”绾合为一体。这样既含蓄且得体，又符合人物的心理特征。名句遂成为谐音之经典。

旧时王谢堂前燕　飞入寻常百姓家
——旧燕归来话沧桑

乌衣巷　　刘禹锡

朱雀桥边野草花，乌衣巷口夕阳斜。
旧时王谢堂前燕，飞入寻常百姓家。

穆宗长庆四年(824)至敬宗宝历二年(826)，刘禹锡任和州刺史，此诗当作于这一时期。诗人由和州入京回家乡洛阳，途经金陵(今江苏南京)，写了一组吊古诗(《金陵五题》)，《乌衣巷》是其第二首。金陵为六朝(吴、东晋、宋、齐、梁、陈)古都，历史上曾是歌舞繁华之地。王朝的盛衰、更替和古城的兴废、荣枯给人沉重的历史沧桑感和殷鉴不远的警示，诗人作为一个熟谙历史而又关注现实的知识分子，必然要把目光投向深邃的历史天空。

《乌衣巷》在取材、构思方面极具特色，是作者的得意之作。据说大诗人白居易看了后曾“掉头苦吟，叹赏良久”。他的《金陵五题》影响很大，后世以金陵为题材的凭吊之作不计其数，金陵几乎成了墨客骚人凭吊抒怀的专有名词。

乌衣巷，东晋豪门贵族聚居之地。开国元勋王导、宰相谢安及其以下之达官贵人都居于此。此巷因三国时吴在此驻守的军士身着黑衣而得名。

前两句“朱雀桥边野草花，乌衣巷口夕阳斜”，描写、渲染朱雀桥、乌衣巷的荒凉景象。朱雀桥位于秦淮河上，面对朱雀门，东晋时建，或称为浮桥。尽管朱雀桥、乌衣巷、杂草小花五色斑斓，但与当年的美轮美奂、车水马龙比，已不可同日而语。在没精打采的夕阳余晖里，一派荒凉、破败的景象。作为诗，“朱雀桥”与“乌衣巷”是工巧的地名对，无奈桥边是自生自灭的“野草花”，无人问津。乌衣巷当年是何等显赫，而今在落日的余晖里显得凄凉、惨淡，了无生机。“夕阳斜”该是作者的刻意安排，日出时辉煌灿烂，日中时光热无穷，日没时晻晻无光。今非昔比，一切都成了历史的陈迹。诗人的脚步为何只停留在“桥边”“巷口”，不深入到巷内？因为风流已被雨打风吹去，乌衣巷已变成寻常巷陌。要之，昔日的繁华已无处追寻，有诗为证：“乌衣巷在何人住，回首令人忆谢家。”（孙元晏《咏乌衣巷》）“无处可寻王谢宅，落花啼鸟秣陵春。”（无名氏）

后两句“旧时王谢堂前燕，飞入寻常百姓家”最奇最妙。前两句写景，渲染、烘托、铺垫，做足了文章，下面该写人写事了，然而作者笔锋一转，却去写归来的燕子。当年在王、谢两家画栋雕梁上筑巢育雏的旧燕又回来了，却飞进了寻常百姓家。无尽感慨，尽在其中。

前人对这两句的理解不尽相同。谢枋得在《唐诗品汇》里说：“世异时殊，人更物换，高门甲第，百无一存。惟朱雀桥、乌衣巷之花草夕阳如旧。不言王谢第宅之变，乃云旧时燕飞入寻常百姓之家，此风人之遗巧也。”谢氏的理解是，燕子飞入的不是王谢家，而是其他寻常百姓家。施补华在《岘佣说诗》中则说：“若作燕子他去，便呆。盖燕子仍入此堂，王谢零落，已化为寻常百姓矣。如此则感慨无穷，用笔极曲。”施氏认为飞入的仍是王、谢家，只不过王、谢已家道中落，沦为普通百姓了。施说更进一层，让人倍感沧桑凄凉。

晋亡至写作本诗时，已历四百余年，燕子当然不可能是王、谢时的旧燕。作者抓住燕子年年如期归来这一现象，作沟通古今的艺术概括，暗示燕子归来依旧，王、谢衰落迅速。数百年王朝兴衰、沧桑变幻，是何等大的题目，作者巧借燕子起兴，可谓四两拨千斤。诚如唐汝询所言："不言王谢堂为百姓家，而借言于燕，正诗人托兴玄妙处。"（《唐诗解》）

诗人并非仅仅在发思古之幽情。联系他的其他一些咏史名句也许可以看出，其中蕴含着深沉的感慨和以史为鉴的思考。如"山围故国周遭在，潮打空城寂寞回"（《石头城》），写金陵虎踞龙盘的险要形势依旧，潮水却拍打着一座空城，它带着空城的寂寞悄悄退去了。这是历史的警示。"万户千门成野草，只缘一曲后庭花"（《台城》），以史为鉴，更是不言而喻。

《乌衣巷》感慨良深，其中包括对国事的忧思。

可怜身上衣正单　心忧炭贱愿天寒

——满心悲苦撼人心

卖炭翁　　白居易

卖炭翁，伐薪烧炭南山中。满面尘灰烟火色，两鬓苍苍十指黑。卖炭得钱何所营？身上衣裳口中食。可怜身上衣正单，心忧炭贱愿天寒。夜来城外一尺雪，晓驾炭车辗冰辙。牛困人饥日已高，市南门外泥中歇。翩翩两骑来是谁？黄衣使者白衫儿。手把文书口称敕，回车叱牛牵向北。一车炭，千余斤，宫使驱将惜不得。半匹红纱一丈绫，系向牛头充炭直。

白居易主张"文章合为时而著，歌诗合为事而作"(《与元九书》)，强调诗歌要反映现实生活，内容要真实。这一主张在诗风上的表现就是平易通俗、周详明直，笔触所及，无不达意。他笔下反映社会矛盾和民生疾苦的名句亦不乏上述特点，如"是岁江南旱，衢州人食人"(《轻肥》)，"一丛深色花，十户中人赋"(《买花》)，等等。

"可怜身上衣正单，心忧炭贱愿天寒"，卖炭翁的形象和心理刻画较上述名句更加催人泪下，震撼人心。

《卖炭翁》是白居易《新乐府》组诗的第三十二首，作于元和四年（809）。唐代白居易、元稹等人提倡用新乐府描写民生疾苦。所谓新乐府就是用新题材创作然后播之乐曲的诗。白居易在《新乐府》总序里说："篇无定句，句无定字，系于意，不系于文。"这里提到新乐府的重要特点是注重内容，不拘形式。

《卖炭翁》自注曰："苦宫市也。"唐时宫中所需物品由官员采购，德宗贞元末年改由宦官采购，称"宫市"，以陈年绢纱、布匹强行交换，是一种巧取豪夺的超经济剥削。

该诗前四句写卖炭翁的形象和营生。老人在荒无人烟的终南山里伐薪烧炭，长年受烟熏火燎，"满面尘灰烟火色，两鬓苍苍十指黑"。下两句以设问点明老人以此维持生计。此刻他穿着单衣，冻得瑟瑟发抖，但他非常希望下场大雪，炭好卖个好价钱。就在这时，黄衣使者翩翩而至。别看他们衣冠楚楚，其实狠如豺狼，赛过盗匪。他们打着皇宫采购的旗号，强买恶抢，一千斤炭，只给"半匹红纱一丈绫"。这东西既不能御寒，也不能当饭吃，老人当然不能接受。太监把纱和绫往牛角一挂，嘴里嚷嚷道："这就是炭钱，已经跟你客气了，别不识抬举！"说着翻身上马，扬长而去。"系向牛头"既写出了使者的神情动作，也说明这"半匹""一丈"少得可怜，可以往牛角上一系，能有多少？

反衬、对比是本诗的鲜明特色。锦衣玉食的宫廷生活与卖炭翁的饥寒交迫，宫市的肆无忌惮、巧取豪夺与老人的孤苦无告，卖炭翁满心的希望与冷酷的现实，牛困人饥与翩翩两骑，千斤一车炭与半匹红纱一丈绫，等等，无不给人以深刻的印象。这些鲜明对比是中唐政治黑暗、贫富悬殊、阶级对立的深刻反映，也是诗人扎根生活和仔细观察的结果，"手把文书口称敕""系向牛头充炭直"这类诗句，向壁虚构是绝对写不出来的。

"卖炭得钱何所营？身上衣裳口中食"，是全诗的诗眼。终南深山无地可耕，老汉烧炭不是搞副业，而是全家衣食之所系，现在全完了，他全家将如何熬过这个冬天？宫市的祸害、罪恶，事情的残酷性正在于此。

“可怜身上衣正单，心忧炭贱愿天寒”，是脍炙人口的名句。名句准确、生动地刻画了卖炭翁的心理矛盾。天再冷一点，他要更加挨冻；如果暖和一点，车上的炭便卖不出好价钱。两害相权取其轻，他宁可挨冻，希望能卖个好价钱，解决一家人的温饱。

诗人立场鲜明。他深刻理解卖炭翁的内心矛盾和艰难处境，无比同情老人的不幸遭遇，“可怜”一词正是诗人悲悯情怀的反映。这比那些诗酒往还、风花雪月、卿卿我我的主题，要高出一截，深刻得多。

名句在结构上还是一个承上启下的过渡句。卖炭翁为何“心忧炭贱愿天寒”？前句已有伏笔，“卖炭得钱何所营？身上衣裳口中食”，炭是他唯一的衣食来源。老汉“愿天寒”有没有如愿呢？如愿了！“夜来城外一尺雪，晓驾炭车辗冰辙”，雪下得很深，冰结得很厚。上句是本句的交代，本句是下句的伏笔。诗脉、气韵如此贯通，亦非常人所能为。

全诗鞭挞宫市罪恶，毫不留情，但无一句评论。白诗喜作议论，唯此篇全凭场景说话，难得！

作者小传

白居易(772—846)，字乐天。其先太原人，后迁下邽(今陕西渭南)。贞元进士，官至刑部尚书。倡新乐府运动，诗与元稹齐名，通俗易懂。有《白氏长庆集》。

回眸一笑百媚生　六宫粉黛无颜色

——此笑绝千古

长恨歌　　白居易

汉皇重色思倾国，御宇多年求不得。杨家有女初长成，养在深闺人未识。天生丽质难自弃，一朝选在君王侧。回眸一笑百媚生，六宫粉黛无颜色。春寒赐浴华清池，温泉水滑洗凝脂。侍儿扶起娇无力，始是新承恩泽时。云鬓花颜金步摇，芙蓉帐暖度春宵。春宵苦短日高起，从此君王不早朝。承欢侍宴无闲暇，春从春游夜专夜。后宫佳丽三千人，三千宠爱在一身。金屋妆成娇侍夜，玉楼宴罢醉和春。姊妹弟兄皆列土，可怜光彩生门户。遂令天下父母心，不重生男重生女。骊宫高处入青云，仙乐风飘处处闻。缓歌慢舞凝丝竹，尽日君王看不足。渔阳鼙鼓动地来，惊破霓裳羽衣曲。九重城阙烟尘生，千乘万骑西南行。翠华摇摇行复止，西出都门百余里。六军不发无奈何，宛转蛾眉马前死。花钿委地无人收，翠翘金雀玉搔头。君王掩面救不得，回看血泪相和流。黄埃散漫风萧索，云栈萦纡登剑阁。峨眉山下少人行，旌旗无光日色薄。蜀江水碧蜀山青，圣主朝朝暮暮情。行宫见月伤心色，夜雨闻铃肠断声。天旋地转回龙驭，到此踌躇不能去。马嵬坡下泥土中，不见玉颜空死处。君臣相顾尽沾衣，东望都门信马归。归来池苑皆依旧，太液芙蓉未央柳。芙蓉如面柳如眉，对此如何不泪垂。春风桃李花开日，秋雨梧桐叶落时。西宫南内多秋草，落叶满阶红不扫。梨园弟子白发新，椒房阿监青娥老。夕殿萤飞思悄然，孤灯挑尽未成眠。迟迟钟鼓初长夜，耿耿星河欲曙天。鸳鸯瓦冷霜华重，翡翠衾寒谁与共。悠悠生死别经年，魂魄不曾来入梦。临邛道士鸿都客，能以精诚致魂魄。为感君王展转思，遂教方士殷勤觅。排空驭气奔如电，升天入地求之遍。上穷碧落下黄泉，两处茫茫皆不见。忽闻海上有仙山，山在虚无缥缈间。楼阁玲珑五云起，其中绰约多仙子。中有一人字太真，雪肤花貌参差是。金阙西厢叩玉扃，转教小玉报双成。闻道汉家天子使，九华帐里梦魂惊。揽衣推枕起徘徊，珠箔银屏迤逦开。云髻半偏新睡觉，花冠不整下堂来。风吹仙袂飘飘举，犹似霓裳羽衣舞。玉容寂寞泪阑干，梨花一枝春带雨。含情凝睇谢君王，一别音容两渺茫。昭阳殿里恩爱绝，蓬莱宫中日月长。回头下望人寰处，不见长安见尘雾。唯将旧物表深情，钿合金钗寄将去。钗留一股合一扇，钗擘黄金合分钿。但教心似金钿坚，天上人间会相见。临别殷勤重寄词，词中有誓两心知。七月七日长生殿，夜半无人私语时。在天愿作比翼鸟，在地愿为连理枝。天长地久有时尽，此恨绵绵无绝期。

这首著名的长篇叙事诗作于元和元年(806)十二月。时白居易在盩厔任县尉。据陈鸿《长恨歌传》载：一日陈鸿、王质夫、白居易三位好友同游仙游寺，谈起唐玄宗、杨贵妃的事，王质夫建议白居易将这一题材写成诗，说“乐天深于诗，多于情者也”，于是便由“出世之才”来写这“希代之事”，一首叙事与抒情结合的传奇爱情诗便诞生了。

王质夫慧眼识人，白居易确实是位以情驭事、以情感人的诗人。作者以基本史实为依据，汲取民间故事中的丰富营养，构思了一篇波澜起伏、感情浓郁、回肠荡气的不朽诗篇——《长恨歌》。诗人深知，“感人心者，莫先乎情”(《与元九书》)，所以采用寓情于景、寓情于事的手法，竭尽写情、抒情、煽情之能事，引得无数读者沉浸在这个悲剧故事里感叹唏嘘，不再去追究唐玄宗重色轻国、杨贵妃恃宠误国的政治责任。

“渔阳鼙鼓动地来，惊破霓裳羽衣曲”，是全诗的转捩点。

前一部分，故事的主人公先后粉墨登场。写玄宗“重色—觅色—得色—沉湎于色”的过程，玄宗自宠幸的武惠妃去世后，整天郁郁不乐，偌大皇宫竟无一可意者。于是便有人向他推荐杨玉环，说她“资质天挺，宜充掖庭”(《新唐书·杨贵妃传》)，但杨是寿王李瑁的妃子，不合名分。经过一番做注册女道士再入宫的技术处理，儿媳杨玉环终于成了名正言顺的贵妃娘娘。从此玄宗便专宠杨贵妃。贵妃能歌善舞，“尽日君王看不足”；贵妃美艳绝伦，“春从春游夜专夜”；贵妃一笑，后宫三千佳丽尽皆失色。

元·钱选　杨贵妃上马图

得了杨玉环，“从此君王不早朝”。贵妃一人得道，鸡犬升天。亡父被追封为太尉、齐国公，叔父杨玄珪提升为光禄卿，堂兄杨钊（后改名国忠）为副相兼吏部尚书，三个姐姐分别封为韩国夫人、虢国夫人、秦国夫人。“姊妹弟兄皆列土，可怜光彩生门户”。由专宠而爱屋及乌，这便是祸根。

后一部分由马嵬事变、玄宗奔蜀、归来相思、仙境盟誓几个层次组成。玄宗迷恋女色，荒怠国事，酿成安史大乱，激起众怒。据《长恨歌传》载，马嵬事件中处死杨国忠后，众人又逼玄宗处死杨贵妃，“上知不免，而不忍见其死，反袂掩面，使牵之而去。仓皇辗转，竟就绝于尺组之下”。诗人将这一场面概括为“君王掩面救不得”，“宛转蛾眉马前死”。回京后玄宗睹物思人，日夜垂泪。失去帝位他不伤心，没了贵妃就同塌了天，丢了魂。最后在道士的帮助下，终于找到了杨贵妃。贵妃已入仙册。她殷勤接待汉家使者，重申盟誓：“在天愿作比翼鸟，在地愿为连理枝”，这是真正的生死不渝。

诗中描写贵妃的名句触目皆是。“侍儿扶起娇无力，始是新承恩泽时”——娇柔；“后宫佳丽三千人，三千宠爱在一身”——专宠；“六军不发无奈何，宛转蛾眉马前死”——香消玉殒；“云髻半偏新睡觉，花冠不整下堂来”——慵懒；“玉容寂寞泪阑干，梨花一枝春带雨”——凄美。

这些都是侧面描写。最能体现贵妃的倾城倾国、绝代佳人风采的当推“回眸一笑百媚生，六宫粉黛无颜色”。

贵妃与六宫粉黛比美，不需化妆打扮，也不需走台步亮相，更不需什么才艺展示，她只需回眸嫣然一笑，就把六宫所有的妃嫔给比下去了。

贵妃娘娘这一笑究竟是什么样的笑？时无照相技术，亦无音像资料，人们尽可大胆地想象。大概是笑得妩媚、甜美、迷人、摄人魂魄，具有永恒的魅力，无法模仿，她自己也不易复制。

诗人不写她眉、眼、鼻、口、发、身段，单写这笑，可见笑得含情，笑得有特色。一笑而“百媚生”，把全身美的资质全都调动起来了，说来让人不信，有点神！

贵妃善笑，六宫粉黛、三千宠爱又能奈她何？

天长地久有时尽　此恨绵绵无绝期

——此句乃是真绝句

（原诗见上篇）

“长恨”是诗之题眼，如一道灵光，照彻全篇。“长恨”又是全诗之魂，贯穿全篇，超越时空。

本诗长达八百四十字；时间跨度二十年；地点由长安到蜀中到仙境，背景几度大转移；人物由人幻化成“仙”，极富浪漫色彩。作者殚精竭虑、费尽心力，就是要展示李、杨爱情深刻的悲剧性及其纯洁、坚贞、专一的难能可贵。从这个意义上说，“绵绵无绝期”的“长恨”是通向永恒的。

《长恨歌》一问世，就产生了交口赞誉的轰动效应。诗人的好友元稹在《白氏长庆集序》里描写道：“禁省观寺邮候墙壁之上无不书，王公妾妇牛童马走之口无不道。”墙上到处写着《长恨歌》，人不分贵贱老幼，相逢没有不谈论《长恨歌》的，简直是空前的全民大普及。白居易自己也自诩自得，视为佳构妙品。此诗被元人白朴改编成戏曲《梧桐雨》，被清人洪昇改编为戏剧《长生殿》。诗传至日本，也被改编后搬上舞台。

如此成功大概有两方面的原因。一是两位“名人”的悲剧性传奇故事典型，很容易引起人内心共鸣；二是由大牌诗人的腕力所营造的艺术氛围，让人自然而然地要对主人公的遭遇产生某种感同身受的悲慨与同情。

诗的前一部分，描写唐玄宗专宠杨贵妃，沉湎在荒淫享乐中。“春宵苦短日高起，从此君王不早朝”，为了美色，把国君的本分忘得干干净净。杨氏一门，鸡犬升天，不论死人、活人、男人、女人，全都沾光，个个荣华富贵，高官显爵，“姊妹弟兄皆列土，可怜光彩生门户”，真是羡煞人也。这一部分从表面看，与“长恨”无关，但它是“长恨”之因，悲剧之根。

后一部分笔锋陡转，马嵬事变，贵妃死于“尺组”（组为丝织之宽带）之下，事情来得突然，但属必然。常言道，物极必反，乐极生悲。这是长恨之始，也是高潮，往后就要开始它的“绵绵之旅”了。接着用很长篇幅写玄宗对贵妃的思念。入蜀途中“夜雨闻铃肠断声”。返京途中到了马嵬倍觉伤痛，“马嵬坡下泥土中，不见玉颜空死处”。回到京城，睹物思人，对景伤怀，夜不能寐，“鸳鸯瓦冷霜华重，翡翠衾寒谁与共”。以下大段写仙境中的贵妃，其形象实为现实生活中贵妃形象的艺术再现，仙境如梦如幻，更具美感特质。但毕竟仙、人两隔，“昭阳殿里恩爱绝，蓬莱宫中日月长”，他们是不可能再重温旧梦了。贵妃将首饰各分一半捎给玄宗作纪念，重申当年在长生殿的七夕盟誓：“在天愿作比翼鸟，在地愿为连理枝。”以上从玄宗、贵妃两方面描写“长恨”，缠绵悱恻，荡气回肠。

结句点题，收束全篇，揭示主题。如大幕落下后的幕后齐唱，余音绕梁，经久不息。

就诗论事，李、杨二人恨的是什么？作为一个国君，玄宗在马嵬事变后，未作丝毫理性反思，仍然沉湎在对杨贵妃的怀念中。国家乱了，帝位丢了，他好像全不在乎，杨贵妃就好像他生活的全部，现在贵妃死了，他一切都完了。玄宗所恨者是对贵妃的爱未能继续到永远。贵妃更是死而不悟，死而无悔，要把这场生死恋继续进行下去。“在天愿作比翼鸟，在地愿为连理枝”，现在不过是一帖精神麻醉剂，昔日的爱宠一去不复返，此乃贵妃之所可恨者也。如此看来，本诗的主题并不复杂，动机不论，效果是明摆着的——长恨。

此篇有“三绝”：事绝、诗绝、句绝。句者，“天长地久有时尽，此恨绵绵无绝期”也。

同是天涯沦落人　相逢何必曾相识

——琵琶声声唱诗魂

琵琶行　　白居易

元和十年，予左迁九江郡司马。明年秋，送客湓浦口，闻舟中夜弹琵琶者。听其音，铮铮然有京都声。问其人，本长安倡女，尝学琵琶于穆、曹二善才；年长色衰，委身为贾人妇。遂命酒使快弹数曲，曲罢悯然。自叙少小时欢乐事，今漂沦憔悴，转徙于江湖间。予出官二年，恬然自安，感斯人言，是夕始觉有迁谪意。因为长句，歌以赠之。凡六百一十二言，命曰《琵琶行》。

浔阳江头夜送客，枫叶荻花秋瑟瑟。主人下马客在船，举酒欲饮无管弦。醉不成欢惨将别，别时茫茫江浸月。忽闻水上琵琶声，主人忘归客不发。寻声暗问弹者谁，琵琶声停欲语迟。移船相近邀相见，添酒回灯重开宴。千呼万唤始出来，犹抱琵琶半遮面。转轴拨弦三两声，未成曲调先有情。弦弦掩抑声声思，似诉平生不得志。低眉信手续续弹，说尽心中无限事。轻拢慢捻抹复挑，初为《霓裳》后《六幺》。大弦嘈嘈如急雨，小弦切切如私语。嘈嘈切切错杂弹，大珠小珠落玉盘。间关莺语花底滑，幽咽泉流冰下难。冰泉冷涩弦凝绝，凝绝不通声暂歇。别有幽愁暗恨生，此时无声胜有声。银瓶乍破水浆迸，铁骑突出刀枪鸣。曲终收拨当心画，四弦一声如裂帛。东船西舫悄无言，唯见江心秋月白。沉吟放拨插弦中，整顿衣裳起敛容。自言本是京城女，家在虾蟆陵下住。十三学得琵琶成，名属教坊第一部。曲罢曾教善才服，妆成每被秋娘妒。五陵年少争缠头，一曲红绡不知数。钿头云篦击节碎，血色罗裙翻酒污。今年欢笑复明年，秋月春风等闲度。弟走从军阿姨死，暮去朝来颜色故。门前冷落车马稀，老大嫁作商人妇。商人重利轻别离，前月浮梁买茶去。去来江口空守船，绕船月明江水寒。夜深忽梦少年事，梦啼妆泪红阑干。我闻琵琶已叹息，又闻此语重唧唧。同是天涯沦落人，相逢何必曾相识！我从去年辞帝京，谪居卧病浔阳城。浔阳地僻无音乐，终岁不闻丝竹声。住近湓江地低湿，黄芦苦竹绕宅生。其间旦暮闻何物，杜鹃啼血猿哀鸣。春江花朝秋月夜，往往取酒还独倾。岂无山歌与村笛，呕哑嘲哳难为听。今夜闻君琵琶语，如听仙乐耳暂明。莫辞更坐弹一曲，为君翻作琵琶行。感我此言良久立，却坐促弦弦转急。凄凄不似向前声，满座重闻皆掩泣。座中泣下谁最多？江州司马青衫湿。

元和十年(815)，宰相武元衡被藩镇刺杀，白居易时任左赞善大夫，出于义愤，上疏请朝廷捕杀刺客以雪国耻，当政者恶之，以越职言事的罪名将其贬为江州司马。诗人自元和元年(806)与元稹同登“才识兼茂，明于体用”科，十年来仕途顺畅。现在一下子由京官贬至偏远的江州，当一个从九品的司马，其心情之愤懑不平可想而知。序中的“出官二年，恬然自安”云云，不过是说说而已，诗中抒发的天涯沦落之恨才是真情。

《琵琶行》是唐诗中最成功的描写音乐的作品。行，诗体名。作者借题发挥，通过对琵琶女精湛演奏技艺及悲苦身世的描写，抒发自己天涯沦落之恨。该诗与《长恨歌》交相辉映，被誉为白氏感伤诗中之双璧。

《琵琶行》在诗人生前即已誉满天下。唐宣宗在吊白居易的诗里说，“童子解吟《长恨》曲，胡儿能唱《琵琶》篇”。清人赵翼更是认为，诗人有《长恨

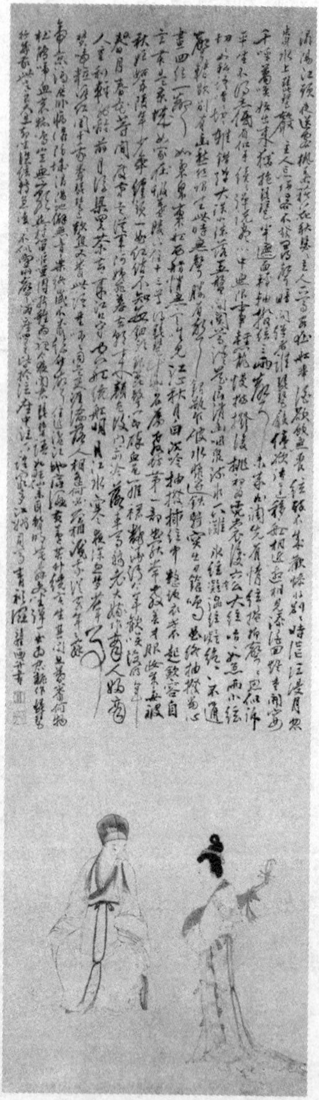

明·郭诩 琵琶行图

歌》《琵琶行》两篇大作,“即无全集,而二诗已自不朽”(《瓯北诗话》)。该诗被元代大戏曲家马致远改编为《青衫泪》,被清代戏曲家蒋士铨改编为《四弦秋》,传至日本,也被搬上舞台。

全诗以“我闻琵琶已叹息,又闻此语重唧唧”为界分为两部分。前一部分写巧遇琵琶女,夜听精妙绝伦的演奏,听她自叙悲苦身世。后一部分由“同是天涯沦落人,相逢何必曾相识”总起,叙贬后生活的寂寞凄凉,抒天涯沦落之悲。

该诗有关琵琶的文字收放自如,描写精细、以声摹声、酣畅淋漓,情与景达到了高度和谐的统一。总的看来,诗人是从三个方面来写琵琶女的演奏的。第一方面是正面描写,从“转轴拨弦三两声,未成曲调先有情”开始,交代弹奏的曲目,曲中流露的情感。作者用一组比喻来描写琵琶声:大弦如急雨,小弦如私语,两弦错杂弹,如“大珠小珠落玉盘”;流畅时如“莺语花底滑”一样美妙,幽咽时如泉水在冰层下流动,梗塞不通;短暂的休止后突然爆发的高亢激越又恰如“银瓶乍破水浆迸,铁骑突出刀枪鸣”,让人惊心动魄。第二方面是琵琶女演奏过程中的表情神态。琵琶女为何“千呼万唤始出来,犹抱琵琶半遮面”?若说她羞于见人,那就错了,京城有名的乐妓,什么世面没见过?此处正是写琵琶女的内心悲苦,她也是天涯沦落之人,寂寞凄凉,百无聊赖。她是怕见人、不想见人,而非羞于见人。以下的“似诉平生不得志”“说尽心中无限事”“别有幽愁暗恨生,此时无声胜有声”,都是“犹抱琵琶半遮面”的延续和深化。第三方面是写演奏效果。第一次演奏后“东船西舫悄无言,唯见江心秋月白”,邻船的人都在凝神屏息地谛听;第二次弹奏更加感人,“满座重闻皆掩泣”,哭得最伤心的是诗人白居易,“江州司马青衫湿”。

“同是天涯沦落人,相逢何必曾相识”,是茫茫江月映照下的诗魂,具有回肠荡气的艺术魅力。白居易精通音律,他理解琵琶声中传递出的“不得志”。他之于琵琶女，恰如钟子期之于俞伯牙，是高山流水一知音。这是二人在音乐层面的交流与沟通。其次是琵琶女的自诉，使二人在身世之感上产生了强烈的共鸣。二人有太多的相似点。一个当年“名属教坊第一部”，“一曲红绡不知数”；一个才华卓绝，登进士第，仕途顺畅。一个“暮去朝来颜色故”，“老大嫁作商人妇”；一个“谪居卧病浔阳城，终岁不闻丝竹声”。命运使他们由京城沦至荒远江州。同病相怜，一根藤上的两个苦瓜。以上两方面是酿制佳句的必要准备。

初闻琵琶声“已叹息”，悲叹其身世又“重唧唧”，共同的遭遇使二人结成为命运共同体，诗人感慨万千，唱出了千古悲情之声：“同是天涯沦落人，相逢何必曾相识！”

清幽令人感伤，感伤化为警策，警策之中蕴含人生哲理。这就是名句的前后因缘。

别有幽愁暗恨生　此时无声胜有声

——一句可顶无数句

（原诗见上篇）

《琵琶行》用音乐语言叙事写景，人物形象的描摹、感情的抒发、主题的表现，也靠音乐来完成。

诗中描写音乐的佳句如列队鱼贯而过的歌男舞女，层现不穷，令人眼花缭乱。正面描写的如："大弦嘈嘈如急雨，小弦切切如私语。嘈嘈切切错杂弹，大珠小珠落玉盘。"此四句先分写大弦嘈杂、小弦细碎，后合写两弦齐奏的混响效果。"间关莺语花底滑，幽咽泉流冰下难"，用对比、比喻手法写流畅时像黄莺儿在花底歌唱，阻滞时像泉水在冰层下流而不畅。"银瓶乍破水浆迸，铁骑突出刀枪鸣"形容琵琶声休止后在瞬间爆发，像装满水的银瓶突然爆裂，水浆迸流，又如千军万马齐上阵，刀枪撞击，声音响亮。侧面描写的如："转轴拨弦三两声，未成曲调先有情。弦弦掩抑声声思，似诉平生不得志。低眉信手续续弹，说尽心中无限事。"此数句各成境界，字字珠玑，足以让你闭上眼睛，按着拍子，沉吟欣赏，作良久回味。又如写效果和听众的感受，"东船西舫悄无言，唯见江心秋月白"，"今夜闻君琵琶语，如听仙乐耳暂明"，也都堪称名句。

运用比喻等修辞手法，将无形的音乐转换成可视可感的形象，白居易不是第一人。早在白居易之前，诗人李颀就曾写过三首描写音乐的诗，如他的《听董大弹胡笳声兼寄语弄房给事》中就有这样一段描写："董夫子，通神明，深山窃听来妖精。言迟更速皆应手，将往复旋如有情。空山百鸟散还合，万里浮云阴且晴。嘶酸雏雁失群夜，断绝胡儿恋母声。"诗人说董庭兰（即董大）弹奏的《胡笳弄》惊动了神明，深山中的妖精也跑来窃听。琴手技艺娴熟，得心应手，琴声抑扬顿挫，饱含深情。他收放自如，犹如空廓山间的群鸟散而复聚。琴声低沉时如万里浮云遮天蔽日，开朗时如云开日出，晴空万里。琴声嘶哑时，如失群的雏雁在夜里发出哀鸣；而嘶酸的音调，正如胡儿离母时的呜咽声。此段文字之精彩不亚于白氏之《琵琶行》，但它的知名度远不如后者。究其原因，李诗除了运用比喻手法外，还极度夸张，想象离奇。而白诗就近取譬，贴近生活而无距离感。更重要的是李诗单写琴声不及其他，而白诗却融琴声于人情，抒天涯沦落之悲。这就使音乐不再单纯，包含了某种社会内容，体现了人性美和人情美。

后于白居易的李贺的《李凭空篌引》，也是专写音乐的诗。诗中名句如"昆山玉碎凤凰叫，芙蓉泣露香兰笑"。上句写空篌众弦齐鸣时如玉山崩塌，声音嘈杂而剧烈；单弦演奏时又如凤凰鸣叫，声振林木。下句写空篌音调、音质美如芙蓉带露，香兰含笑。李句亦可谓可闻可睹、形神兼备之句，但缺乏白诗整体铺陈之气势，更没有白诗名句迭出、前后映带所形成的句群整体优势。

"别有幽愁暗恨生，此时无声胜有声"，不是正面描写琵琶声的名句，但却抵得上许多正面描写的句子。"此时无声胜有声"。诗人此前已对有声作了全方位的描写，现在是写休止时的"无声"。"无声"比有声更难把握，更难表现。但还是可以作比较的。诗人自己说"此时无声胜有声",故"一句可顶许多句"并非谬奖。

"无声"之胜过有声,在于含情。它表达了琵琶女"别有幽愁暗恨生"。幽愁,深沉而绵长;"暗恨生",嗟叹命运不济,投错了胎,以致受侮辱、遭损害;"别有",是别样的,另类的,那是弹奏琵琶时没有也无法表现的愁与恨。

休止是乐曲中的有机部分,如歌曲结句之八拍延长,用音乐语言表达深情雅意。休止有点像无表情表演。英国电影演员葛丽泰·嘉宝在拍瑞典女王失去情人时,导演让她作无表情表演,结果观众有的说她"欲哭无泪",有的说她"真有勇气"。

名句留下巨大的想象空间,让你想入非非,但又始终不离现实。

野火烧不尽　春风吹又生

——曲顽强生命的赞歌

赋得古原草送别　　白居易

离离原上草，一岁一枯荣。
野火烧不尽，春风吹又生。
远芳侵古道，晴翠接荒城。
又送王孙去，萋萋满别情。

写下这个令无数人倾倒的千古名句时，白居易十六岁。

诗人早慧，生下才六七个月，乳母抱他在书屏下玩耍，指“无”“之”二字给他看，即能默记在心。此后，“虽百十其试，而指之不差。”（白居易《与元九书》）。他五六岁学作诗，九岁通声韵，十六岁作《赋得古原草送别》，轰动京师。

据唐张固《幽闲鼓吹》载，诗人十六岁时谒名士前辈诗人著作佐郎顾况，投献诗作。顾睹姓名，熟视白公曰：“米价方贵，‘居’亦弗‘易’。”待看到“野火烧不尽，春风吹又生”时，不禁大加赞赏，说道：“道得个语，‘居’亦‘易’矣。”于是为之延誉，使之声名大振。这个故事是否系小说家之言，姑且不论，诗人十六岁作此传世之作却是不争的事实。

本诗作于贞元三年（787），是一首应考的习作。按科场考试规定，凡指定、规定的诗题，须在题前加“赋得”二字，也就是说，原题是《古原草送别》。此题典出《楚辞·招隐士》：“王孙游兮不归，春草生兮萋萋。”该题立意之难处有二。一是借草言别是道老题，在写滥了的题目里要翻出新意，谈何容易？二是要在一篇短诗中兼顾古原草与送别二意难度相当大。诗人将十六岁之勃发旺盛之生命活力寄托于“烧不尽”“吹又生”之野草，歌颂其生生不息的顽强，这是道前人之所未道，发古人之所未发。又通过野草“侵古道”“接荒城”之铺展向远，接合送别之意，解决了另一难题，就此交上了一份令人击节赞叹的完美答卷。

诗的前两句平平而起。“离离原上草，一岁一枯荣”，初看并无奇处。言原上寻常之草秋枯春荣之规律。但细味便有讲究。离离，草丰盛、披离貌，春夏之景色也。若言“荣枯”，便是由生长发育趋于衰败枯死；言“枯荣”，则歌颂野草在又一个生命轮回中展示勃勃生机。颔联正面歌颂野草，经野火的浩劫、寒冬的枯寂后，春风一度，发芽生长，转眼又是绿满原野。颈联“远芳侵古道，晴翠接荒城”将目光投向远方，进一步写野草蔓延铺展之势，引出送别之意。远芳，芳草远展；侵古道，渐与古道相接。晴翠，晴空下的翠草。意谓芳草渐生渐远，接近了远方的古道，晴空下翠绿的草色接连远处的荒城。结句扣题，绾合“芳草”与“送别”，营造了绵邈、凄迷的送别场面，恰如李煜所言，“离恨恰如春草，更行更远还生”（《清平乐》）。全诗以“原上草”为主语，一气贯注，层次分明而又连贯无痕，情致深厚而又生机勃发，其识见、腕力、功底，全不似一个十六岁的少年。

名句“野火烧不尽，春风吹又生”，诗意承上联而来。“一岁一枯荣”，揭示野草的生长规律，荣而又枯，枯而又荣，周而复始，生生不息。野草何以能如此？缘于它有顽强的生命力。野草长不盈尺，身不满把，有的还匍匐在地，是那样不起眼。但他的生命力却是那样惊人。锄不掉,割不绝,斩不尽,放一把野火连片把它烧光,但春回地暖时它又发芽生长,芊芊绵绵,连成一片。它的不屈精神让人肃然起敬,它的顽强的生命力让人叹为观止。

作者不写压,不写碾,不写锄,不写割,而是写用野火烧。其意在强调毁灭的力量。这样的大火若加之于物或人,或化为灰烬,或葬身火海;而野草却能像凤凰涅槃一样,在烈火中永生。诗人创造的这一壮烈意境,让人永生难忘。

"野火烧不尽,春风吹又生"予人以深刻的启迪。世上有物质的力量摧毁不了的东西,有无法令其屈服的精神,有扼杀不了的生命,有不可遏阻的发展趋势,这些特点充分体现在野草身上。名句给人以信心、希望、鼓舞和力量,给人以太多的关于人生哲理的思考,所以至今被人广泛引用。

此联为流水对,声律上用拗救。上句第四字应平而仄,成四仄一平;下句第三字应仄而平,成四平一仄。"烧""吹"强烈对抗,平声"吹"延长有力,寓春风给野草输送无穷生命动力。

向使当初身便死　一生真伪复谁知

——此问之中余味长

放　言　白居易

赠君一法决狐疑,不用钻龟与祝著。
试玉要烧三日满,辨材须待七年期。
周公恐惧流言日,王莽谦恭未篡时。
向使当初身便死,一生真伪复谁知?

这是一首哲理诗。哲理诗起于晋,兴于宋,讲究理趣。

这首奉和元稹的《放言》诗讨论的是品评人物的问题。主要观点是,不能仅凭一时一事或某一阶段的表现下结论,是好是坏要由时间检验。说得通俗点,就是"路遥知马力,日久见人心"。

诗人怎么会想起讨论这么一个属于历史唯物主义范畴、充满哲学思辨色彩的问题呢?这还得从他与好友元稹无辜遭贬的经历说起。

元和五年(810),元稹得罪权贵被贬,在江陵写下了五首诗,表达自己无辜遭贬的愤懑心情。他在诗里说,"死是老闲生也得,拟将何事奈吾何","两回左降须知命,数度登朝何处荣",提及生死、荣辱,语气颇无奈。五年后,白居易上书言事忤当权者也被贬。此时元稹已转为通州司马,听到好友也被贬便写下了

《闻乐天授江州司马》相赠，诗人在赴江州司马任途中收到赠诗，感慨万千，写下了五首《放言》奉和诗。此为第三首。

组诗前有一小序，推崇元稹的《放言》诗，称赞它“韵高而体律，意古而词新”，在主旨相同的诗里，只有前辈诗人李颀的“济水自清河自浊，周公大圣接舆狂”庶几近之。

《放言》诗关于人的“真伪”的理性思考实源于二人自己的身世。元稹因直言敢谏，劾奏守旧派，攻击宦官与贪官污吏遭“以棰伤面”之辱，贬为江陵士曹参军。白居易因上书言事被贬为江州司马。二人满腹冤屈，故有罪与非罪、好人还是坏人，只能由时间来检验的理性思考。

诗的开头“赠君一法决狐疑”，说我要赠送您一个解决狐疑的好办法。人生多有犹豫难决之事，诗人郑重其事地说，他有一个好办法可以“决狐疑”。什么办法呢？下句不直言却故作一顿。说“不用钻龟与祝蓍”，否定传统的用钻龟壳和用蓍草来占卜吉凶的办法。以下两联诗人巧用两个自然界的事例和两个历史人物来论证他的“决狐疑”的方法。“试玉要烧三日满，辨材须待七年期”，意谓辨别真玉还是假玉要烧满三日方见分晓，材质的优劣也要待它长了七年才能分辨清楚。作者自注曰：“真玉烧三日不热”，“豫章木生七年而后知”（豫、章二木要生长七年才能分辨出何为豫何为章）。“周公恐惧流言日，王莽谦恭未篡时”，意谓周公辅成王摄政时有流言说他有篡位野心，致使他内心非常恐惧；西汉末的王莽未篡位时，手握权柄却假装谦恭，迷惑了许多人。这两联便是作者“决狐疑”的灵丹妙药，就是要让时间和历史去下结论。尾联以设问作结，强化主要论点，强调要经受时间考验，不能过早下结论。

尾联启人神思，发人遐思，是脍炙人口的名句。此句有三方面特色。

第一,它是全诗的关键句,也是诗意的收束和总结。从论证角度看,前两联属论证过程,用举例论证。事例有矿物、木材,人物有正面、反面,非常典型。在充分论证后,尾联水到渠成,提出己见,收束全诗。即世间万事,其优劣、真伪都要由时间去检测、考验,不到过程终了,便不宜过早下结论。

第二,有理趣也有诗情。本诗写作目的在明理,但也不乏诗情。首联“决狐疑”有新意,且留下悬念。下句用否定句一顿,是其曲折处。中两联虽为论证,听上去却像串讲故事,点评历史人物。尾联用一设问句,意味深长。周公后来辅佐成王平定叛乱,使周大治,说明他并无野心;而王莽却篡位自立,国号“新”。如果二人死得早,真假谁能辨得清?此联首尾呼应,振起全篇,诗味十足。

第三,给后人以深刻启迪。人的一生不同阶段表现不同,外表与内心会有很大差异,流言、诽谤等不实之词有时又如云遮雾障。这就要求我们在评价和选拔人才时要客观辩证,特别是处理人时更要慎重,不要冤枉好人,也不要放过坏人。

一道残阳铺水中　半江瑟瑟半江红

——和谐宁静的秋晚图

暮江吟　　白居易

一道残阳铺水中，半江瑟瑟半江红。
可怜九月初三夜，露似珍珠月似弓。

白居易这首玲珑剔透的写景小诗，作于长庆二年(822)赴杭州刺史任途中。时朝政昏暗，牛、李党争激烈，诗人厌倦于京城的政治环境，乃自求外任。本诗从一个侧面反映了诗人远离浑浊官场的轻松愉快的心情。

这首诗以傍晚江上景色和入夜晶莹的露珠、美丽的弯月为题材，把人带进如诗如画、如梦如幻的秋日美景中，把夕阳斜照、余晖洒满江面而又随着江流平缓地伸展开去的动态美景，准确、凝练、形象地展现在读者面前。

该诗是白居易杂律诗中的一首。这类诗往往取材于一时一物来抒发情思。然而这首诗容量却大得惊人。作者从天上的夕阳写到地上的江面，又从地面折回天上，写天上的新月，再从天上转到地面，写草上的露珠。从时间上看，则由黄昏到入夜，大约有两三个时辰。从景物看，大至距地球最近的两大天体，小至一片水面，微至小草上晶莹的露珠。如此复杂的写作元素，作者竟能轻而易举地将其拢入一首小诗，创造出美不胜收、和平宁静的意境，让人惊叹！

该诗由两个画面组成。第一个画面由残阳、江面组成。写夕阳将它的余晖近乎平射地照临江面，形成瑰奇、绚丽的江面景色。第二个画面由珍珠般的露珠和如弓的新月组成。新月淡淡的月色轻柔地照着小草上的露珠，使其似珍珠般晶莹闪烁。两个画面由第三句“可怜九月初三夜”连接。“九月初三”确写日期，说明景色真实；“可怜”，抒发作者主观感受。全诗意境优美、比喻巧妙、句式精警，深受读者喜爱。

细细咀嚼前两句，可品出不少问题。

关键是“瑟瑟”一词在具体语境中如何落实。查《辞源》，“瑟瑟”条有两个义项：① 秋风声……也形容细碎的声音。② 碧珠。也指碧色。在作“碧色”解时，即以本句为例。问题是怎么会形成“半江瑟瑟半江红”这种奇观的？有一种观点认为，奇景的起因是江水不断起伏的细波，波峰受光多则红，波谷受光少则碧。此说值得商榷。因为此时正值深秋，属枯水季节，不可能形成有峰有谷的大波浪。若是波光粼粼，则更难形成“半江瑟瑟半江红”这样鲜明的视觉效果。

“半江瑟瑟半江红”不是波峰、波谷的问题，而是指江面一半是碧色一半是红色。这种奇景只有在夕阳斜照下的南北走向的河流中可以见到。此时靠东岸的半边夕阳可以照到，东半边是红的；西半边由于河堤遮挡，阳光照不到，故水仍是青碧色。诗人于穆宗长庆二年(822 年)七月，授杭州刺史。时汴河未通，取襄阳路赴任，水陆七千里，十月至杭州。诗人此行由北向南，走水路必取南北向河道，而《暮江吟》正是赴杭州任途中所作，时间、地点、情理均契合。其实是个很简单的问题，不必将它复杂化。

现在我们回过头来欣赏“一道残阳铺水中，半江瑟瑟半江红”。

诗人用“残阳”而不用“夕阳”，乃因“残阳”较“夕阳”距落山时间更短。这是它最后一抹余晖。“铺”字也准确地体现了残阳余晖的特点。红澄澄的残阳即将沉入地平线，此时射出的光几乎与地平，用一“铺”字最为贴切。为何诗人要选江面景色写？因为他在船上，对水面这一转瞬即逝的奇景观察得最清楚，看得最真切。画面光、景无比柔和，反映了秋日傍晚红日西沉那一刻大自然的无比和谐与宁静。

此句不用任何修辞手法，纯用白描描绘这瞬间的美丽。第四句巧用比喻，地上“露似珍珠”、天上“月如弓”固然贴切生动，但“一道残阳铺水中，半江瑟瑟半江红”不假任何修饰，平铺直叙，同样成了名句，因为诗人已敏锐地捕捉到了事物的特征，只需用特写镜头记录下来就可以了。

名句字字精练。如日没已消沉无力，不似日出时万道霞光，故用“一道”。又如言“铺水中”，盖因无风无浪，残阳得以浸润到江水中也。

几处早莺争暖树　谁家新燕啄春泥

——莺莺燕燕唱春早

钱塘湖春行　　白居易

孤山寺北贾亭西，水面初平云脚低。
几处早莺争暖树，谁家新燕啄春泥。
乱花渐欲迷人眼，浅草才能没马蹄。
最爱湖东行不足，绿杨阴里白沙堤。

此诗作于长庆三年或四年(823 或 824)，白居易任杭州刺史期间。

西湖是杭州的窗口和眉眼，杭州的妩媚与娇柔尽在西湖。古来咏西湖的诗词不计其数，苏东坡的《饮湖上初晴后雨》和白居易的《钱塘湖春行》最负盛名。苏诗为一绝句，以巧用比喻、竭力渲染而名世；白诗为一律诗，以浑融坦易受青睐。两诗恰如两支球队，一以大牌明星炫目，一以整体实力见长。

本诗是一首记游诗。钱塘湖，西湖的别称。本文将按原诗游踪进行赏析，突出名句“几处早莺争暖树，谁家新燕啄春泥”，兼及其他。

首句“孤山寺北贾亭西”，犹如卫星定位仪，一下子就锁定了景点。孤山在后湖与外湖之间，峰峦耸立，秀色可餐，上有孤山

清·丁宝书 春燕图

寺，是一湖名胜的标志。贾亭位于湖中，为贞元年间杭州刺史贾全所建。起句之妙在于既简明概括了此游的出发地，又轻点标志景点孤山，省去了许多啰嗦话。接着便写西湖水面景色。游湖绕不开“水”，西湖的潋滟、灵性全在于水。此时的西湖是什么景象呢？作者用“水面初平云脚低”来形容。春季雨水多，湖水上涨，刚涨到与岸平；天上白云舒卷，水汽氤氲，与湖面相接，浑然一片。一个“初”字，一个“低”字，已透露了早春的气息。

下面来说“几处早莺争暖树，谁家新燕啄春泥”。

“早莺”“新燕”当然已包含了“早”的意思，但还不够具体，作者便以“几处”“谁家”来限制、修饰。莺啼是江南春色的一大特色。杜牧有诗云：“千里莺啼绿映红，山村水郭酒旗风。”（《江南春》）阳春三月，千里江南，一片滴溜宛转的莺啼之声。但西湖此时没那么热闹，只能偶尔听到几处早莺的啼鸣；它们还有点怕冷，争着栖到朝南的“暖树”上歌唱。人们惊喜地发现，一冬不见的燕子，又从南国飞回来了，不禁惊讶地问：“这是谁家的燕子，这么早就衔泥修巢了?”此联字字写早,洋溢着早春气息。

方东树说此诗“象中有兴,有人在,不比死句”(《续昭昧詹言》),很有见地。此句虽写景,但句中有人。一是惊问“谁家新燕啄春泥”的人,还有便是诗人自己。我们能想象出诗人看到莺莺燕燕景象时的轻松欢快心情,在京都当朝官的郁闷、烦恼、不适一扫而光。

苏东坡的“欲把西湖比西子,淡妆浓抹总相宜”不拘泥于一时一景,从大处着眼写西湖的美,美得像“四大美人”之一的西施。浣纱女西施就是浙江人,家离杭州不远。她天生丽质,生来就美。她不用化妆、打扮,更不用整容,粗服乱头而不掩国色。东坡说西湖跟西施一样美。晴天时水光潋滟非常美,雨天时在空濛山色的映照下也很奇妙。白诗体物入微,用工笔描画景物特征,自然委婉。苏句似乎在说明一个道理,白句只想用诗情濡染人心。这里不存在好坏优劣。风格不一样,你爱谁就是谁。

此联与颈联同为对仗精工之联。“几处”“谁家”“渐欲”“才能”虽是平常词语,用在联中却显得精确而情境毕现。看似得来全不费工夫,其实是与他早年的“昼课赋、夜课书,间又课诗,不遑寝息”(《与元九书》)的长期苦学有关。

写完莺莺燕燕,该写花花草草了。颈联“乱花渐欲迷人眼,浅草才能没马蹄”,写湖边杂花渐次开放,已可观可赏,姹紫嫣红、百花盛开的日子已经不远了。路边的嫩草也不长,才刚能盖过马蹄,但离芳草萋萋、芊芊绵绵的日子也不远了。景区何来马匹?原来唐人喜骑马游春,连歌姬舞伎也不例外。尾联“最爱湖东行不足,绿杨阴里白沙堤”中之“行不足”承上联“马蹄”而来,呼应开头,收束全篇。

《瓯北诗话》说本诗“眼前景、口头语,自能沁人心脾,耐人咀嚼”,极是。

谁知盘中餐　粒粒皆辛苦

——从诗到格言

悯农二首　　李绅

其一

春种一粒粟，秋收万颗子。
四海无闲田，农夫犹饿死。

其一

锄禾日当午，汗滴禾下土。
谁知盘中餐，粒粒皆辛苦？

当孩子饭碗里吃不干净时，家长便会教育他们："吃干净，'粒粒皆辛苦'，粮食是农民伯伯好不容易种的，不能浪费！"在中国，李绅这两句格言式的诗可谓家喻户晓，妇孺皆知。

安史之乱后，面对生产力遭到严重破坏，民生凋敝，剥削加重，阶级矛盾日益尖锐的社会现实，一群诗人提出用新乐府描写民生疾苦的主张。白居易在《新乐府序》里曾对新乐府的特质作过阐述，说"总而言之，为君、为臣、为民、为物、为事而作，不为文而作也"。如果说元稹、白居易是新乐府运动的主将，那么李绅便是这一运动的先行者和实践者。李绅在元、白之前就曾经作过二十首新乐府诗，元稹对它的评价是"雅有所谓，不虚为文"

(《元氏长庆集》卷二十四),元稹选择其中讽喻时弊急切的诗,写了十二首和诗,加上白居易的五十首,新乐府的创作已成果斐然。可惜李绅的二十首未能流传于世。但我们从他早期作品《悯农二首》中,尚可窥见他反映民生疾苦、"不虚为文"的切实文风。

《悯农二首》前一首反映农民遭受残酷剥削、丰年犹饿死的悲惨生活;后一首写劳动成果之来之不易,告诫世人应珍惜粮食。前一首"触目惊心",后一首"振聋发聩"。

第一首前三句描述了在广大农民的辛勤劳作下,野无闲田、粮食大丰收的景象。"春种一粒粟,秋收万颗子","万颗子"形容其多。农民只需用少许种子,秋天就可收获万担粮,他们把荒地改造成良田,全部种上粮食。按理可以丰衣足食了吧,恰恰相反,在这种丰收年景,却出现了"民有饥色,野有饿莩"(《孟子·梁惠王上》)的怪事。粮食哪里去了?被地主老财收租收去了,被皇室和各级官吏搜刮去了,被巧立名目的各种苛捐杂税征收去了。农民没有了活命的口粮,便只能活活饿死。"农夫犹饿死",一个"犹"字,悲苦而又深刻,丰年尚且如此,荒年就更不用说了。诚如诗人罗隐所言:"尽道丰年瑞,丰年事若何?"(《雪》)

该诗形象生动,概括性强,笔锋犀利。前三句蓄势充足,第四句反跌,形成强烈的对照、映衬效果,让人触目惊心,过目难忘。

据《唐诗纪事》卷二十九载,李绅曾以此二诗谒名士、也是他的老师吕温,吕读后预言他日后必为卿相。李绅后来果然当了宰相。吕温为何仅凭两首诗就断定他是卿相的料?其实这已不是诗的问题,吕温看重的是李绅在诗中所表现出的某种政治家的眼光、识见和品格。农业和粮食是国之大本,本固而邦宁。民生疾苦关系到国家安危,竭泽而渔,敲骨吸髓,后果是非常可怕的。

后一首分两个层次，第一层为前两句，刻画农夫烈日当头、挥汗锄禾的情景。中午田间高温炙人，黄豆大的汗珠从农夫的额上不断地滴到干涸的泥土里。他为何不在早晚风凉一点的时候来锄草？可能是农事繁忙，也可能是农时耽误不起。再有一点，有经验的农夫都知道，烈日下锄的草即被晒死，早晚锄下的草遇露水、雨水便又扎下老根重新生长。

后两句是第二层，诗人感慨横生，发出惊天一问："谁知盘中餐，粒粒皆辛苦？"诗中的"谁"指的什么人？应是所有不知稼穑艰难的人，包括达官贵人、地主老财，四体不勤、五谷不分的士子，当然也包括作者本人。最使作者感慨、悲愤的是劳者不获、获者不劳的制度性弊害，他们吃起来"水陆罗八珍"（白居易《轻肥》），征去的粮食吃不完，任其腐烂——"输入官仓化为土"（张籍《野老歌》）。李绅对基本社会矛盾看得如此透辟，很是难得。

名句已转化为格言，不管什么时代都应尊重劳动人民，爱惜劳动成果，"一粥一饭当思来处不易，半丝半缕恒念物力维艰。"（朱柏庐《治家格言》）

作者小传

李绅（772—846），字公垂，无锡（今属江苏）人。元和进士。武宗时拜相，出为淮南节度使。今存《追昔游诗》三卷，《全唐诗》另有其《杂诗》一卷。

孤舟蓑笠翁　独钓寒江雪

——一个超然物外的诗歌形象

江　　雪　　　柳宗元

千山鸟飞绝，万径人踪灭。
孤舟蓑笠翁，独钓寒江雪。

欣赏柳宗元《江雪》，必要了解作者参与“永贞革新”而长期遭贬的经历，否则便只能停留在皮相的浅表，很难有透彻的理解。

贞元十九年(803)，柳宗元从蓝田尉任上被调回京城，任监察御史里行(见习御史)。两年后顺宗即位，王叔文等支持变革，柳宗元成为革新集团的重要成员，官至礼部员外郎。半年后宪宗即位，守旧派得势，无情镇压革新派，“永贞革新”首领王叔文被贬斥而死，柳宗元也被贬为永州司马。永州一贬，长达十年。诗人在永州曾写《渔翁》一诗表达当时的心情，他在给朋友的信里说：“行歌坐钓，望青天白云，以此为适，亦足老死无戚戚者。”(《与杨诲之第二书》)流连山水，排遣郁闷，成了他永州十年的重要生活内容，但内心一刻也没有平静过。

这首诗画面很简单，摹画严寒大雪时渔翁江上独钓之景象，但寓意却很不简单。范晞文评道：“唐人五言四句，除柳子厚《钓雪》一诗之外，极少佳者。”此评显然已透视到画面的背后，深入到景象的深层。

诗人取由高到低、由景及人的思路来突显主题。“千山鸟飞绝”，放眼峰峦起伏、绵延不绝的大山，平时飞来飞去的鸟儿，现在全部不见了。“绝”用得十分准确。写了天上再写地上，“万径人踪灭”，地上大路、小路、山路，无一处留有人的足迹。天太冷，雪太大，无法进行户外活动，人们都在家里闭门向火，闲话聊天。此两句为渔翁的出现蓄势、铺垫。下两句由地面再下移至江心。一叶扁舟上，一位老渔翁，穿着蓑衣，一人一竿，正在大雪纷飞的江面垂钓。雪，大雪，纷纷扬扬还在下着的鹅毛大雪，它笼盖万物，使天地浑然一片。全诗的背景就一个字——雪。但前三句连一片雪花都没看见，这“雪”字是“千呼万唤‘不’出来”，直至最后一句最后一字方才逼出一个“雪”字，道是“独钓寒江雪”。一个特定的时间，一个特殊的场景，一个异乎寻常的人物，构成了一幅完整的画面。幽僻、孤寂，画面有凛凛寒气袭人，人物以伟岸傲骨骄人。

明·沈周　寒江独钓

现在来说名句“孤舟蓑笠翁，独钓寒江雪”。

欣赏本句，得把“渔翁”这个形象琢磨透。这是个大雪纷飞、寒气砭人肌骨的极端恶劣的天气，不见鸟儿飞行，不见儿童玩雪嬉戏，习武练艺的壮汉也停止了活动。野外天地间只有一个生命在继续活动,这就是老渔翁。他不怕寒,不畏雪,披着蓑衣,戴着斗笠,和往常一样,继续干他的营生——垂钓。在他身上,我们看到了竹的挺拔,松的长青,菊的傲霜,梅的风姿。此翁我行我素,超然物外,有一具凛然难犯、不可移易的铁骨钢魂。

用宋人张舜民的"诗是无形画"(《跋百之诗画》)形容本诗最为恰当。"孤舟蓑笠翁"就是绝好的绘画题材。故此诗问世后,无数画家便争着为它作诗意画。《唐诗快》说:"只此二十字,至今遂图绘不休,将来竟与天地相终始矣。"这从又一个侧面证明了范晞文对此诗的评价,它是可以"与天地相终始"的。只是画其形易,绘其神难,但不知画师们如何表现渔翁的风骨。笔者于绘画,外行一个,不便置喙。

柳宗元此诗一是表明所处政治环境恶劣,二是向政敌表明自己不低头屈服,不会改变初衷,而是要像渔翁那样我行我素,独立苍茫,卓然不群。可以说渔翁是一个"虚构而又真实的形象",说它虚构,因为它是一个经过加工的艺术形象;说它真实,因为它的原型就是作者自己。

范晞文视本诗为唐人五绝之佳者,还因为本诗对"形"与"神"的处理很特别。"形"铺陈渲染、穷形尽相;"神"却不露痕迹,要到那不食人间烟火的"形"里去探究。其实,作者的凄苦孤傲和对人生的悲剧性体验本来就是只可以意会而难以言传的嘛!

作者小传

柳宗元(773—819),字子厚,河东解(今山西永济)人,世称柳河东。二十岁中进士。参加王叔文集团革新运动。失败后长期被贬,死于柳州刺史任上,世称柳柳州。唐宋八大家之一。今存《柳河东集》。

曾经沧海难为水 除却巫山不是云

——至情至性 至大至美

离 思 元稹

曾经沧海难为水，除却巫山不是云。
取次花丛懒回顾，半缘修道半缘君。

本诗与《遣悲怀》都是诗人悼念亡妻之作。《遣悲怀三首》选取生活细节和典型事例作精细刻画；本篇则大处落笔，以云与海之大气，表达自己对亡妻刻骨铭心、永志难忘的痴情。两篇恰似花之并蒂、枝之连理，互通声气而又交相辉映。

诗的大意是：经历过沧海的人，眼界宽了，标准高了，其他的水便算不上水了；见过神奇、美丽的巫山之云，再看其他的云便看不上眼了。诗人以“沧海之水”与“巫山之云”暗喻韦氏之美貌与高尚人品，表达自己对她的生死不渝的深情。后两句如激流进入一马平川，感情趋于平缓。诗人以花丛喻女色，称自己经过花丛时懒得再回头看看，对其他的女性已毫无兴趣。这原因一半是因为奉佛修道和修身养性，一半便是因为亡妻韦氏。此两句是上两句的延伸和形象化的补充。

“曾经沧海难为水”，典出《孟子·尽心》：“观于海者难为水，游于圣人之门者难为言。”朱熹注曰：“所见既大，则其小者不足观也。”(《朱子集注》卷十三)大意是,看过大海的人便很难再把其他的水作为水,在圣人门下听过圣人高论的人便再也不敢随便发表自己的意见了。这两句话是一个明喻。题中的上句祖意于“观于海者难为水”,是一个暗喻,比喻的主体韦氏并未出现,故也有文章说这是运用比兴手法,也有叫“托物言情”的,说法不同而已。下句“除却巫山不是云”典出宋玉《高唐赋》。楚襄王一夕梦中与一女子相会,女子离去时,襄王问她是何人,女曰:“妾旦为朝云,暮为行雨,朝朝暮暮,阳台之下。”后世往往以“巫山云雨”形容男女欢会。元稹以物喻情,以典达意,两典连用,强烈表达他对韦氏感情的美好、专一、崇高和无与伦比。

大海浩瀚无垠,深不可测,“日月之行,若出其中;星汉灿烂,若出其里”(曹操《观沧海》),其深广无物可比。巫山之云也是一绝。宋玉在《高唐赋序》里说,巫山之云为神女所化,上属于天,下入于渊,茂如松榯,美如娇姬。宋玉笔下的巫山云缥缈、变幻、朦胧。她的奇妙、美丽、含情,没有哪里的云可比。“沧海”“巫山云”都是极致,不可逾越,如同珠穆朗玛峰是世界第一高峰一样。用这两个精警瑰丽的事物表达他对韦氏的至大、至深、至美的爱,再合适不过了。该句比喻起点高,抒情强烈,如暗潮奔涌,如空谷悲响,突出已经逝去的美好时光、朝夕相处的爱侣、难以忘怀的恋情之无法再现、不可替代。

诗人生性风流,人们对他这份感情的真实性与纯洁性颇为怀疑。他有过不止一个红颜知己且不说,单说他此后又续弦纳妾,热恋著名女诗人、乐妓薛涛,且后来又一去不返,就跟他在名句里表达的感情很不一致。

对这个问题当作具体分析。一夫多妻是当时的正常婚姻形式,妻亡再娶就是在现代也并不违背伦理道德。我们没有理由用道德圣人的标准去苛求他,也没有理由要求他在韦氏去世后的几十年里像贞妇一样地“守节”，实行僧侣式的禁欲主义。其实只需弄清一个问题：他对韦氏的这份感情真不真？而这个问题是一个根本不存在、更无需讨论的“伪问题”，因为他没有必要矫情作假，也没有本事造得如此逼真和感人。他对韦氏的真情除了自己的悼亡诗可以证明，还有他最要好、最亲密的朋友白居易可以为他作证。元稹《梦游春七十韵》云“觉来八九年，不向花回顾”，白居易便在《和梦游春诗一百韵》里赞同道“京洛八九春，未曾花里宿”，这和元稹在诗里说的“取次花丛懒回顾”完全一致。和不止一个女人有过交往，但真爱只属于一个人。陆游之于唐氏、柳永之于《雨霖铃》中的那位歌妓，均属于这一类。窃以为，欣赏元稹的悼亡名句最好避开这些闲话，否则就像一杯香茗，硬往里掺白开水，味道就淡了。

名句广为流传还在于它普适的哲理意义。回忆已逝的美丽是一种伤痛，而这伤痛又往往转化成永恒的美丽。

作者小传

元稹(779—831)，字微之，河南(今河南洛阳)人。贞元进士。官至同中书门下平章事。诗与白居易齐名，有《元氏长庆集》。

惟将终夜长开眼　报答平生未展眉

——古今悼亡之第一名句

遣悲怀三首　　元稹

其一

谢公最小偏怜女，自嫁黔娄百事乖。顾我无衣搜荩箧，泥他沽酒拔金钗。野蔬充膳甘长藿，落叶添薪仰古槐。今日俸钱过十万，与君营奠复营斋。

其二

昔日戏言身后意，今朝都到眼前来。衣裳已施行看尽，针线犹存未忍开。尚想旧情怜婢仆，也曾因梦送钱财。诚知此恨人人有，贫贱夫妻百事哀。

其三

闲坐悲君亦自悲，百年都是几多时！邓攸无子寻知命，潘岳悼亡犹费词。同穴窅冥何所望？他生缘会更难期！惟将终夜长开眼，报答平生未展眉。

把悼亡诗推向极致的是元稹的《遣悲怀三首》。孙洙曰："古今悼亡诗充栋，终无能出此三首范围者。"（《唐诗三百首》）

该诗名句迭出，"惟将终夜长开眼，报答平生未展眉"是其佼佼者。它是第三首诗诗意的提炼和概括，是全诗的总结，是诗人悲痛感情的总爆发。元稹代表天下有情人将“人人心中有，个个口头无”的感情作了最精彩的表达，感人肺腑，催人泪下。它让所有悼亡诗之警策黯然失色，堪称“古今悼亡第一名句”。

这三首七律是元稹为悼念亡妻韦丛而作。韦丛字蕙丛，太子少保韦夏卿之幼女。她二十岁屈身下嫁元稹，不幸于二十七岁时病故。诗人悲痛难抑，写下了《遣悲怀三首》。

第一首首联连用两典。一是以韦氏比谢道韫，说谢安最怜爱他的有才情的小侄女谢道韫；二是用战国时齐国贫士黔娄之典，说韦氏自嫁他这么个贫士后没有一件顺心的事。中二联写韦氏安于清贫，处处关心、体贴自己。见他没有衣服穿便翻箱倒柜地搜寻；被他软缠不过讨酒喝时，便拔下头上的金钗让他去换钱。粮食不够吃就以长长的豆叶充饥，韦氏无怨无尤，吃得很香甜。家中无柴烧，就靠扫古槐的落叶当薪炊。尾联感叹道：现在我年俸超过十万，生活好过了，你却去世了，我只好用祭奠和请僧道超度亡灵的办法来寄托哀思。用寻常语来叙家常事，写来语语哀痛。

第二首写韦氏去世后的情景。首联回顾以往，说生前曾说过死后如何如何的话，没想到现在一一都变成了现实。中两联告慰亡灵，有关后事都一一处理好了。该施舍的衣服已分发得差不多了，只有那针线盒怕睹物思人至今不忍打开；爱屋及乌，对你生前的婢仆我也格外善待。尾联“诚知此恨人人有，贫贱夫妻百事哀”，写得无比沉痛。意谓夫妻死别，人人难免，但我们这样的贫贱夫妻死别的怅恨岂是一般人所能比的啊！

第三首由悲对方转为悲自己。这一首写得极具特色。诗人觉得自己欠妻子的“生活债”“感情债”太多太沉，念此柔肠寸断。尾联“惟将终夜长开眼，报答平生未展眉”，伤感、缠绵、凄惶而又无奈。诗人说，我要像鳏鱼那样睁着双眼，长夜不眠，来报答你平生紧蹙、从未舒展的双眉。“长开眼”“未展眉”对照鲜明，前者表示自己虔诚心意，后者形容韦氏愁苦神态。那么尾联这一总结性的收束是如何来的呢？诗人为何要采用这一异乎寻常的悼念方式？这还得从诗的内容和作者的思路说起。

第三首的特点可概括为十六个字：百折千回，字字兴悲；兴发于此，意归于彼。诗的开头开宗明义：“闲坐悲君亦自悲”，以下便条分缕析，一一道来。

◎一悲人生苦短。“百年都是几多时”。人生在世，百年算是“上寿”了，但即便能活到一百岁，生命也是短暂的，“上寿”又怎样呢？我的妻子已亡故了，我虽然还活在这世上，但终究是要随她而去的啊！

◎二悲苦命无子。“邓攸无子寻知命”。诗人以邓攸自比，叹自己命中无子。邓攸是西晋人，字伯道，他舍子救侄，自己却最终没有子嗣。韦丛身后只遗有一女，元稹年近四十而无子。“不孝有三，无后为大”，命苦啊！

◎三悲悼亡无用。“潘岳悼亡犹费词”。潘岳，即潘安，妻亡作悼亡诗三首。意谓要想学潘安写悼亡诗，也是白费言辞，人死无知，没有用的。

◎四悲同穴虚妄。“同穴窅冥何所望？”追求死后到幽深的墓穴中去团聚，既无意义，也无希望。

◎五悲“他生缘会更难期”。他生相会，这类虚妄的誓约，更是不可期。

悲来日不多，悲膝下无子，悲悼亡无用，悲同穴虚妄，悲来世渺茫。字字兴发自悲，句句意归于悼亡。无法报答，无法补偿，没有未来，没有希望，剩下能做的只有一条：“惟将终夜长开眼，报答平生未展眉。”

平生不解藏人善　到处逢人说项斯

——成人之美真君子

赠项斯　　**杨敬之**

几度见诗诗总好，及观标格过于诗。
平生不解藏人善，到处逢人说项斯。

杨敬之的这首《赠项斯》值得唐诗爱好者一读。诗中的故事饶有趣味；袒露襟怀的诗风也极具特色；名句“平生不解藏人善，到处逢人说项斯”之嘉言懿行更值得发扬光大，它应该成为我们修身立德的一条准则，立身处世的信条。

作者杨敬之，元和进士，累迁屯田、户部郎中，后因事贬连州刺史。文宗时为国子监祭酒兼太常少卿。存诗仅两首，这首《赠项斯》非常有名。

诗人逢人便说的项斯字子迁，江东人。项斯为人疏旷，曾在杭州径山建草堂，结交品行高洁之人。他披鹤氅、戴花冠，就松荫，枕白石，吟诗作对，颇有几分仙风道骨。项斯一隐三十多年，没人发现他，更没人推荐他，便难免要发发生不逢时的牢骚，感叹自己“人间久未容”（《忆朝阳峰前居》），“经时不耻归”（《归家山行》）。后来终于耐不住寂寞，拿了诗卷去谒见杨敬之。据《唐诗纪事》载：“杨苦爱之，赠诗云：‘几度见诗诗总好，及观标格过于诗。平生不解藏人善，到处逢人说项斯。’未几，诗达长安，明年擢上第。”由于杨敬之不遗余力地褒奖、宣传，项斯的知名度大为提高，迎来了人生的大转折。

原来唐代科考考生姓名并不密封，在裙带风盛行的时代，很容易使一些有真才实学的人被埋没。为了通过科举考试尽量选拔人才，朝廷便作了两条补充规定，以弥补这一制度性的缺陷。一是“纳卷”，就是考生在考前选择自己的优秀作品先呈考官；二是“行卷”，即举子将自己的文学创作编辑成卷轴考前呈当时社会上、官场中、文坛上有地位、有名望的人，请求他们向主司即主持考试的礼部侍郎推荐，从而增加及第的希望。项斯谒见杨敬之可算摸准了门户，找对了人，不然他很可能永世无出头之日。

诗的前两句“几度见诗诗总好，及观标格过于诗”，称赞项斯的诗和人品。诗人说自己已多次读过项斯的诗，“总好”就是“全都好”的意思，评价不低。这三字出自一个高官和行家之口显得相当有分量，也表现了诗人宽以待人的襟抱，对于后进，不吹毛求疵，以表扬为主。“及观标格过于诗”，等到见了人后，觉得人比诗还要好。标格，犹言风度、风范、仪容，此处应包含气质、品格、修养等人物之内在品质。中国人向来强调德才兼备、文如其人，用这两把标尺衡量，项斯确实是个人才。此两句既是向读者介绍项斯，也是为下面“到处逢人说项斯”蓄势。

下两句突然转换角度，不再循着项斯的“诗”与“标格”继续展开，而是重点说“我”怎么对待项斯。“平生不解藏人善”，说我这一辈子从来就不懂什么叫“藏人善”。不解，不懂、不愿、不肯之谓也，态度鲜明，极具个性。封建官僚中嫉贤妒能、党同伐异、落井下石者大有人在；品德好一点的也不大容易主动揄扬别人。这里有个人才竞争的问题。把别人说得怎么高，一朵花似的，自己无形中不就矮了、丑了吗？在那样的时代，那样的政治环境里，杨敬之能有如此之襟抱和度量确实难能可贵。摒弃一切个人因素，坦荡率真，其古道热肠，令人肃然起敬。“到处逢人说项斯”，是“不藏人善”的具体表现，对项斯这么个诗好、仪容气质亦佳的人我就是要到处宣传，逢人便夸。诗人怎么说就怎么践行，不怕别人怀疑、嘲笑、讥讽，直率得可爱。

如何对待别人的优点和长处，是个古老而又新鲜的话题。早在春秋时期，孔子便表明了自己的态度，说“君子成人之美，不成人之恶”（《论语·颜渊》），《世说新语·识鉴》则进一步提出“不以爱憎匿善”，即不能以个人好恶而“藏人善”。韩愈则把“道人之善”的好处分析得更透彻：“苟能乐道人之善，则天下皆去恶为善。善人得其所，其功实大。”（《答元侍御书》）古人反复讲是因其重要但又不易做到，可见名句对我们仍有其现实意义。

作者小传

杨敬之，字茂孝，虢州弘农（今河南灵宝）人，生卒年不详。元和进士，官至国子祭酒兼太常少卿，转大理卿，检校工部尚书。《全唐诗》存其诗二首。

鸟宿池边树　僧敲月下门

——骑驴吟哦成经典

题李凝幽居　　贾岛

闲居少邻并，草径入荒园。
鸟宿池边树，僧敲月下门。
过桥分野色，移石动云根。
暂去还来此，幽期不负言。

贾岛青年时曾出家，法号“无本”。后以诗谒韩愈，得韩愈赏识，遂还俗。但还俗后事事不如意。《新唐书》称他“累举不中第，文宗时坐飞谤贬长江（今四川蓬溪）主簿”，六十二岁时改为普州（今四川安岳）司仓参军，六十五岁卒于普州官舍。

贾岛与孟郊齐名，都是苦吟诗人，后人有“清奇僻苦”之说，“郊寒岛瘦”之称。贾岛虽苦心吟诗，追求词句的工整，但生活面较窄，艺术成就不及孟郊。

贾岛的诗名句较多，如“秋风生渭水，落叶满长安”，“长江人钓月，旷野火烧风”，“十年磨一剑，霜刃未曾试”，以及本篇的“鸟宿池边树，僧敲月下门”等，或气象雄浑，或情景幽独，为人喜爱。贾岛之诗，“句胜于篇”，在唐代诗坛上是一道独特的风景。

贾岛对晚唐诗歌影响很大，不少诗人特喜欢他的幽独的诗风。诗人李洞常手持佛珠,口念贾岛诗。倘有人喜欢贾岛诗,他必亲手抄录赠送,并再三叮咛:“此无异佛经,归焚香拜之。”(《唐才子传》卷九)。诗人曹松亦尊崇贾岛,朝夕礼拜,事之如佛。(《郡斋读书志》卷十八)。闻一多先生甚至称“晚唐五代为贾岛时代”(《唐诗杂论》)。

诗题为《题李凝幽居》,只写其居,不见其人,或者是访而未遇,或者是故意不写。“题”有“为……而作”之意,并不一定非要题写在门上或墙上。

首联写幽居的环境。“闲居少邻并,草径入荒园”,幽居附近没有什么邻居,很少有人往来,故小径上的野草已经蔓延开去,整个小园一片荒芜。颔联由上联的“径”“园”转而描写“鸟”“僧”,由静转向动。在万籁俱寂的月夜,僧人的敲门声惊动了夜宿在池边树上的鸟,它们一声惊叫,扑棱着翅膀飞了起来。颈联大概是访而未遇,写回归路上所见。过桥以后便是另一番景象,那是月色朦胧中的广阔的原野,晚云在石上轻轻拂过,充满柔情和诗意。古人认为云生于石,贾岛故有此说。对颈联的理解,多有不同意见。《经典唐诗》以为,此联仍写园中景色,园内有“桥”、有“石山”,过桥将夜色分为两半,踏上石山,便触动了石根上浮起的蒙蒙夜雾。对此,有心人不妨作进一步探讨。尾联语意显豁,说我只是暂时离去,不久还要重来,一定不负我俩共同隐居的约期。

全诗紧扣“幽”字逐层展开。首联“闲居”“少邻”“草径”“荒园”,字字写幽;颔联以动形静,“敲”后复归沉寂;颈联写夜色朦胧、轻云悠悠,曲尽幽居环境之美;尾联归结,表示爱上了幽居,不久将重来践约,一起隐居。诗人通过对幽居环境的层层铺写,勾画了一个清寂、空灵的意境,表达自己对隐居生活的向往。

贾岛是位行坐寝食、苦吟不辍的诗人,也是一位遣词炼句务求“奇僻刻深”、一丝不苟的人。苏绛在给他作《墓志铭》时说“孤绝之句,记在人口”,真是盖棺定论。“鸟宿”联便是语言锤炼、精益求精的典范。据《唐宋遗史》载,贾岛苦吟赴举,至京师得句“鸟宿池边树,僧敲月下门”,又欲改“敲”为“推”,骑驴举首吟哦,引手作推敲之势。不觉冲京尹退之(韩愈)节,左右引之至,具述其事,退之笑曰“作敲字佳”,并命骑驴并辔哦诗,久之而去。这则故事绘声绘色,写两位著名诗人在通衢大道上吟哦“推敲”,成为炼字的千古佳话。

为何“敲”比“推”好呢?“敲”有声,可以以动显静,以声衬静,收“鸟鸣山更幽”(王籍《入若耶溪》)之效;“敲”可引人联想——盖因敲门之声惊动栖鸟,诗人方知树上有鸟也;“推”一次而已,“敲”多次反复,更为形象。至此光、声、景、时、空、人俱全,一个典型的幽僻、清空的意境形成了。

“二句三年得,一吟双泪流”(贾岛语),如此苦心孤诣,全身心地扑在诗句的锤炼上,难怪人们要把他当做偶像,顶礼膜拜了!

作者小传

贾岛(779—843),字浪仙,一作阆仙,范阳(今河北涿县)人。早年出家,还俗后屡举进士不第。诗与孟郊齐名。今有《长江集》行世。

秋风生渭水　落叶满长安
——一水一叶总关情

忆江上吴处士　　贾岛

闽国扬帆后，蟾蜍亏复圆。
秋风生渭水，落叶满长安。
此地聚会夕，当时雷雨寒。
兰桡殊未返，消息海云端。

《忆江上吴处士》是贾岛的代表作。纪晓岚评曰："天骨开张而行以灏气，浪仙（贾岛字）有数之作。"意谓贾岛此诗充分发挥了他个人天赋的优势，辅之以浩然之气，是他难得的佳篇。天骨，即天赋之风骨。诗中的"秋风生渭水，落叶满长安"意象新颖，内涵丰厚，语言工巧流畅，是贾岛的一等名句。

题中的吴处士是诗人的一位好友，旧时称隐居山林不愿做官的人为"处士"。从诗的内容看，这位吴处士自长安渭水与诗人分别后取水路往福建。此处诗人可能是遥想友人的行程，现在当在长江水系的某处水面上。

诗的开头交代吴处士的去向和分别时间。"闽国扬帆后"为一倒装句，说吴处士乘船到闽国（福建）去了。"蟾蜍亏复圆"，说他走后已满一个月。蟾蜍，代指月。古代神话说，羿向西王母求长生不老之药，姮娥偷食了他的药而奔月，化为蟾蜍（据《后汉书·天文志》注），后世文学作品遂以蟾蜍指代月。颔联转写眼前景，"秋风生渭水，落叶满长安"，秋风萧瑟，水波澹澹，枯败的黄叶落满长安，诗人倍感惆怅，怀远思友的一颗心不觉飞向了远方。颈联笔锋再转，回忆某次夏日傍晚在此处的一次相聚，其时电闪雷鸣，风雨大作，令人难忘。由分别情到眼前景，再折回昔日的某次相聚，回还往复，曲尽其妙，足见诗人构思立意、谋篇布局之苦心。尾联"兰桡殊未返，消息海云端"，说友人至今未还，山水阻隔，音信不通，我只得遥望海边云端，以寄思念之情。兰桡，舟的美称。殊，犹、尚。长安至闽，千里迢迢，紧走慢走也得几个月，现在还未达目的地，当然谈不上返程了。一个"殊"字，道出了诗人的思念之深、盼归之切。

这首诗结构严谨，行文曲折，情致深沉，语言流畅，看不出有多少锻造之功，故纪晓岚誉其为"天骨开张"之作。

关于"秋风生渭水，落叶满长安"一联，也有一个骑驴吟哦冲大尹节的故事。据《唐摭言》卷十一载：贾岛"尝跨驴张盖，横截天衢，时秋风正厉，黄叶可扫，岛忽吟曰'落叶满长安'，志重其冲口直致，求之一联，杳不可得，不知身之所从也，因之唐突大京兆刘栖楚，被系，一夕而释之"。这故事几乎就是因"推敲"不定而冲韩愈节的翻版。不过这一次不是"推敲"的问题，而是寻求一合适上联，运气也远不如上一次，非但未得"骑驴并辔哦诗"的礼遇，可怜的诗人还被绑起来关了一夜。

值得欣慰的是，诗人终于吟出了堪与"落叶满长安"相匹配的佳句——"秋风生渭水"。

此联采用白描手法，景象壮阔，意境清旷。时令是深秋，万木萧条，水生寒波。这原本就是个怀远伤别的季节。地点是渭水之滨。渭水乃黄河第一大支流，源自甘肃渭源西北鸟鼠山，经长安附近东流入河。诗人怀友思远的思绪就像渭水一样绵绵不尽。渭水之滨还是送别之地。上次分别时，吴处士“挥手自兹去”（李白《送友人》），贾浪仙“萋萋满别情”（白居易《赋得古原草送别》），当时情景，如今还历历在目。渭水之滨还是他们往昔欢聚游晏之所，在这里曾度过雷鸣电闪的夏日黄昏。现在友人远去了，诗人独自站在水滨，远望东南，只见云海苍茫，凄然零落之感便油然而生。

此联主旨明确，反映友人去后的寂寞心情与系念之意，但所关联的时空却竭尽腾挪跌宕之能事。从时间上看，先由“昔”过渡至“今”，再由“今”逆转至“昔”，时空不停转换，感情跌宕起伏。但若仔细琢磨，工巧背后仍能领略到作者特有的苦吟风骨。

名句对后世影响深远，经常被人引用和化用。如宋代周邦彦的《齐天乐》中就有“渭水西风，长安乱叶，空忆诗情宛转”之句；元代白朴杂剧《梧桐雨》中也有“伤心故园，西风渭水，落日长安”之句。明眼人一望便知，所谓“西风渭水”云云，原创者，乃贾岛阆仙是也！

五 余音绕梁

——二十四桥明月夜　玉人何处教吹箫

妆罢低声问夫婿　画眉深浅入时无

——状难写之景　含不尽之意

闺意献张水部　朱庆馀

洞房昨夜停红烛，待晓堂前拜舅姑。
妆罢低声问夫婿，画眉深浅入时无？

《闺意献张水部》是一首“行卷”诗。“行卷”就是科考前考生将自己的作品整理成卷献给当时的名人，希望他在主考官面前推荐自己。诗题点明诗的内容是描写新嫁娘的闺中生活。“张水部”即著名诗人张籍，时任水部员外郎。张籍文名高，且乐于提拔后进，与韩愈齐名。按：朱庆馀于宝历二年（826）登进士第，张籍于长庆四年（824）至大和二年（828）间任水部员外郎，《全唐诗话》作“水部郎中”，误。此诗另题作《近试上张水部》，写作意图更清晰，希望张籍关注并推荐自己的用意很明显。

《唐诗纪事》卷十六载：“庆馀遇水部郎中（应为员外郎）张籍知音，索庆馀新旧篇什，留二十六章，置之怀袖而推赞之。时人以籍重名，皆缮录讽咏，遂登科。”这则记载比其他同类记载交代得清楚。一是张籍很推重朱庆馀的诗，选了二十六篇放在身边，经常在别人面前介绍、赞美；二是因张籍如此看重朱庆馀，所以时人纷纷抄录他的诗，因此他考中了进士。朱之献诗作于临考前，尽管由于张籍的关系，他已颇有诗名，但究竟能否考取心中还是没有把握，于是便再作一首诗呈献。张籍写了一首著名的《酬朱庆馀》作答，于是朱庆馀名播海内。

本诗的最大亮点是“总体比喻”，诗人以新妇自比，以夫婿比张籍，以舅姑（公婆）比主考官，以新妇妆扮是否入时比诗作是否合式。在这一连串的比喻中本体都未出现。我们把它当做一般的闺情诗读已经很奇妙，联系含思宛转的比喻义，诗味就更浓了。

诗的前两句“洞房昨夜停红烛，待晓堂前拜舅姑”，用新娘的口吻，说昨夜在新房里点燃了一对红烛，我们俩完了婚，待到今朝天明我就要到堂前去拜见公婆了。洞房原指幽深的卧房，作新房的别称始于此诗。“洞房”“红烛”合举，渲染了新婚之夜的喜庆气氛，后世之“洞房花烛夜”便由此句沿袭而来。旧礼婚后次日晨，新妇要拜见公婆，这是一系列婚礼中重要而必不可少的环节。故民间有“丑媳妇早晚要见公婆”之说。新妇能否取悦于公婆、得到他们的认可，关系到她未来的幸福和在家庭中的地位。朱庆馀以新妇自比，即有科考之成败关系到他一生前途之意，可谓用心良苦。后两句“妆罢低声问夫婿，画眉深浅入时无”，写新娘梳洗化妆后，让丈夫看看，眉毛的深浅画得是否合乎时尚的要求。这一细节惟妙惟肖地活画出了新嫁娘的妩媚、温柔和卖乖撒娇式的多情。一夜缱绻、云雨欢爱，称呼也由“新郎”变为“夫婿”；问画眉之深浅，不无提醒之意，让夫君仔细欣赏她化妆后的俏脸蛋儿。“低声”者，不足为外人“听”也，足见新妇的细心与慧黠。

“人贵直，诗贵曲”。诗要写得含蓄曲折方有诗味。不妨来看看王建的同一题材的《新嫁娘》：“三日入厨下，洗手作羹汤。未谙姑食性，先遣小姑尝。”这首诗的细节刻画也很生动，新嫁娘做好了羹汤，不了解公婆的口味，便先让一直和公婆一起生活的小姑先尝尝。但“未谙姑食性，先遣小姑尝”写得过于直白，缺少“妆罢低声问夫婿，画眉深浅入时无”含而不露的韵味。

张籍读了朱庆馀的诗后，顺着他的思路写了一首《酬朱庆馀》作答，诗曰：“越女新妆出镜心，自知明艳更沉吟。齐纨未足时人贵，一曲菱歌敌万金。”因朱庆馀的家乡是出美女的越州，便将他比作越女。说越女妆成后明知自己容貌明媚艳丽，还要矜持不安；虽然其他的姑娘穿着齐地出产的丝绸做成的衣服，但时人并不看重，而越州采菱女子唱的一曲菱歌却抵得上万两黄金呢！这无异于给朱庆馀吃了颗定心丸。

综合上述有关内容，名句借闺意这个外壳，巧妙设喻，表达了作者考前忐忑不安的心情，以及献诗求助的旨意。诚如洪迈在《容斋五笔》卷四中所云，达到了欧阳公所谓“状难写之景，如在目前；含不尽之意，见于言外”的境界。

作者小传

朱庆馀，生卒年不详。闽中（今福建）人，亦作越州（今浙江绍兴）人。宝历进士。官秘书省校书郎。有《朱庆馀诗集》。

衰兰送客咸阳道　天若有情天亦老

——神妙奇句古今无

金铜仙人辞汉歌　　李贺

魏明帝青龙元年八月，诏宫官牵车西取汉孝武捧露盘仙人，欲立置前殿。宫官既拆盘，仙人临载，乃潸然泪下。唐诸王孙李长吉遂作《金铜仙人辞汉歌》。

茂陵刘郎秋风客，夜闻马嘶晓无迹。画栏桂树悬秋香，三十六宫土花碧。魏官牵车指千里，东关酸风射眸子。空将汉月出宫门，忆君清泪如铅水。衰兰送客咸阳道，天若有情天亦老。携盘独出月荒凉，渭城已远波声小。

此诗借魏明帝西迁汉金铜仙人一事，抒发对汉王朝盛衰的深沉感慨。汉武帝刘彻曾在建章宫前造神明台，上铸高二丈、大十围之铜仙人，托盘承接露水，和玉屑服之，以求长生不老。景初元年(237)，魏明帝派宫官搬迁金铜仙人，拟置于洛阳前殿。据习凿齿《汉晋春秋》载："帝徙盘，盘拆，声闻数十里，金狄(铜人)或泣，因留霸城。"这是本诗将金铜仙人人格化、情感化的文献依据。

据朱自清先生考证，此诗当作于元和八年(813)李贺辞去奉礼郎一职由京赴洛途中。搬迁金铜仙人一事在景初元年(237),序中作"青龙元年八月",误。

首联不写金铜仙人,而从汉武帝说起。安息在茂陵中的是汉武大帝——"刘郎",一个曾经作过《秋风辞》的盛世之主,现在看来,也不过就是秋风中的匆匆过客而已。他的幽灵在夜间出现,人喊马嘶,可是平明便归于沉寂。这位追求长生不老的帝王,终于化为历史陈迹。他身后留下的只有汉宫的雕栏玉砌、古老桂树发出的幽香,以及三十六座离宫别馆的凄惨的"土花"(苔藓)。中四句描写金铜仙人初离汉宫的凄凉哀婉的情态。魏官牵引着车要把他搬到千里以外的洛阳去,出了东门,那凄凉的令人酸鼻的冷风便射向他的瞳仁。只有汉时明月伴他出宫,回忆起汉武帝对他的旧情,眼中的清泪如铅水一样淌下。后四句描写金铜仙人出城后途中的萧瑟悲凉的情景。金铜仙人孤独地托着那承露盘,只有路边的衰兰为他送行,身后的故都渐去渐远,渭水的呜咽之声也渐闻渐小。这个汉代盛衰的见证者要彻底告别那段历史了!

诗人赋予金铜仙人以人的灵性与情感,以此寄托了无穷的感慨。一度兴盛的汉朝衰亡了,追求长生不老的汉武帝也未能逃脱生老病死的自然法则;面对安史之乱后的政治黑暗、藩镇割据、宦官专权、国势日颓,宪宗李纯却迷信神仙、耽于丹药、冀求长生不老,这让唐宗室后裔李长吉忧思不已;诗人长安三载,备受冷落排挤,报国无门,只得辞去"奉礼郎"的卑微官职,离开京城。家国之悲,身世之感,一言难尽!

"衰兰送客咸阳道,天若有情天亦老",是"奇事""奇诗"中之"奇句"。其实还有一奇——"奇人"。李贺早慧而多才,十几岁时,当时号称"东京才子"的韩愈和号称"文章巨公"的皇甫湜就因惊异于他的才华而登门拜访过他。他是中国文学史上一位有特殊成就的诗人,不幸命短,二十七岁便离开人世。以故刘辰翁评论本诗道:“非长吉不能赋,古今无此神妙。”

上一分句描写金铜仙人在萧瑟悲凉的气氛中踏上了离开长安的咸阳古道,只有路边的衰兰为他送行。“衰兰”含义极丰。肃杀的秋风摧残路兰,它衰枯了;此兰亦着金铜仙人之主观色彩,他的伤感情绪感染了路边之兰,兰亦因之衰枯矣;诗人怀才不遇,抑郁悲愤而不能自释,又何尝不像路边之衰兰!

“天若有情天亦老”,化无情为有情。天本无情,日出日没,寒来暑往,周而复始,它是人类历史冷漠的旁观者,对人世间的沧桑变幻不会有任何情感表示。但金铜仙人辞汉这件事太让人震撼,苍天如果有情的话,他一定会因之衰老。此喻如火山爆发,地壳深处,蓄之既久,一旦爆发,场面壮观而又骇人耳目。历史盛衰的感慨,国家倾颓的不幸,个人处境的艰难和前途的无望,尽在其中矣!

此句想象奇特,构思巧妙,意境高远,感情怨愤深沉,其“天若有情天亦老”句,世称“奇绝无对”。后北宋石曼卿以“月如无恨月常圆”(《温公续诗话》)对之,遂成铢两悉称的文学佳话。

1949 年 4 月,人民解放军百万雄师横渡长江,占领国民党首都南京。毛泽东化用此句形容道:“天若有情天亦老,人间正道是沧桑。”(《七律·人民解放军占领南京》)可见毛泽东对李贺的认同与欣赏。

作者小传

李贺(790—816),字长吉,福昌(今河南宜阳)人,一说陇西成纪(今甘肃秦安)人。因避父讳晋肃,不得应进士科考,终身抑郁不得志。诗风独树一帜,称“长吉体”。今传《李长吉文集》。

我有迷魂招不得　雄鸡一声天下白

——别具一格的“长吉体”

致酒行　　李贺

零落栖迟一杯酒，主人奉觞客长寿。主父西游困不归，家人折断门前柳。吾闻马周昔作新丰客，天荒地老无人识。空将笺上两行书，直犯龙颜请恩泽。我有迷魂招不得，雄鸡一声天下白。少年心事当拏云，谁念幽寒坐呜呃。

李贺虽为李唐王朝宗室，但非嫡系。他的父亲叫李晋肃，死得很早。他因避家讳（父名晋肃，“晋”与进士之“进”同音）而不得应进士考，从而断了进身之阶。为了生计，他曾做过形同仆役的小官“奉礼郎”，对此他感到非常屈辱。他在《赠陈商》一诗中愤慨地说道：“只今道已塞，何必须白首”，“长安有男儿，二十心已朽”。贫困、蹭蹬、绝望，使这位才华出众的诗人精神十分压抑。国家的衰败，更使他由哀伤进而感到虚无、幻灭。他在不少作品中都发出了悲愤的呼声，如：“我当二十不得意，一心愁谢如枯兰。衣如飞鹑马如狗，临歧击剑生铜吼。”（《开愁歌》）有些诗甚至歌颂神秘、歌唱死亡。时代和独特的身世形成了他奇峭、瑰诡、凄婉、哀伤的艺术风格。严羽在《沧浪诗话》里说：“长吉之瑰诡天地间自欠此体不得。”

《致酒行》却别具风格，一扫“文章何处哭秋风”（《南园》）、“秋坟鬼唱鲍家诗”（《秋来》）的幽怪、阴森，表现了正常应酬的人情味。“雄鸡一声天下白”，更是光明灿烂，前程辉煌，读了让人眼睛一亮。

此诗作于元和初年（806）潦倒长安时，诗人有感于友人的招饮和劝慰，写下了这首很有气魄，对前途充满信心的诗。

开头两句，大意是诗人在潦倒落魄之中，承蒙主人厚爱，招他来饮酒；主人殷勤劝客，举起酒杯向客人敬酒，祝他长寿。诗人正当青春年少，为何便有“客长寿”之言？主人显然深知李贺的处境和心情，担心他的身体，劝他特别要保重，有了健康的身心，才能有光明的未来。以下“主父”两句注家多有不同理解。一种看法是承首句“零落栖迟”而来，诗人以西游的主父偃自比，久客不归，让家人盼望；另一种看法是承第二句而来，是主人祝酒词的一部分，言主父偃西游由困顿而终于发迹，他在外久久不归，以至家人年年折柳盼他早日归来。两说各有道理。但联系诗的内容主旨看，却又有区别。李贺是听了主人的劝慰后而精神大振的，如果“主父”一句系诗人李贺的口气，那就失却了“先穷后达”的含义，主人劝慰的祝酒词只剩下了马周一例。一例分量、力度明显不够，不足以让这位精神抑郁者豁然开朗。拙文姑从后说。主父偃是汉武帝时人，家境贫寒。他西游长安，在大将军卫青门下做门客。后直接向皇帝上书，得汉武帝赏识，官至齐相。接下来的马周又是一个先穷后达的典型。马周是唐太宗时人，孤儿，家贫。西去长安求发展时，在新丰旅店备受店主轻视、奚落。后为中郎将常何代笔写条陈，得太宗赏识，破格提拔，授监察御史，官至中书令、吏部尚书、光禄大夫。此二人都是前期不得志，后期通过给皇帝直接上书而飞黄腾达，即所谓“空将笺上两行书，直犯龙颜请恩泽”。

后四句可视为李贺对主人劝慰的作答。我目前困厄潦倒，不知路在何方；今日听君一席话，精神豁然开朗，犹如听到雄鸡唱晓，看到了曙色和光明；小青年就当壮志凌云，岂能因一时失意而悲声长叹呢？

对照“二十不得意”的唏嘘感叹，“如狗”“如飞鹑”的自轻自残，主人的劝慰收到了奇效。他就像服了一剂对症之药，心理疾患霍然而愈；主人就像一位老法师，为他指点迷津，招回了他原先“招不得”的迷魂。现在是雄鸡一唱，曙色顿开，世界一片光明。

名句上下两分句情境迥然有别。上句是致酒劝慰前的情况。“我有迷魂招不得”，迷魂者，黑暗幽寂中丧失自我，不辨东西，不识途径，迷惘中随处游荡之谓也。迷魂有深浅之别，浅者可招，如屈大夫笔下之《招魂》。李贺之魂迷得太深，招也招不回来。这是用推向极端的情境反衬“雄鸡一声天下白”，对比效果强烈。

毛泽东在《和柳亚子先生》一诗中化用这一名句，用“一唱雄鸡天下白”形容旧中国的黑暗长夜已经过去，可见他对这一名句的欣赏和喜爱。

一骑红尘妃子笑　无人知是荔枝来
——精妙世无双

过华清宫　　杜牧

长安回望绣成堆，山顶千门次第开。
一骑红尘妃子笑，无人知是荔枝来。

本诗是杜牧经华清宫有感而作的三首绝句中的第一首。华清宫是骊山脚下唐玄宗的一座行宫，建于开元十一年(723)。绝句通过驿骑为杨贵妃传送荔枝的描写，讽刺唐玄宗和杨贵妃的纵情享乐和荒淫误国。从题材上看可以说是咏史，从时间上看可以视为怀古，从批判色彩上看，不妨说这是一首政治讽刺诗。"长安回望绣成堆"，诗人随意回头一望，便望出了一首千古绝唱，望出了精妙无双的名句"一骑红尘妃子笑，无人知是荔枝来"。

据《新唐书·杨贵妃传》载："妃嗜荔枝，必欲生致之，乃置骑传送，走数千里，味未变，已至京师。"荔枝乃果中珍品，白居易在《荔枝图序》里描绘道："壳如红缯，膜如紫绡，瓤肉莹白如冰雪，浆液甘酸如醴酪。"大诗人笔下的荔枝，让人垂涎。但荔枝不耐贮藏，"一日而色变，二日而香变，三日而味变，四五日外，色香味尽去矣"。玄宗皇帝便诏令蜀中、南海并献，让驿站飞骑千里传送。于是便出现了杜牧诗里所描写的荒唐的一幕。

起句描写华清宫的坐落背景——骊山。“长安回望绣成堆”，暗扣题中之“过”。诗人说，我路经华清宫，到了长安再回头眺望骊山，看到了又一番锦绣气象。“绣成堆”，有双重含义。其一是骊山有二岭，其名为“东绣岭”和“西绣岭”；其二是玄宗曾令人于山上广种花卉树木，景色秀美。华清宫周围，花团锦簇，用“绣成堆”形容十分确切。接着镜头转向华清宫，描写其规模宏大、雄伟壮观。诗人笔下，没有“五步一楼，十步一阁”(《阿房宫赋》)的正面描写，而是只写宫门。平日紧闭的一道道宫门依次缓缓打开了。“千门”，足以让人想象行宫的宏大规制和皇家气派。不过这里没有那么多“尽态极妍”的妃嫔媵嫱，玄宗皇帝“三千宠爱在一身”(《长恨歌》)，他对专宠的杨贵妃百依百顺，恨不能连江山社稷都送给这个女人，飞骑驰送鲜荔枝这点小事又算得了什么！

“一骑红尘妃子笑，无人知是荔枝来”，是咏史诗的千古名句。

驿道之上，只见一匹快马飞驰而来，身后扬起阵阵红尘，宫中的贵妃娘娘见了脸上绽出了笑容。这笑是惬意、满足的笑，她想要什么就能得到什么，想吃荔枝，皇上就能派专使从千里之外的南国飞骑传送过来；这笑又是得意的笑，“三千宠爱在一身”，“六宫粉黛无颜色”(《长恨歌》)，作为一个女人，恩宠眷渥，极矣；这笑又是一种媚笑，是“狐媚偏能惑主”(骆宾王《代李敬业传檄天下文》)的那一种，她惯于以此取悦和讨好皇上。

写罢骊山写宫门，写罢宫门写飞骑，此事究竟为何事，仍然是个谜。按理驿使执行的都是“公务”，飞驰加急的都是重要公文和紧急情报，可是这次却让人大跌眼镜，传送来的竟是小小的荔枝。“无人知”，颇具讽刺意味。在寻常百姓眼里，飞骑到来，肯定又是什么军国大事。他们一定会感叹皇上夙兴夜寐，日理万机，太辛苦了。

“妃子笑”与“无人知”构成鲜明对比。这事只有皇上、妃子和驿使知道，旁观的百姓甚至大臣们都被蒙在鼓里。对于这样的荒唐之举，作者却画龙点睛地轻轻带过，道是“无人知是荔枝来”。

唐玄宗因专宠而招乱，杨贵妃因恃宠而亡身，以这一重大历史事件为题材的作品不计其数。杜牧单写这小小荔枝，不仅角度新巧，小中见大，而且主题冷峻、深刻。“祸患常积于忽微”（欧阳修《伶官传序》），这个历史教训太深刻了。

语曰：“忧劳可以兴国，逸豫可以亡身”（欧阳修《伶官传序》），看来唐明皇、杨贵妃并不懂得这个道理。诗云：“历览前贤国与家，成由勤俭败由奢。”（李商隐《咏史》）“败由奢”，说的好像就是李、杨二人。小小荔枝，关系到国之盛衰、兴亡，一线直通马嵬之变，故苏东坡感叹道：“宫中美人一破颜，惊尘溅血流千载。”（《荔枝叹》）

作者小传

杜牧（803—852），字牧之，京兆万年（今陕西西安）人。太和进士。官终中书舍人。诗与李商隐齐名，世称“小李杜”。有《樊川文集》。

东风不与周郎便　铜雀春深锁二乔

——杜郎对历史的深沉反思

赤　壁　杜牧

折戟沉沙铁未销，自将磨洗认前朝。

东风不与周郎便，铜雀春深锁二乔。

现在的湖北，有五个地方号称是当年赤壁鏖兵的古战场，孰是孰非有待专家更进一步的考证。本诗所咏之赤壁在黄州，城外有“赤鼻矶”。杜牧于会昌年间任黄州刺史(842—844)，该诗当作于这一期间。北宋大文豪苏轼被贬黄州期间，作《前赤壁赋》《后赤壁赋》和《念奴娇·赤壁怀古》，也认为这里就是赤壁大战处。黄州赤壁因著名诗文名噪后世，故又被称为“文赤壁”。

赤壁之战发生在汉献帝建安十三年(208)，这是中国战争史上以少胜多、以弱胜强的著名战例，同时又是“以少胜老”的战例。时孙、刘联军方面参与大战决策的重要人物都很年轻，周瑜三十来岁，孙权二十岁，诸葛亮也只二十七八岁，而对手曹操已五十三岁。杜牧标新立异，以诗的形式反思战争结局，说“东风不与周郎便，铜雀春深锁二乔”，认为是天帮忙，不然历史就要改写了。

诗的前两句说，我在赤壁古战场得到了件文物，一支折断的戟。我把它磨一磨，洗擦干净，经考证，原来是几百年前赤壁大战时遗留下来的兵器。这支断戟沉埋沙子底下这么多年，居然没有烂掉。下面一转，开始议论，说"东风不与周郎便，铜雀春深锁二乔"。作者认为，长江流域冬季很少刮东南风，如果东风不给周瑜提供方便，东吴便要灭亡，两位美女贵妇必将被曹操掳去，置于铜雀台中以娱晚年。

欣赏这一名句首先要弄清一个历史事实：大乔、小乔与战争起因无关。赤壁之战发生在建安十三年（208），而铜雀台建于建安十五年（210），铜雀台是由于一系列的附会才与大乔、小乔联系起来的。此台建成后，曹操让几个儿子作赋，幼子曹植"援笔立成"，名为《铜雀台赋》。赋中有一句叫"连二桥于东西兮，若长空之蝃蝀"，意思是连接主台与东西两台的两座桥就像彩虹一样。此二句先是演变为"揽二桥于东南兮，乐朝夕之与共"，再往后，前一句便演变为"揽二乔于东南"，这就把曹操出兵南征与这两个美人挂上钩了。

杜牧采信上述民间传说，是否有点不严肃呢？不能这么看。杜牧是诗人不是历史学家，他在写诗而不是写学术论文。诗要讲究形象性，而艺术形象往往是一个"拼凑"起来的典型，嘴在浙江，脸在山东，穿着陕北老乡的服装。诗人这样写完全符合艺术创作的规律。

宋代许𫖮对杜牧在诗中把二乔放在重要地位进行严厉批评："孙氏霸业，系此一战。社稷存亡，生灵涂炭都不问，只恐捉了二乔，可见措大不识好恶。"（《彦周诗话》）此公似乎不大懂诗歌创作规律，批评起人来倒非常武断。还是《四库提要》说得在理："（许𫖮）讥杜牧《赤壁》诗为不说社稷存亡，惟说二乔，不知大乔孙策妇，小乔周瑜妇，二人入魏，即吴亡可知。此诗人不欲质言，变其词耳。"这段话分析了杜诗艺术处理的合理性，指出它委婉、含蓄的特点。诚然，倘果如许颉所言，凡事都直来直去，说清点明，那还叫什么诗？还有什么兴味？

或以为，本诗是在为赤壁之战翻案，带有很大的随意性。这也是站不住脚的。杜牧写作本诗绝非心血来潮而信口雌黄，而是基于对历史的深沉反思。杜牧懂军事理论，曾为《孙子》作注，今存《十一家注孙子》，数他与曹操的注最受人称道。杜牧深知战争胜败的因素太复杂，天时、地利、人和、战争性质、士气、指挥、武器装备、后勤给养，哪怕一个细节出了问题，都可能满盘皆输。必然性总是通过偶然性表现出来的，赤壁之战若无"东风"这一偶然因素，周瑜之成败利钝便难以逆料。杜牧喜欢反思，《题乌江亭》中的"江东子弟多才俊，卷土重来未可知"，其可圈可点、可读可赏之处，也正在于反思。

诗人有经世济时之才，然不得其用。写作此诗亦难免有阮籍登广武，观楚汉相争之处之感慨：时无英雄，使竖子成名！(《晋书·阮籍传》)

借问酒家何处有　牧童遥指杏花村

——凄迷中的诗情画意

清　明　杜牧

清明时节雨纷纷，路上行人欲断魂。
借问酒家何处有，牧童遥指杏花村。

此诗原不见《樊川集》，南宋谢枋得编《千家诗》收入此诗，署名杜牧，当属可信。北宋词人宋祁在《锦缠道》一词中曾有“问牧童，遥指孤村，道杏花深处，那里人家有”之句，明显是化用此诗句意，可见此诗北宋时已广为流传。诗当作于杜牧会昌六年(846)池州刺史任上，池州即今安徽贵池，境内有杏花村。

这首诗渗入传统文化因子，描写风土人情，画面呈动态推进，笔调清新，意境优美，可谓老少咸宜、雅俗共赏；自编入《千家诗》后，更得到了空前大普及。

首句用“雨纷纷”勾画清明的时令特点。清明前后是个多雨的时节。“纷纷”，形容其似丝似线，不绝如缕；不急不缓，昼夜不停；润物无声，但又有几分恼人。上述特点没有比用“纷纷”一词形容更合适的了。“纷纷”又何尝不是行路人的心情呢？道路不光泥泞难行，还使人心烦意乱，理不出个头绪。

第二句紧承上句而来，由物及人，由“雨纷纷”而“欲断魂”。

“路上行人欲断魂”，看似晓畅明白，但“无疑”处却又“有疑”。其一，这“行人”是一个踽踽独行者，还是指路上之来往过客？是指作者自己，还是一个包括作者在内的泛指的概念？这事只有杜牧能说得清。但从欣赏和意境的典型性看，则理解为诗人独行为宜。其二是“断魂”一词。断魂犹言销魂，形容哀伤。“雨纷纷”可以扰人，还不足以断魂。可是别忘了，这是清明时节的雨，清明是祭奠亡灵、寄托哀思的特殊节日。慎终怀远，这个时节，许多缅怀和忧伤的情思会不时涌上心头；另一方面，清明又是一个野外踏青、与亲人团聚的节日。现在雨脚如麻未断绝，路上的行人回不了家，或赶不上回家，岂不要断魂？古代文人常喜欢使用这个感情强烈、含有“极度”“极端”之意的词，然而内涵之丰富、色彩之鲜明，恐怕哪一个“断魂”都比不上杜牧这个“断魂”。

“断魂”过于沉重，下面我们来欣赏轻松、明快一点的名句——“借问酒家何处有，牧童遥指杏花村”。

这两句也是一看就懂，似乎不需饶舌。但如果问两个为什么，便会发现，它还有含蓄的一面。第一，是谁在借问？是诗人还是路上的某个行人？第二，牧童是单用肢体语言，即只是用手指了指，还是一边说一边又用手指？这两个问题很有点像贾岛骑着毛驴在长安大街上忽而演示“推”、忽而抬手“敲”一样，孰优孰劣，读者是可以推演，作出自己的选择和判断的。

这个意境实在是太美了！有几分凄迷，有几分忧伤；有点朦胧，有点惝恍，但怎么也掩盖不了春景春色的迷人气息，抹不去“江南春雨杏花”的季节烙印。“小楼一夜听春雨，深巷明朝卖杏花”（陆游《临安春雨初霁》），这是个多么富有诗意的迷人的时节啊！当那位“欲断魂”的路人遥望烟雨迷离的杏花村时，他心头的沉重与伤感定会被稀释、淡化许多。

这位可爱的牧童是烟雨空濛中的一位精灵和小天使；那个

忽隐忽现、需要指点才能看得清的杏花村，便是人间仙境；"借问""遥指"的定格又是那样惟妙惟肖、活灵活现。杜牧的这两句诗仿佛是专为丹青妙手写的；不过再高明的画师的诗意画，若是没有杜牧这两句诗作题签，便是天大的缺憾，称不得精品。

一首好诗，人们在吟咏歌唱、咀嚼玩赏犹感不足时，便会变着法子用另一种"游戏规则"来鉴赏。有人将它只改动标点便变成了短剧剧本：

清明时节。雨纷纷。路上。

行人(欲断魂)："借问酒家何处有？"

牧童：(遥指杏花村)。

又有人将它改为词："清明时节雨，纷纷路上行人，欲断魂。借问酒家何处，有牧童，遥指杏花村。"此均得益于原诗之连贯、空灵也！

二十四桥明月夜　玉人何处教吹箫

——梦幻般的神往

寄扬州韩绰判官　　杜牧

青山隐隐水迢迢，秋尽江南草未凋。

二十四桥明月夜，玉人何处教吹箫？

杜牧大和七年(833)任扬州节度使府掌书记，本诗当是离任后所作。韩绰生平不详，当是诗人同僚好友，诗人另有《哭韩绰》一诗。“判官”为韩绰在扬州使府所任职务。

杜牧一生对江南美景最为流连，跟扬州关系最深。诗人少年登第后，曾数度宦游江南，留下了诸如“千里莺啼绿映红，水村山郭酒旗风”这样的名句。

扬州唐时最为繁盛，与江南仅一江之隔，在地缘、气候、自然景观、历史文化上是一座非常南方化的城市，在诗人心目中它就是江南。风流倜傥的杜牧曾在扬州度过一段落拓却又刻骨铭心的岁月，留下不少描写扬州歌舞繁华、旖旎风光的名句，如：“谁知竹西路，歌吹是扬州”(《题扬州禅智寺》)；“春风十里扬州路，卷上珠帘总不如”(《赠别》)；“十年一觉扬州梦，赢得青楼薄幸名”(《遣怀》)；等等。本篇的“二十四桥明月夜，玉人何处教吹箫”，则是从月色和美女角度调侃友人，抒写他的扬州情结。

首句“青山隐隐水迢迢”，从大处落笔，说放眼望去，青山隐约可见，逶迤不断；绿水迢递，蜿蜒如带。一句话即画出了这座文化古城的山水韵味。句中连用两个叠词，显示这座城市的绰约风姿和温柔美丽。

“秋尽江南草未凋”写江南的时令特点，江南纬度低，气候温暖湿润，尽管北方已经寒风凛冽，衰草连天，这里却草色青青，并未凋零。此句与上句成呼应之势。一写远处的山，虽然秋尽而仍“青”；一写近处的草，虽然冬天将至而“未凋”。扬州真是个好地方，一座宜居城市。

此二句“隐隐”“迢迢”“草未凋”等词语的运用，客观上造成了一种行云流水般的动态感。诗人仿佛乘着画舫在欸乃桨声中缓缓前行，一忽儿举目欣赏远方隐隐的青山，如带的绿水，一忽儿又颔首见两岸草色青青。此时他格外眷恋扬州这座美丽的城市，也格外思念仍然生活在扬州的好友韩绰。

第三句隆重推出扬州的两大景观——桥和月。大凡著名风景胜地都有自己的特色品牌，如海宁的潮，庐山的瀑，泰山的日出，乐山的大佛……扬州最出名的是什么呢？月色。诗人徐凝《忆扬州》云：“萧娘脸薄难胜泪，桃叶眉长易觉愁。天下三分明月夜，二分无赖是扬州。”天下月色有三分，扬州得其二。“无赖”，就是“无奈”的意思。扬州的月亮又圆又亮，赛过天下所有的月，你不服气也没有用，这就叫“无奈”。扬州水多桥也多。沈括《梦溪笔谈》卷三载，扬州“可纪者有二十四桥”，作者不厌其详地列举了这些桥的名字和方位。一说二十四桥即吴家砖桥，因有二十四位美人在桥上吹箫而得名。好了，光这些记载和传说，就够令人神往的了。

结句以疑问句形式出现。“玉人何处教吹箫？”玉人者，佳美如玉之人也。此处指韩绰。称男性为“玉人”，非自杜牧始，晋斐楷、卫玠俱有“玉人”之称;韩绰也不是唯一被杜牧称为“玉人”的男性,杜牧在《寄珉笛与宇文舍人》中便有“寄与玉人天上去,桓将军见不教吹”之句,也将友人称为“玉人”。此处是以调侃的口吻问候韩绰:当此秋尽月明之夜,二十四桥箫声四起,玉人你又在哪里教那些妓女歌吹享乐?虽为调侃,却流露了作者对友人的深厚感情与感喟。

杜牧的这个名句,浓缩了扬州的歌舞繁华,将扬州的两大品牌美景作为人物活动的背景,一群娉娉袅袅的绝色女子聚于月夜桥上学习吹箫,教授指点她们的正是玉树临风般的美男子韩绰判官。此情此景,使人联想起古代萧史吹箫得偶的典故和“闻说到扬州,吹箫忆旧游”(包何《同诸公寻李方直不遇》)的扬州地方故实。在这里,古、今、人、事、景、情浑然融合。

扬州文化积淀深厚,怎样介绍她的底蕴与风采?导游小姐根本不必多费口舌,就此两句,足矣!

身无彩凤双飞翼　心有灵犀一点通

——永不枯萎的创造性花朵

无　题　　李商隐

昨夜星辰昨夜风，画楼西畔桂堂东。
身无彩凤双飞翼，心有灵犀一点通。
隔座送钩春酒暖，分曹射覆蜡灯红。
嗟余听鼓应官去，走马兰台类转蓬。

李商隐为晚唐著名诗人，与杜牧齐名，世称“小李杜”。诗人有经世济时之才，但在牛、李党争中处于两头不讨好的尴尬地位，在长期的幕僚生涯中抑郁而终。崔珏在《哭李商隐》的诗里感叹道：“虚负凌云万丈才，一生襟抱未曾开。”

李商隐的无题诗意象奇妙精美，但事件无序，时空交错，诗意跳跃，主题很难把握。研究者众说纷纭，莫衷一是。

本诗首联“昨夜星辰昨夜风，画楼西畔桂堂东”，只交代时间、地点、环境，不提人、事，但从一系列的遣词看，无疑是一个美好、温馨、令人陶醉的夜晚。颔联以两个比喻写两情间的微妙关系。所恨者自己没有彩凤那样的双翅，不能比翼双飞；窃喜者，两情相悦，心心相印，就像灵异的犀角一样，内有一线上下相通。看来昨夜在“画楼西畔桂堂东”，二人肯定发生过片刻的感情碰撞，因而才有本联的遗恨与欣慰。颈联描写热闹的酒会场面，与会者在红烛摇曳、春酒醉人的暖意中，分组做着类似猜谜的游戏，玩罢“送钩”又玩“射覆”。这其中有没有男女主人公，没有交代。尾联诗意倒比较清楚，诗人感叹黎明的鼓声响了，只得骑上快马，到兰台（秘书省）去应卯上班。此时诗人正在兰台任校书郎。这一信息非常重要，是我们解读本诗的一把钥匙。

李商隐的无题诗之所以如此朦胧晦涩，除了一生受压抑，许多事不便明说外，还跟他的一段感情经历有关。

武宗时李商隐曾到玉阳山学道，在那里邂逅一位侍奉公主的宫女宋华阳。一个才华横溢，一个年轻美貌，二人一见钟情，双双坠入爱河。后因宋华阳怀孕而败露，李被逐下山，宋被遣回宫。这一段刻骨铭心的初恋为诗人一生情感生活蒙上了阴影。此等不足为外人道的恋情，只能用“秘诀隐文”来表达。他的情诗隐隐约约，朦朦胧胧，若即若离，似是而非，连题目都不明确标，都跟这段特殊经历有关。

有关本诗的理解，较有代表性的说法是，男主人公昨晚在“画楼西畔桂堂东”与心仪的佳人有一次幽会，但很快被迫分手，接着他便去参加一个晚宴，尾联写自己在天亮时离去。另一种理解是佳人参与了晚宴。据说其时诗人寄住在岳丈王茂元在京城的一处房子里，遇到一位在苏州时就相识的绝色女子，二人幽会后她便上楼去参加晚宴了。此种理解有一点难以自圆其说。诗人既然未与会，他这一夜在干什么？天亮时怎么会突然冒出来“嗟叹”，还演了一出“走马兰台”的戏？

笔者以为，诗人写诗不管采用什么创作方法，不管怎么散杂，怎么跳跃，一定得有个中心，有个行文线索。根据这个原则，可以作出几条合乎逻辑的猜想与推测。第一，男主人公就是李商隐。尾联已说得很清楚。第二，女主人公应该是参加了那场晚宴的,或者至少是在场的。否则诗人与情人分手不久怎么就会玩得那么热烈,那么开心,而黎明离去时又那么丧魂落魄?第三,时间、事件是连贯的,先幽会,后参加宴会,第二天早晨分手。诗作于"走马兰台"之后,因此幽会的时间便是"昨夜"。

美国作家爱德华·杨格有句名言,"创造性是最美丽的花朵",此联的妙喻就是这样的"花朵"。凤凰本就美丽,雌雄相谐,比翼双飞,这是爱情的象征和理想境界;神异的犀角中有一线相通,用以形容感情受阻但心灵契合,无比恰当。发现这一喻体的是天才,把它应用到爱情领域是一种独创,这人就是李商隐。

名句采用赋的笔法,具有意识流的特点。它情思缠绵而辞藻富丽,感慨深切而流转圆润,似随口而出而对仗精工。"身无""心有"互相映照,扬抑中生发出比较效果,令天下有情人一睹而产生强烈共鸣。

此句还在语言上得到广泛应用。每遇精神相通、感情共鸣、配合默契、看法一致而不约而同时,人们总喜欢搬出这个名句来形容。

作者小传

李商隐(813—858),字义山,怀州河内(今河南沁阳)人。开成进士。擅长律、绝,无题诗很有名。有《李义山诗集》。

春蚕到死丝方尽　蜡炬成灰泪始干

——生死以之的终生苦恋

无　题　李商隐

相见时难别亦难，东风无力百花残。
春蚕到死丝方尽，蜡炬成灰泪始干。
晓镜但愁云鬓改，夜吟应觉月光寒。
蓬山此去无多路，青鸟殷勤为探看。

李商隐的无题诗，主题很复杂，一般认为有艳情（宫女、女冠、歌妓、友人妾）、悼亡、自伤、咏物、政治影射、某种寄托等。这类诗重在抒发强烈的主观感受、深层的人生体验，因不便明言，故写得朦胧曲折，幽深晦涩。但这首诗大体可以断定是一首爱情诗，诗中的“晓镜”“云鬓”“青鸟”等词语表明主人公为女性。颔联以春蚕、红烛为喻表现恋人间缠绵往复、生死不渝的痴心与执著，成为歌颂爱情的名句。

一般认为，该诗是诗人为一女子设身代言。诗的设色、意境、口吻也的确像一位女子。另一种理解，是诗人写自己，“晓镜”一联是想象对方在经历相思的煎熬。有学者甚至认为诗中的女子是一位“女冠”（女道士）。这种爱情为教义和道德所不容，是一种无望的爱情，所以要用“泪”“死”“灰”等字表达绝望的心情。这里姑从前说。

首联“相见时难别亦难，东风无力百花残”，开头就摆出了两个“难”字。人生在世，飘零流落，各在天一涯，相见不易，故杜甫言曰：“人生不相见，动如参与商。”是为“相见难”。“别亦难”有“当然难”之意，是自不待言的事。江淹在《别赋》中道出了个中缘由：“黯然销魂者，唯别而已矣！”是为“别亦难”。这对恋人好不容易见上一面，现在又要经历“黯然销魂”的离别，真是情何以堪！下句借写景渲染上句之“别”。暮春时节，东风无力，百花凋残，此时执手言别，相看泪眼，伤感更进一层。颔联“春蚕到死丝方尽，蜡炬成灰泪始干”用相关的两个比喻把感情推向高潮，执著坚定，虽九死其犹未悔！

颈联“晓镜但愁云鬓改”，写女主人公晓来面对妆镜，担心岁月不居，容颜衰老，愧对悦己者。她一举一动，一颦一笑，感情的丝缕始终牵连着那个让她爱得死去活来的人。下句想象对方在月光下苦吟，担心他受寒着凉。关心、体贴、眷恋之情溢于言表。尾联“蓬山此去无多路，青鸟殷勤为探看”，写别后难以再见，只得乞灵西王母的信使——青鸟，希望它能帮帮忙，经常为我的情人传递信息。

全诗以“别”为主眼，一线贯穿。离别的伤感、别后相思的执著、关切的无微不至、青鸟传书的企盼，缠绵往复，无有已时，说明这是一首典型的爱情诗。

“春蚕到死丝方尽，蜡炬成灰泪始干”，是著名的情诗佳句。

以春蚕吐丝喻爱情，较早的见于南朝乐府民歌：“春蚕不应老，昼夜常怀丝。何惜微躯尽，缠绵自有时。”“丝”“思”谐音。此歌已有“春蚕到死丝方尽”的意思。春蚕把最后一段丝吐出来，缠缠绵绵做成茧子，它的“微躯”也就完了。李商隐将其提炼概括，深化主旨，一言以蔽之，更加精炼、鲜明，也更加易诵好记。

红烛燃烧时淌下的蜡油似泪珠滚下，古人称之为“蜡泪”，杜牧有“蜡烛有心还惜别，替人垂泪到天明”(《赠别》)之句。蜡泪流之既干，身亦成烬。作者将它撰作对句，可谓巧夺天工。出句重在缠绵，对句归于沉痛，基本意思则一样：我爱你思念你直到永远，直到生命终止，才会停歇。

这两个比喻都是动态的过程，过程终结，事物的性质便发生质的变化。蚕丝吐尽，春蚕的“微躯”随之而亡；蜡烛流完蜡泪，燃尽自身，它也就化为灰烬。此二物之缠绵、执著、死而后已，世上难有第三例。作者移情于物，用它来形容至死不休的痴情，肝肠寸断，相思苦恋，可谓形神兼备，浑然天成。

李商隐最好的爱情诗名句几乎都是写失意的爱情，如他的“春心莫共花争发，一寸相思一寸灰”(《无题》)与“春蚕”联可谓异曲同工。最有魅力的艺术品，不是悲剧，便是挽歌，几成规律。

名句的深邃的哲理性启人神思，后人对它的深刻理解和广泛应用，已远远超出爱情范畴。

可怜夜半虚前席　不问苍生问鬼神

——异样的君臣遇合

贾　生　李商隐

宣室求贤访逐臣，贾生才调更无伦。
可怜夜半虚前席，不问苍生问鬼神。

题中贾生即西汉著名政论家、文学家贾谊。他十八岁以所诵《诗》《书》和撰写之文章而扬名郡中；不到二十岁就被汉文帝召为博士；又不到一年，被破格提拔为太中大夫。因年纪太轻、升职太快，遭大臣周勃、灌婴等排挤，贬长沙王太傅。过了两年，文帝思念他，召他回京。诗中之名句即写于此时。后任梁怀王太傅，怀王坠马身亡，贾谊在政治与道义自责的双重压力下哀伤死去，年仅三十三岁。

太史公在《史记》中将贾谊与不同代的屈原合传（《屈原贾生列传》），是着眼于二人的政治抱负、身世命运。在太史公看来，真正能继承屈原精神的，只有贾谊。贾谊与屈原都有宏伟的政治抱负和深远的预见，都受统治集团当权者的打击，都郁郁而死。屈原与贾谊的精神血脉是相通的，他们的不幸遭遇又都与湖南有关。后世长沙天心阁有一楹联，下联为“是谁赋屈大夫离骚，问谁虚贾太傅前席，幽情无限，满城风雨自西来”，其中“问谁”句即是对宣室论鬼神一事的感叹。

本诗取材于史实中的一个细节。据《史记》记载，汉文帝召见贾谊，是祭祀之后，有感于鬼神之事而问其本末，“贾生因具道所以然之状。至夜半，文帝前席（在席上移膝靠近对方）”。这通常被视为君臣遇合的典型。如王勃在《滕王阁序》中就两次提到这个典故：“屈贾谊于长沙，非无圣主”，“怀帝阍而不见，奉宣室以何年”。李商隐抓住召见片断中“不问苍生问鬼神”这一细节，其立意与诗情迥异乎寻常。

首句“宣室求贤访逐臣”，从正面落笔，写文帝求贤若渴，连贾谊这样的逐臣也被召回，向他咨询。逐臣尚且如此受重视，更遑论其他了。西汉文、景二帝时政治相对清明，奠定了汉家四百余年基业，史称“文景之治”。在明君中，文帝也不像秦皇、汉武、唐宗、宋祖那样经常受到人批评，他的政治才干和个人品质口碑也还不错。但是且慢，诗人并不是要将文帝描写成“三顾茅庐”中的刘备式的人物，往下看我们便知他葫芦里卖的是什么药。

下句笔锋一转写逐臣贾生。“贾生才调更无伦”。君固然是贤君，而这位“臣”的才能风调更是无与伦比。“更”字很值得注意，突出贾生之才，世所罕见。贾谊是著名的政论家、文学家，也是最早的汉赋作家之一。他的具有远见卓识的《治安策》，具有振聋发聩功效的《过秦论》，都是后世治国借鉴的名篇；他在长沙时期作的《吊屈原赋》和《鹏鸟赋》，情真意切，开汉赋之先声。“才调更无伦”，乃中肯之论，非虚美之词。按理说，汉文之有贾谊，犹刘备之得诸葛，“孤之有孔明，犹鱼之有水也”（《三国志·蜀志·诸葛亮传》），然而往下看，好像远不是那么回事。

下两句不写文帝、贾生多么令人羡慕，而是向文帝发难，这是李商隐的与众不同之处。“可怜夜半虚前席”，诗意开始转折。文帝问贾生鬼神之事，这个当然难不倒最年轻的博士，他解说得文帝不由地移膝向前,向他靠近,倾听他的高论。“虚前席”,因移身向前而使原坐席空虚。“夜半”,说明君臣二人就鬼神之事讨论了很长时间。“可怜”一词是本题的诗眼,是上两句“求”“访”“赞”的转折,但转得含蓄、委婉、留有余地。它为下句张本:文帝之“可怜”处在于“不问苍生问鬼神”;贾生之才,在于治国安邦。他曾多次上疏,提出削弱诸侯王势力,巩固中央政权;加强农业的基础地位,重农抑商;抗击匈奴贵族的攻掠,巩固边防。文帝不向他请教国计民生的长策,却把鬼神之事没完没了地说到半夜,岂不可悲!

李商隐生活的时期藩镇割据,宦官专权,牛、李党争激烈,而皇帝却不思恢复振兴,一心崇佛媚道、服药求仙。名句借古讽今的意思是很明显的,诗人长期沉沦下僚,故以咏叹调出之,这使名句更具艺术魅力。

坑灰未冷山东乱　刘项原来不读书

——亡秦者秦也

焚书坑　　章碣

竹帛烟销帝业虚，关河空锁祖龙居。
坑灰未冷山东乱，刘项原来不读书。

焚书坑据说是秦始皇焚书之处，故址在今陕西临潼东南的骊山上。章碣可能是路经此处，有感而发，写下了这首怀古诗。

始皇三十四年（前213），由丞相李斯奏议，下令在全国搜缴儒家典籍和百家之书，集中焚毁，这是中国历史上的首场文化浩劫。但文化专制主义并未能使秦王朝摆脱“其兴也勃”“其亡也忽”（《新唐书》）的历史怪圈。秦经一百余年的攻城略地，于始皇嬴政二十六年（前221）统一全国，至二世胡亥三年（前207）亡国，仅仅十多年时间，便落得个“一夫作难而七庙堕，身死人手，为天下笑”（贾谊《过秦论》）的可悲结局。其历史大背景和深层原因相当复杂。章碣此诗以史实为题材，对始皇焚书的愚蠢行为进行抨击和嘲讽，熔识见、感慨、诗情于一炉，既饱含历史唯物主义的深刻哲理，又有很强的鉴赏性。

首句“竹帛烟销帝业虚”，概括描写焚书以后秦迅速灭亡的历史事实。“竹帛”指书册，在未发明造纸术前，古人将文字写在竹简、丝帛上。此句的大意是:焚书坑里的书焚完了,始皇帝的千秋帝业也就随之完蛋了。开门见山,直扑主题,揭示“竹帛烟销”与“帝业虚”的因果关系。给人的印象是,由此及彼,两者间没有丝毫停顿、过渡。在作者看来,这是一种必然,秦始皇阻断文化血脉,斩断文化之根,是自取灭亡。下句承上而来,描写“帝业虚”的具体景象。“关河空锁祖龙居”,意思是险要关隘、黄河天堑对祖龙始皇帝已经毫无意义。“空锁”,揭露了秦王朝迅速覆亡的历史事实,暗寓关河之险不足恃,焚书之举不可取。“祖龙”指秦始皇。《史记·秦始本纪》载,有神人对秦使者说:“今年祖龙死。”

“坑灰未冷山东乱,刘项原来不读书”,是全诗之警策,阐明秦末动乱,很快丧失政权,根源并不在“书”。“未冷”,语带夸张而极具讽刺意味。李斯、秦始皇以为,书是祸乱的根源,焚书是消弭祸患的治本之法,结果怎样呢?焚书坑中的书灰还未冷却,崤山、函谷关以东的广大地区已经大乱了。末句点睛,“刘项原来不读书”,说刘邦和项羽,这两个推翻秦王朝的两大武装集团首脑,本来就不是读书人。其实还应补充一点:首先发难,揭竿而起的陈胜、吴广,也不是读书人。

刘邦何许人也?《史记》说他少时“不事家人生产作业”,当了泗水亭长后,“廷中吏无所不狎侮(无不亲近戏弄),好酒及色”。他不持一钱,而诈称“贺钱万”,当了皇帝洋洋自得地问太公“所就孰与仲多”。他还骑在周昌的项上问:“我何如主也?”更为不堪的是,竟在儒冠中溺尿。侮辱斯文,一致于斯!这么个流氓无赖,你说他会读书吗?项羽比刘邦略好些,但也不读书。据《史记·项羽本纪》记载,项羽“少时学书不成,去学剑,又不成”。认字读书没学出什么名堂,就去学剑,剑法也没什么成就,又要学“万人敌”。叔父项梁便教他兵法,结果“略知其意,又不肯竟学”。如此看来，项羽是个大字不识一箩的“半文盲”。楚汉相争中，项羽的一系列罪错，如坑秦卒、焚阿房、背关怀楚、放逐义帝、鸿门宴当断不断、逞匹夫之勇连一范增都不能用，都跟他的文化水平太低、不肯读书有关。

历史跟始皇、李斯开了个天大的玩笑，秦恰恰就是亡在两个不读书的人手里。项羽率部消灭了秦王朝的主要军事力量；刘邦先入关破秦，占领秦都咸阳，在政治上先声夺人。二人一吹一唱，秦王朝彻底灭亡。

秦亡的根本原因在于倒行逆施。赋税太重，刑法太苛，徭役不止，民不堪命。搞思想禁锢、文化专制、焚书坑儒，更加不得人心。语曰：“以铜为镜，可以正衣冠；以古为镜，可以知兴替；以人为镜，可以明得失。”（吴兢《贞观政要·求谏》）又曰：“前事之不忘，后事之师。”（《战国策·赵策一》）《焚书坑》的哲理性，正在于其深刻的历史借鉴意义。

作者小传

章碣，生卒年不详，睦州桐庐（今属浙江）人，移居钱塘（今浙江杭州）。其诗多为七律。今传《章碣诗集》。《全唐诗》存其诗二十六首。